Betty Berger
Magenta Zwiebelberg

AF140408

Betty Berger

Magenta Zwiebelberg

Ein Märchen

Bibliografische Information der Deutschen Nationalbibliothek:
Die Deutsche Nationalbibliothek verzeichnet diese Publikation
in der Deutschen Nationalbibliografie; detaillierte bibliografische Daten sind im Internet über http://dnb.dnb.de abrufbar.

TWENTYSIX – Der Self-Publishing-Verlag
Eine Kooperation zwischen der Verlagsgruppe Random House
und BoD – Books on Demand

© 2017 Betty Berger

Herstellung und Verlag: BoD – Books on Demand, Norderstedt

ISBN: 978-3-740-72816-8

Titelbild: Collage von B.Berger unter Verwendung der Fotografi-
en: 'Platsch!' von Lee @ChevyBav,
sowie: Von Kabacchi - Dracorex - 01Uploaded by FunkMonk, CC
BY 2.0, https://commons.wikimedia.org/w/index.php?
curid=10911053
und: By Source, Fair use, https://en.wikipedia.org/w/index.-
php?curid=196634

Kapitel I

Wenn man einen Stein ins Wasser wirft und er keine Ringe zieht, stimmt irgend etwas nicht. Entweder mit dem Stein oder mit dem Wasser. Oder mit der Schwerkraft. Dann ist man allerdings wahrscheinlich auf dem falschen Planeten. Oder es stimmt etwas nicht mit demjenigen, der den Stein wirft. Magenta Zwiebelberg wußte, daß mit ihr etwas definitiv nicht stimmte. Das zu wissen, machte sie nicht fröhlicher und so stapfte sie ziemlich übellaunig den Pfad entlang, der von den Bauern, die ihre Waren nach Hammelvest brachten, ausgetreten worden war.

Obwohl der Weg sie durch einen wunderschönen Sommerwald voller Buchen, Eichen, Birken, Tannen, Farne und zwitschernder Vögel aller Art führte und die Sonne warm und hell vom Himmel schien, war Magenta nicht gut gelaunt. Es hatte in der Nacht zuvor geregnet und der Wald war voller Pfützen. Magenta konnte Pfützen nicht ausstehen, genau sowenig wie jede andere glatte Wasseroberfläche, sei es nun eine Pfütze, eine Tasse Tee oder der Sarfan-See. Jede glatte Wasseroberfläche schien sie höhnisch anzugrinsen, zu verspotten und herauszufordern. Magenta wußte, daß sie es nicht tun sollte, aber sie konnte es sich nicht verkneifen, die Herausforderung anzunehmen und in wirklich jede Pfütze mindesten einen Stein zu werfen, um ihm dann minutenlang hinterher zu starren und zu beobachten, wie sich **keine** Kreise auf der Wasseroberfläche bildeten. Egal wie viele Steine sie auch warf, oder auch wohinein sie sie warf, ob in eine Pfütze, einen Tümpel oder einen großen See, von mir aus auch nur in ein Faß oder eine Regentonne: nie bildeten sich um die von ihr geworfenen Steine Ringe auf der Wasseroberfläche. Magenta wußte das schon lange und ebenso lange konnte sie an keiner Wasserfläche vorbeigehen ohne einen Stein - oder viele - hineinzuwerfen.

Zu allem Überfluß - als hätte sie es nicht vorhersagen können! - kam ihr hinter der nächsten Wegbiegung auch noch Thomas entgegen. Mitsamt seinen Adlaten, Adjutanten, Kumpels - also seiner gesamten Räuberbande. Nur Ziegenbart konnte sie nicht entdecken. Weiß der Himmel, wo ihr Bruder wieder steckte. Früher hatte sie Thomas eigentlich immer recht gern gehabt. Sie hatten sich gut verstanden. Bis zu dem Tag, an dem er ihr partout hatte beibringen wollen, wie man einen Stein ins Wasser wirft. Wie man ihn *richtig* ins Wasser wirft. So, daß er Kreise macht. Den ganzen Nachmittag lang hatte er immer wieder Steine ins Wasser geschleudert und sie aufgefordert, es ihm nachzumachen. Ganz genau so zu machen wie er. Sie hatte es ganz genauso gemacht wie er. Doch während seine Steine fünf-, sieben- oder gar zwölfmal über das Wasser sprangen wie kleine Elfen und jedesmal dabei wunderhübsche konzentrische Kreise hinterließen ehe sie elegant mit einer letzten Drehung unter Wasser glitten, verschwanden Magentas Kiesel nur einfach mit einem kaum hörbaren ‚pblb' unter Wasser. Sie machten nicht einmal ein richtiges Geräusch. Thomas zeigt es ihr immer wieder: „So mußt Du es machen, siehst Du, so mußt Du den Stein halten, so das Handgelenk drehen beziehungsweise so nicht drehen, so mußt Du mit den Arm ausholen, flach, flach..." und Magenta machte es hundertmal genauso, wie Thomas es ihr zeigte, sie hielt den Stein genauso, - flach, flach! - drehte das Handgelenk genau so und genau so nicht, holte genau so mit dem Arm aus. Nur erzielte sie damit nicht genau solche Kreise. Nur das immer gleiche ‚pblb'. Bis Thomas mit geballten Fäusten vor ihr stand und sie wütend anschrie: „Wie kann man nur so verbohrt sein! Wieso machst Du es nicht einfach so wie ich es Dir zeige!" und Magenta, den Tränen nahe, zurückschrie: „Ich HABE alles GENAUSO gemacht wie Du, es funktioniert bei mir nicht. Es liegt an MIR! ICH KANN ES NICHT!" Sie schleuderte vehement eine ganze Handvoll Steine ins Wasser, ohne Drehung und Ausholen, einfach so, und sie verschwanden alle sang und klanglos, nur mit ein paar lustlosen ‚pblbs' im See. Die Wasseroberfläche blieb davon auf ganzer Linie unbeeindruckt. Sie kräuselte sich nicht einmal.

Seitdem waren sie sich aus dem Weg gegangen. Jetzt standen sie sich unvermittelt gegenüber. Thomas' Adjutant zur Rechten, der Jüngere Kieselbert, grinste breit. Thomas hakte die Daumen hinter den Gürtel und sagte: „Ah, sieh da, das Hexlein." Magenta zuckte innerlich zusammen. Ein Stich in die Leber, einer ins Herz, einer in den Magen.

„Nicht mehr Hexe als Du, Thomas Westermann." grummelte sie, ohne sich auch nur ein Wort zu glauben. Inzwischen hatte sich das Grinsen auf allen Jungsgesichtern breitgemacht. Sie suchte mit ihren Augen den Wald nach einer Möglichkeit ab, sich zu verdrücken ohne die ganze Bande auf den Fersen zu haben. In einiger Entfernung, hinter einem Baum, meinte sie auch endlich ihren feigen Bruder zu erspähen. Er würde nicht hervorkommen, bis sie fort war. Thomas lachte grob.

„Ha, für diese Anschuldigung könnte ich Dich vor den Richter bringen.“

„Du hast mich zuerst beschuldigt.“ verteidigte sich Magenta müde.

„Seit wann ist denn die Wahrheit eine Beschuldigung?“ Thomas sah sich Zustimmung heischend in der Runde um, wo sie ihm auch pflichtschuldigst gewährt wurde. Magenta hatte keine Lust, ihm noch länger zuzuhören.

„Laßt mich einfach in Ruhe. Ich möchte weitergehen.“ Nach kurzem Zögern gaben die ,Gentleman' einen schmalen Weg frei, bildeten eine Art Spalier links und rechts und als Magenta zwischen ihnen hindurchlief verbeugten sie sich nach höfischer Manier, schwenkten dabei imaginäre Hüte, ließen ihre Mützen aber auf den Köpfen, und lachten ihr höhnisch hinterher als sie das Weite suchte.

„Hexe, Hexe!“ klangen die Stimmen in ihren Ohren als sie weiterlief.

„Ich bin keine Hexe!“ versuchte Magenta sich zu beruhigen. „Ich weiß das! Ich kann keinen einzigen Zaubertrick oder etwas in der Art! Tiere kommen nicht, wenn ich sie rufe, ich kann keine verlorenen Sachen wiederfinden, Kräuter verdorren in meinem Beet, ich träume nichts, was dann eintritt … ICH BIN KEINE HEXE!“ Wütend trat sie gegen einen Stein. Der flog ein paar Meter weit, landete in einer Pfütze und machte keinen Kreis. Magenta war zum Heulen. Vielleicht war genau das ihr Problem, daß sie keine Hexe war. Möglicherweise war sie sogar das genaue Gegenteil einer Hexe: Hexen bewirken etwas, sie finden verlorene Sachen, sie rufen Tiere herbei, sie … alles Mögliche. Magenta bewirkte nicht einmal Kreise im Wasser.

Deswegen war Magenta auch nicht auf dem Weg zum Markt, sondern zu Fräulein Drollich. Fräulein Drollich war eine Hexe und Magenta war zu ihr geschickt worden. Weil etwas mit ihr nicht stimmte. Mit Magenta, nicht mit Fräulein Drollich, mit der war alles in Ordnung, sie war ja eine Hexe. Und das war so in Ordnung, wie es nur sein konnte. Mit Magenta war nichts in Ordnung, sie war keine Hexe.

Fräulein Drollich lebte in einem reinlichen kleinen Haus an dem Ende von Hammelvest, an dem die respektablen Leute lebten, wie der Lehrer, der Uhrmacher oder der Buchstabensetzer und ihr Haus sah genauso aus wie das der anderen, nur daß es noch reinlicher und netter war, die Fensterläden rosa gestrichen waren und der Vorgarten unter der Flut der dort gedeihenden Blumen kaum noch zu erkennen war. Scharen von kleinen Singvögeln schwirrten in den prächtigen, sorgfältig gepflegten Obstbäumen umher und labten sich an Unmengen von Kirschen. Schmetterlinge flatterten von Blüte zu Blüte – das war der Punkt, an dem sich Magenta fragte, wo denn die ganzen Schmetterlinge eigentlich herkämen, sie wußte, daß Schmetterlingsraupen am liebsten Brennesseln fraßen und in Fräulein Drollichs Garten gab es ganz gewiß keine einzige Brennessel, wenn sie nicht Fräulein Drollich absichtlich angepflanzt hatte, um Tee daraus zu machen, und dann wäre es gewiß die prächtigste und gedeihendste Brennessel im Umkreis von 20 Meilen und keine Raupe hätte es gewagt, sie auch nur hungrig anzusehen, wenn sie nicht in einen Nachtfalter verwandelt werden wollte.

Das Innere des Hauses war genauso reinlich und

nett. Die Wände waren mit Tapeten im Rosenmuster tapeziert, das gleiche Muster hatten die säuberlich drapierten Sofakissen, an den Fenstern hingen schwere rosa Samtvorhänge und auf dem Kaminsims standen zierliche Porzellanfigürchen: Schäferinnen mit ihren langen Schäferstäben, die eigentlich schon vom bloßen Hinsehen hätten abbrechen müssen, - weshalb Magenta es auch vermied allzu heftig hinzuschauen - Hündchen und Kätzchen, die mit ebenso porzellanenen Wollknäueln spielten, sowie, zu Magentas großer Verblüffung, ein weißer Frosch im Schneidersitz. Staub hingegen war nirgendwo zu finden. Auf keinem Regal, auf keinem der Figürchen und wahrscheinlich nicht einmal unter dem Bett. Fräulein Drollich duldete keinen Staub oder dergleichen, und der Staub wußte das und vermied es deshalb, ihr auch nur zu nahe zu kommen. Er betrat das Haus gar nicht erst.

Fräulein Drollich selbst war natürlich genauso reinlich und nett wie ihr Häuschen und ihr Gärtlein. Etwas anderes wäre tatsächlich nicht natürlich gewesen. Zudem war sie sehr hübsch. Auf eine sehr gesunde, und rosige Art. Alles an ihr strotzte vor rosiger Gesundheit und Wirksamkeit. Alles was sie tat und jedes ihrer Worte wirkte. Ihre Salben, sowohl die rosafarbenen wie auch die gelben, grünen, braunen oder die so schön schlammfarben glänzenden, wirkten gegen alle erdenklichen Krankheiten, mit denen die Leute zu ihr kamen. Dazu bekamen sie auch noch ein, zwei tröstende Worte und einen Zauberspruch und dann waren sie wieder gesund.

Sie trug ein sehr hübsches, hellrosa Kleid mit vielen Rüschen und zierlichste cremefarbene Schuhe, die niemals schmutzig wurden. Selbstverständlich. Und es muß dazu gesagt werden, daß die Farbe Rosa, so wie sie Fräulein Drollich überall und in allen Schattierungen vorzog, ein allerschönstes eindeutiges Rosa war, so wie es bei Blumen, sagen wir mal bei Rosen oder Nelken, vorkommt. Weder war es schweinchenrosa oder fleisch- oder lachsfarben und schon gar nicht war es ein grelles, aufdringliches, vorlautes Pink. Daran hätte Fräulein Drollich keinen Gefallen gefunden.

Fräulein Drollich hatte Magenta bereits erwartet. Sie stand auf der Schwelle ihrer Türe und hinter ihr duftete es nach wunderbarem Tee und selbstgebackenen Keksen. Sie war blond, groß und schlank und hatte ein schmales, fast strenges Gesicht, doch mit rosa Bäckchen und freundlichen Augen. Fräulein Drollich war einfach perfekt. Genauso perfekt, wie ihre Kekse, ihr Tee, ihr Haus und ihr Garten. So viel Perfektion konnte niemand mit einfachen menschlichen Mitteln erreichen. Es war offensichtlich, daß hier jede Menge Hexerei investiert worden sein mußte. Magenta wollte überhaupt nicht perfekt sein. Kein bißchen. Magenta wollte nur, daß Steine, die sie ins Wasser warf, Kreise machten. Vielleicht war ihr größter und einziger Wunsch, perfekt normal zu sein.

Das perfekte Fräulein Drollich hingegen fand Magenta ihrerseits reichlich normal, um nicht zu sagen durchschnittlich, geradezu mittelmäßig. Sie hatte von Magentas Unfähigkeit gehört, und fand es sehr sonderbar, daß ein Mädchen mit einer solchen Eigenart keine Hexe sein sollte. Deshalb ruhte ihr freundlich-strenger Blick auch besonders aufmerksam auf Magenta, die die Teetasse sorgfältig balancierte, um keinen Tee zu verschütten und sich offensichtlich unbehaglich fühlte. Fräulein Drollich nahm sehr wohl zur Kenntnis, daß sich dabei auf der Oberfläche des Tees keinerlei Ringe zeigten.

Sie ließ sich Zeit, Magenta zu betrachten. Sie gab sich wirklich Mühe, etwas hexenhaftes an Magenta zu entdecken, wenigstens ein stechender Blick oder eine spitze Nase, einen kleinen Hauch Selbstbewußtsein vielleicht oder auch nur ein wenig Überheblichkeit, oder - irgend etwas, das darauf hingedeutet hätte, daß Magenta sich ihrer selbst überhaupt bewußt war, daß sie eine Ahnung davon gehabt hätte, daß sie existierte. Aber obwohl Fräulein Drollich alle ihre Sinne strapazierte, war alles, was sie sah, ein unscheinbares, mageres und beinahe unerträglich schüchternes Mädchen von elf oder zwölf Jahren. So unscheinbar, das es gar nicht wirklich da zu sein schien. Nicht nur unscheinbar sondern fast durchscheinend, kam es Fräulein Drollich vor. Es fiel sogar ihr schwer, Magenta wahrzunehmen, die Aura von Verzagtheit, die Magenta umgab, verbarg alles, das ein Charakter hätte sein können. Fräulein Drollich war auch bislang nicht zu Ohren gekommen, das Magenta irgend etwas besonders gut gekonnt hätte. Magentas Einzigartigkeit war ihr Nichtkönnen. Fräulein Drollich seufzte.

Es war womöglich ein klein wenig hinterhältig von ihr, als sie im süßesten Tonfall „Zucker?" fragte. Magenta nahm zwei Stück und ließ sie so vorsichtig wie möglich in ihren Tee gleiten. Trotzdem konnte sie es nicht verhindern, daß der Tee über den Rand der Tasse floß und die Untertasse anfüllte. Es war ihr sehr peinlich. Und es hatten sich natürlich keine Ringe auf der - äh -

Teeoberfläche gezeigt. Sie war einfach zu und zu ungeschickt! Am liebsten wäre sie im rosenstoffgepolsterten Stuhlkissen versunken. Aber Fräulein Drollich hatte es bemerkt und lächelte nur zufrieden, ja fast ein wenig selbstgefällig: Dieses Kind hatte keine Ahnung von seinen Begabungen. Sie rührte in ihrem Tee. Ohne, daß etwas überschwappte.

Jedoch wollte selbst ihr nichts Gescheites zu Magenta einfallen. So viel Mittelmäßigkeit hatte sie noch nie an einem einzelnen Mädchen gesehen. Fast schien es ihr, als wäre Magenta eigentlich viel zu klein und dünn für so viel Mittelmaß.

Nachdem eine Weile nichts passiert war, außer, daß beide in ihre Teetasse gestarrt hatten, als wäre dort die Zukunft zu lesen, ergriff Fräulein Drollich das Wort: „Sooo, Magenta, du möchtest also Hexe werden, möchtest, daß ich dich als Lehrling aufnehme?"

„Ja?", was eine Antwort sein sollte klang wie eine Frage. Fräulein Drollich hatte es befürchtet.

„Wessen Idee war es denn, daß du zu mir kommen solltest?"

„Mein Vater?" Magenta kiekste. Schnell trank sie einen Schluck Tee, um ihre Stimme wieder in den Griff zu kriegen.

„Dein Vater meint also, Hexe wäre der richtige Beruf für dich?"

„Naja, weil ich doch..." fing Magenta den Satz an, der dann halbfertig hilflos in der Luft hängen blieb.

Fräulein Drollich schaute freundlich.

„Was weißt du denn eigentlich über Hexen?" fragte sie.

„Oh," die Frage war harmlos. „Hexen können sehr viel und sind sehr wichtig." Fräulein Drollich seufzte innerlich.

„Zum Beispiel?" sie blieb ebenso freundlich wie beharrlich.

„Zum Beispiel haben sie alle möglichen Medizinen gegen alle möglichen Krankheiten ..." Magenta blickte sich dabei im Raum um. Nirgendwo standen hier Fläschchen oder Tiegelchen, auf dem Regal an der Wand standen nur die Porzellanfigürchen, keinerlei Gerätschaften und nichts, was irgendwie magisch ausgesehen hätte. Nicht einmal Unmagisches, wie z.B. ein Kochtopf. Sie versuchte sich vorzustellen, wo und wie Fräulein Drollich hier in diesem ihrem Häuschen ihre Tränke und Salben herstellte. Aber gewiß hatte sie dafür eine eigene Hexenküche. Irgendwo weiter hinten im Haus.

„Ja, Magenta, die habe ich allerdings," sagte Fräulein Drollich, „aber du schweifst vom Thema ab. Wenn du willst zeige ich sie dir nachher." Magenta erschrak, sie hatte nicht gehört, daß sie etwas laut ausgesprochen hätte. Das, was ihr auf dem Weg hierher durch den Kopf gegangen war fiel ihr wieder ein: daß eine Hexe Tiere herbeirufen kann, daß sie Kräuter zieht und daraus magische Tränke braut, verlorene Dinge auf geheimnisvolle Weise wiederfindet und im Traum die Zukunft erkennen kann. All diese Sachen. Aber bis auf die Kräuter hatte sie nichts davon bei Fräulein Drollich gesehen. Und über die Hexen in den anderen Orten des Landes hatte sie bisher nicht viel gehört. Aber was davon hätte sie Fräulein Drollich antworten können?

Fräulein Drollich hörte Magenta eine Weile beim Schweigen zu und kam zu dem Schluß, daß es weiter nicht viel zu hören geben würde ehe sie Magenta eine letzte Frage stellte: „Magenta, was möchtest Du? Kannst Du es mir sagen, das, was Du wirklich willst, wirklich sein willst?" Magenta fühlte sich, als wäre sie aus Sand, am liebsten wäre sie zerbröselt. Ihr Kopf benahm sich wie eine Höhle voller Echos: ‚Ich will, daß Steine, die ich werfe, Ringe im Wasser machen. Sonst nichts. Ich will normal sein.' hallte die einzig mögliche Antwort laut in Ihrem Kopf. ‚Ich will normal, sein, ICH WILL NORMAL SEIN!' echote es immer wieder. Es tat schon weh. Der Satz fand den Weg in ihren Mund, lag auf ihrer Zunge, schmeckte bitter nach Blei. Sie kaute auf ihm herum, er war unaussprechbar, je mehr sie kaute, um so zäher wurde er, wie Rindfleisch, trockener und zäher und mehr, so daß man fast daran erstickt. Und eklig, er wurde immer ekliger, traniger. Sie konnte ihn nicht ausspucken, denn dann hätte etwas unbeschreiblich, unaussprechlich ekliges vor ihr auf Fräulein Drollichs nettem Teppich gelegen und Fettflecke hinterlassen, also mußte sie ihn herunterwürgen, am Stück, was genauso eklig war und in ihrem Hals einen Kloß zurückließ, an dem sie noch lange würgte. ‚Ich will doch nur normal sein.' hallte ein letztes kleines Echo durch ihren Kopf.

Fräulein Drollich stellte ihre Teetasse auf den Tisch, beugte sich vor und betrachtete den Teppich vor Magentas Füßen, auf dem nichts lag, ausgiebig und mit großem Interesse. Magentas Nackenhaare stellten sich auf. Fräulein Drollich stand auf, trat ans Fenster, schaute eine Weile hinaus, aber der Ausblick schien ihr nicht das zu zeigen, was zu sehen sie erhofft hatte. Sie wandte sich mit einer ungeduldigen Bewegung ab, beugte sich zum Kamin, in dem kein Feuer brannte, stocherte mit einem zierlichen Schürhaken in keiner vorhandenen Asche, hängte den Schürhaken wieder an seinen Platz, richtete sich zu ihrer vollen Größe auf und musterte eine Stelle über dem Kaminsims an der Wand, genauso wie sie vorher aus dem Fenster geschaut hatte. Nun fing auch Magentas Nase an zu kribbeln. Fräulein Drollich starrte sehr konzentriert die Wand an, die ihr das Bild zu zeigen schien, das das Fenster ihr nicht gewährt hatte. Magenta sah allerdings nur die Tapete.

Dann, zögernd, sagte Fräulein Drollich: "Weißt Du, Magenta, manchmal sind wir nicht die, die wir zu sein glauben, und manchmal sind wir nicht das, was die Leute von uns glauben. Und manchmal ist es schwierig, das eine vom anderen zu unterscheiden." Sie drehte sich um und sah Magenta an. Magenta ihrerseits sah Fräulein Drollich recht verständnislos an. Sie wußte sehr genau, was sie war, bzw. was sie nicht war, dachte sie. Und alle anderen wußten es auch. Glaubte sie. Sie schaute sicherheitshalber noch mal auf den Teppich, da lag nichts. Fräulein Drollich lächelte.

„Soso," sagte sie, „aber was glaubst Du, wer ich bin?" Magenta rechnete damit, sprachlos zu sein, aber sie hörte sich zu ihrem eigenen Erstaunen sehr ernsthaft antworten: „Sie sind Fräulein Drollich, unsere wunderhübsche und kluge Hexe, von der jeder sich gerne Rat und Hilfe holt." Sie fand, daß es sich ein wenig wie auswendig gelernt anhörte, aber es war doch, was sie dachte. Fräulein Drollich lächelte immer noch. Und sah wieder auf den Teppich vor Magentas Füßen.

„Sich über etwas sehr sicher zu sein, ist eine schöne Sache. Noch schöner ist allerdings, wenn das, worüber wir uns so sicher sind, auch so ist, wie wir es sehen.

Manchmal allerdings" - und hier hörte Fräulein Drollich abrupt auf zu lächeln - „tun uns die Dinge den Gefallen und werden so, wie wir sie haben möchten, um uns zu ärgern ... denn wenn sie das tun, haben sie ihre eigene Art ablegen müssen und sind nicht mehr das, was sie wirklich waren, und die Wirklichkeit ist verdreht." Fräulein Drollichs Stimme klang jetzt leise und wie aus weiter Ferne. Magenta fühlte sich ein wenig schwindelig – sie hatte kein Wort von dem verstanden, was Fräulein Drollich gesagt hatte und je mehr sie darüber nachzudenken versuchte, weil sie das Gefühl hatte, daß es ungeheuer wichtig sei, desto mehr entglitten ihr die Gedanken und es fühlte sich an, als hätte sie alles schon wieder vergessen, oder als sei in ihrem Kopf eine Tür zugefallen. Aber nun sah Fräulein Drollich sie wieder mit ganz klarem Blick an, kicherte und sagte: „Was heißt schon normal?" Sie verzog die Mundwinkel. Und mit einer kleinen verscheuchenden Bewegung ihrer elegant abgewinkelten Hand sagte sie zärtlich: „Geh jetzt nach Hause, Magenta Zwiebelberg. Du bist keine Hexe."

Magenta rutschte gehorsam vom Stuhl und machte, daß sie aus diesem wunderhübschen, geblümten, perfekten Irrsinn herauskam.

Als Magenta fort war trat Fräulein Drollich nachdenklich vor ihren kleinen Spiegel und nahm die - perfekte - Perücke ab. Sie war nicht kahl, aber ihre Haare waren kurzgeschoren und dunkel. Aus dem Spiegel blickte ein fremdes Gesicht.

„So ist das also", sagte der Spiegel und Fräulein Drollich nickte.

„Ich brauche Dich hier." sagte Fräulein Drollich.

„Stets zu Deiner Verfügung, meine Liebe." sagte Fräulein Drollichs fremdes Spiegelbild. Fräulein Drollich legte den Spiegel beiseite, mit dem Glas nach unten, drehte sich um und setzte sich zu ihrem Gast an den Teetisch.

*

Auf dem Heimweg, bei dem sie einen Umweg machen mußte, um beim Bauern Handzahm noch eine Kanne Milch abzuholen, wünschte sich Magenta einmal mehr nichts sehnlicher, als der einzige Mensch auf der Welt zu sein. Dann könnte sie überall hingehen, ohne befürchten zu müssen, daß Leute, die ihr begegneten, sie verspotteten. Sie könnte dann alles tun, was ihr einfiele, es würde niemanden stören. Sie müßte nichts sein lassen, um brav zu sein. Und ihr Anderssein würde niemandem auffallen. Sie wäre nicht mehr der Stein des Anstoßes. Und der Grund für ständige Diskussionen zwischen ihren Eltern. Ja sogar zwischen ihren Großeltern. Und ihren Tanten. Selbst ihre Geschwister fürchteten sich vor ihr, wenn sie sich nicht über sie lustig machten. Entweder müßte sie der einzige Mensch sein – oder unsichtbar. Oder normal. Nur wer normal ist, ist unsichtbar.

Alphonse Handzahm füllte die große Milchkanne der Familie Zwiebelberg bis unter den Rand mit Milch und gab Magenta den wohlgemeinten Rat, nicht zu stolpern. Magenta seufzte innerlich, sagte aber brav: „Jawohl, Onkel Alphonse." und machte sich auf den geradesten Weg nach Hause. Sie stolperte nicht.

Sie stolperte nicht, sie wackelte nicht, sie schwenkte

die Kanne nicht. Die Kanne hing senkrecht wie ein Lot an Magentas Arm. Es war ganz schön schwierig, zu vermeiden, daß sie in dieser Haltung auf dem Boden aufstieß, wenn eine Wurzel den Weg kreuzte oder der Weg abschüssig wurde. Aber Magenta schaffte es. Trotzdem bemerkte sie schon unterwegs, daß Milch in langen Spuren an der Außenwand der Kanne herunterlief und zu Boden tropfte. Magenta konnte nur hoffen, daß es nicht allzuviel war.

In der Küche nahm ihr die Mutter sofort die Kanne ab, stellte sie auf die Bank und schaute herein.

„Ach du liebe Güte!" rief sie. „Da fehlt ja wieder ein viertel Liter! Mein Gott, Magenta! Was ist bloß los mit Dir, wie hast Du das denn jetzt schon wieder fertig gebracht! Bist Du gestolpert?"

„Nein" antwortete Magenta, noch ruhig.

„Aber irgendetwas mußt Du doch gemacht haben! Die Milch läuft doch nicht von alleine über! Kind, kannst Du denn nie was richtig machen!" Sie tat den Deckel wieder auf die Kanne und wandte Magenta den Rücken zu.

„Nein" sagte Magenta.

Ihre Mutter stellte die Kanne in die Kühlkammer. Magenta standen die Tränen in den Augen, aber das brauchte niemand zu sehen. Als ihre Mutter aus der Kühlkammer kam, drehte sich Magenta um und ging auf ihr Zimmer.

Beim Abendessen fragte ihr Vater, was denn Fräulein Drollich gesagt habe, ob sie sie als Lehrling nehmen würde. Magenta konnte nur die Schultern bis an die Ohren hochziehen und leise den Kopf schütteln.

So wurde Magenta also keine Hexe in Ausbildung und alles blieb beim alten und veränderte sich nicht.

Aber dann wurde dieser Sommer der heißeste und trockenste seit Jahrzehnten.

Kapitel II

Der sonst kristallklare Sarfan-See verwandelte sich langsam aber unaufhaltsam in einen trüben Tümpel und selbst die Yvre, sonst ein munteres Flüßchen, brachte kaum noch frisches Wasser aus den Bergen. Es wurde so heiß, daß Magenta sich nicht erinnern konnte, jemals einen so heißen Sommer erlebt zu haben. Es wurde so heiß, daß sogar die Großeltern und die anderen Ältesten im Dorf sich nicht erinnern konnten, jemals einen so heißen Sommer erlebt zu haben. Sie saßen im Schatten auf den Holzbänken vor ihren Häusern und unterhielten sich ausgiebig darüber. Sie wußten viel über vergangene Sommer. Sie erinnerten sich gut, an Jahreszahlen, Monate, Hitzegrade, Ernterekorde, Mißernterekorde und wenn sie sich nicht erinnerten, erinnerten sie sich gegenseitig daran, korrigierten sich gegenseitig und übertrafen sich gegenseitig mit ihrer Kenntnis von Einzelheiten.

Magenta wunderte sich ein wenig. Meist erinnerten sich die Großeltern nicht einmal an die Namen ihrer Enkel oder ob sie schon gefrühstückt hatten. Aber daß es im Jahre Anno 75 so heiß gewesen war, daß im Juli der alljährliche Froschregen in Quakenbrück aus gebratenen Froschschenkeln bestanden hatte - das wußten sie noch ganz genau. Magenta dachte sich, daß Außergewöhnliches eben besser im Gedächtnis haften blieb, sie mochte diese außergewöhnlichen Einzelheiten, hörte gut zu und beschloß, sie sich zu merken.

Und doch hätten die Leute gestaunt, wenn sie gewußt

hätten, daß der Sommer tatsächlich sogar der heißeste seit mehr als 1000 Jahren war.

Hitze und Dürre lagen über dem Land wie ein alter, mottenzerfressener, alles erstickender Teppich. Das Gras wurde gelb und die Getreideähren hingen müde an den Halmen, hielten sich mit Mühe noch in der krümeligen Erde aufrecht, die sich langsam in Staub verwandelte. Wer Kühe hatte brachte sie in die Berge, auf höhere Weiden, wo sich noch ein Rest Feuchtigkeit halten konnte, die Schafe kauten mit zunehmender Verdrießlichkeit auf den trockenen Halmen herum, die jeden Geschmack verloren hatten. Die sonst so grünen Wälder, die Hügel und Hänge bedeckten und das Tal und das Dorf auf drei Seiten umgaben, verloren ihre saftige Farbe und wirkten schon fast grau im ungebrochnen, gleißenden Licht der Sonne. An den steilen Felswänden des Wolkenhorns, die sich hinter den Hügeln emporschoben, veränderte sich das Grüngrau des trocknenden Waldes in ein blasses Blaugrau; mit der Höhe der Berge näherte sich auch ihre Farbe dem Himmel an, der sich nicht mehr in sattem Blau über die Welt spannte, sondern wie ein metallener Spiegel graublau schimmerte und seinerseits die Hitze, die vom Boden aufstieg zu reflektieren schien.

Dort, wo sich der Sarfan-See sonst glitzernd und einladend an die Flanken der steilen Berghänge schmiegte, erschienen, als der Wasserspiegel sank, breite Streifen aus trocknendem, splitterndem Schlick, besetzt mit austrocknendem, harten braunen Gestrüpp mit scharfen Kanten, die gerne in unbeschuhte Füße schnitten. Niemand ging mehr zum Angeln, es lohnte sich nicht, die Fische hatten sich an den tiefsten, unzugänglichsten Stellen des Sees versteckt.

Und es wurde immer noch heißer. Magenta fing an zu überlegen, ob sie sich über einen Regen aus gebratenen Froschschenkeln wohl freuen würde. Die Leute gingen dazu über, so wenig Kleidung wie möglich zu tragen und sich so wenig wie möglich zu bewegen. Trotzdem schwitzten sie alle. Sogar die Fliegen saßen im Schatten an der Wand und rührten sich nicht. Wahrscheinlich schwitzten auch sie.

Mit der Hoffnung auf ein wenig Abkühlung lief Magenta zum See. Eigentlich war es viel zu heiß zum Laufen, aber sie trabte munter los. Alle anderen Kinder wären bestimmt auch schon da. Alle anderen. Kinder. Da.

Magentas linkes Bein hörte diesen Gedanken und verlor sofort alle Lust zu traben. Es spürte den Widerstand der Luft und bekam Probleme, sich durch die zähe Masse weiter nach vorne zu bewegen. Es blieb in der Luft stecken. Magenta wäre fast umgefallen, denn auf einem Bein läßt sich schlecht laufen. Aber sie schaffte es, auch den linken Fuß wieder auf den Boden zu stellen, nur mußte sie dazu stehen bleiben. Sie wollte zum See. Sie wollte auch zu den Kindern. Einerseits. Andererseits wollte sie keinesfalls zu den Kindern, wollte nicht wieder verhöhnt werden. Ob es sich im Dorf herumgesprochen hatte, daß Fräulein Drollich sie nicht ausbilden würde? Ihr jegliche Hexenbegabung abgesprochen hatte? Vorsichtig versuchte Magenta, den linken Fuß anzuheben. Es funktionierte zwar, aber nur widerstrebend ließ sich der Fuß davon überzeugen, einen kleinen Schritt zu machen. Immerhin. Ein kleiner Schritt war ein kleiner Fortschritt. Magenta vermutete, daß sie sich auf die dörflichen Nachrichtenkanäle verlassen konnte und inzwischen alle darüber informiert wären, daß sie keine Hexe sei und sie also von nun an in Ruhe gelassen werden würde. ‚Eigentlich merkwürdig,' dachte sie, Hexe zu sein, war ein angesehener Beruf, warum war es für sie eine Schmähung? War es nun gut oder schlecht, daß sie keine Hexe war? Würde es möglicherweise alles noch schlimmer machen? Jetzt blieb ihr rechtes Bein in der zähen Luft stecken. Natürlich würden sie sie weiterhin beschimpfen. Es hatte sich ja nichts geändert! Sie war nach wie vor das Mädchen mit der Unfähigkeit, das Selbstverständlichste zuwege zu bringen. Sie war nach wie vor das Monster, die Mißgeburt. Genausogut hätte sie zwei Köpfe haben können. Oder drei Arme. Oder vielmehr keine Arme, denn ihr fehlte ja etwas. Und sie hatte nichts, womit sie das hätte ausgleichen können.

Aber Magenta wollte zum See – solange noch etwas davon übrig war. Sie schaute zu ihren Beinen herab und gab ihnen den ausdrücklichen Befehl, sich gefälligst wieder in Bewegung zu setzen. Sie gehorchten, wenn auch nicht ohne zu murren.

*

Wie sie vermutet hatte, waren alle anderen Kinder längst da, als Magenta den See erreichte. Denen, die im Wasser standen, reichte das Wasser bis zur Hüfte. Es war also gerade noch tief genug, um zu plantschen und sich gegenseitig mit vollen Händen naßzuspritzen, man konnte gerade noch schwimmen, ohne sich die

Knie anzustoßen. Einige spielten mit einem großen Ball, ein paar saßen oder liefen am Ufer oder bauten Sandburgen. Alles war gleichzeitig fröhlich und friedlich. Magenta hielt Ausschau nach einem Plätzchen, an dem sie nicht mitten zwischen die spielenden Kinder geriete, aber auch nicht so weit weg war, daß es so aussähe, als würde sie sich absichtlich von ihnen fernhalten. Sie wollte nicht zu allem anderen auch noch für eigenbrötlerisch und eingebildet gehalten werden. Aber es machte keinen Unterschied, keines der anderen Kinder suchte ihre Nähe. Man nahm einfach keine Notiz von ihr. Magenta war erleichtert. Sie ließ ihr Kleid am Ufer und tapste ins Wasser.

Nachdem sie eine Weile alleine herumgeplanscht hatte, sich im Wasser die Trockenheit abgespült und sich etwas abgekühlt hatte, tauchte plötzlich ihr Bruder neben ihr auf. Ihm war es tatsächlich gelungen, sich unter Wasser an sie heranzupirschen, wohl weil er so dünn war. Magenta schaute sich um, nein, sie stand auch an einer Stelle, an der das Wasser tiefer war. Es reichte ihr fast bis an die Brust. Und lag spiegelglatt um sie herum. Bis auf die Stelle, an der Ziegenbart - der überhaupt noch keinen Bart hatte - jetzt prustend und lachend neben ihr auf-und-ab hüpfte.

„Na, Nicht-Hexlein!" kicherte er, „wir haben drüben etwas entdeckt. Komm mit, dann können wir gleich sehen, ob Nicht-Hexen schwimmen können!" Magenta konnte zwar seinen Worten überhaupt nichts Komisches abgewinnen, aber auf keinen Fall wollte sie sich die Entdeckungen der anderen Kinder entgehen lassen und tauchte sofort hinter ihm her. Magenta konnte sehr gut schwimmen, natürlich wußte ihr Bruder das. Und fast noch besser tauchen. Sie konnte sogar unter Wasser die Augen aufmachen und sich umschauen, nur Atmen konnte sie nicht unter Wasser, aber wahrscheinlich fiel in dieser trüben Brühe sogar den Fischen das Atmen schwer. Das Wasser war so dick geworden, daß alles dunkelgrün aussah und Magenta nur noch die Umrisse der Gegenstände in ihrer unmittelbaren Nähe erkennen konnte.

Aber sie brauchten nicht weit zu schwimmen. An der Seite des Sees, an dem er kein flaches Ufer besaß sondern blanker Fels steil, fast senkrecht, und schroff aus dem See aufstieg, und die man normalerweise nur schwimmend erreichen konnte ohne auch nur Boden unter den Füßen zu finden da der See hier am tiefsten war, standen Kinder - in ihrer Mitte Thomas - im Wasser, das ihnen nur noch bis an die Knie reichte. Sie spähten in ein Loch im Felsen, das sonst unter der Wasseroberfläche gelegen haben mußte. Niemand von ihnen hatte es schon einmal gesehen. Das Loch war so groß, daß Thomas problemlos aufrecht darin stehen konnte – was er gerade bewies indem er hineinkletterte – und hatte die Form und das Aussehen eines aufgerissenen Fischmauls. Magenta fand es gruselig. Nach und nach stiegen alle Kinder in das steinerne Fischmaul, das sich tatsächlich als Einstieg zu einer großen Grotte erwies. Im Inneren des Berges ging es erst einmal wieder ein Stück bergab und ein weiterer See lag vor ihnen. Nein, dachte Magenta, es mußte ein Stück vom Sarfan-See sein, der hier im Berg einfach weiterging. Klar, denn normalerweise lag der Höhleneingang ja unter Wasser. Jetzt aber konnten sie um diesen inneren See herumgehen, ein sanft abfallendes Ufer aus Sand und Geröll umgab ihn, fast wie ein von Menschen geschaffener gemütlicher

Spazierweg. Hier und dort ragten aus dem Wasser Felsbrocken unterschiedlicher Größe, streckten sich steil der Höhlendecke entgegen, die ein ganzes Stück über ihren Köpfen eine fast runde Kuppel bildete, deren genaue Form sich aber im Halbdunkel verlor. Das durch den Eingang fallende Licht hätte nur ausgereicht die Umgebung ein paar Schritte weit zu erkennen, aber die Wände der Höhle waren mit unterschiedlich großen Ausbuchtungen, Beulen und Dellen übersät, die den hellbraunen Stein fast wie gedengelte Bronze aussehen ließen und auch das Licht so reflektierten. Die ganze Grotte schimmerte geradezu. Auch von der Wasserfläche ging ein mattes Leuchten aus. Draußen, im Sonnenschein, war es sehr viel heißer gewesen. Hier drin war die Luft kühl und feucht. Fast bedrückend. Die Kinder wurden still als sie Thomas am Ufer entlang folgten. Nur noch ihre Schritte waren zu hören und ab und zu rollte ein Stein ins Wasser. Magenta ging das Wort ‚verwunschen' durch den Sinn. Ja, diese Höhle hatte etwas Verwunschenes, Geheimnisvolles an sich.

‚Geheimnisvoll ist ja auch kein Wunder', dachte Magenta, es hatte bis heute niemand von der Existenz der Höhle gewußt, oder auch nur vermutet, daß sich im Inneren des Berges etwas anderes befinden könne als Stein.

Die Kinder hatten jetzt die gegenüberliegende Höhlenwand erreicht, und obwohl es vom Eingang aus gewirkt hatte, als sei der Hintergrund der Höhle im Dunklen verborgen, war es, wenn man hier stand, nicht dunkel. Die Höhlenwände schimmerten auch hier in diesem milden, goldfarbenen Licht, von dem Magenta sich nicht erklären konnte, woher es kam. An dieser Seite des Sees mündeten drei Tunnel in die Höhle.

Keiner von ihnen hatte die Form und das Aussehen eines Fischmauls, wie der vordere Eingang zur Höhle. Ein Eingang war klein und machte nach einem Meter sofort einen scharfen Knick, der zweite war sehr weit und offen, lief nach kurzer Zeit jedoch spitz zusammen wie ein Trichter und führte bergauf. Der dritte befand sich ein ganzes Stück von den anderen entfernt und schien einfach nur ein schlichtes Loch in der Wand zu sein. Auch hatte die Höhle noch mehrere andere große und kleinere Ausbuchtungen, von denen die Kinder von dort aus, wo sie jetzt standen, noch nicht erkennen konnten, ob sie sich als Gänge entpuppen würden und noch irgendwo anders hinführten oder einfach nur Beulen in der Höhlenwand waren.

Nach einer Weile, in der alle nur geschaut und sich gewundert hatten, ergriff Thomas das Wort: „Na, da haben wir ja mal eine Entdeckung gemacht!" rief er und stemmte die Hände in die Hüften.

„Acht, -acht, -acht ..." echote es. Die Kinder zuckten zusammen. Echos gab es sonst nur ganz oben in den Bergen, dort wo im Winter Straßen und Wege unpassierbar waren, weil der Schnee metertief lag und man, wenn man Pech hatte und dort oben wohnte, monatelang vom Tal und allen anderen Menschen abgeschnitten war und wo es tiefe Schluchten gab, in denen sich der Wind verfing und heulte und alle Geräusche von einer Felswand zur anderen geworfen wurden.

Nach der vorangegangenen Stille besaß Thomas sofort die ungeteilte Aufmerksamkeit. „Wer weiß, womöglich finden wir hier noch einen Drachen, der seinen Schatz bewacht!" Er grinste wild.

„Es gibt keine Drachen mehr. Die sind ausgestorben."
entgegnete Halunke trocken, „Schatz alleine wär' nicht
schlecht." (Natürlich ist ‚Halunke' ein blöder Name für
einen Jungen, aber es konnte sich im ganzen Tal
niemand daran erinnern, daß ihn irgend jemand, nicht
einmal seine Eltern jemals anders als ‚du kleiner
Halunke' gerufen hätte.)

„Ha!" Thomas hatte seine Freude daran, in dieser
Höhle laut zu sein, zu rufen, Echos zu erzeugen und zu
sehen, wie die Kinder, wenigstens die kleineren,
jedesmal zusammenschraken.

„Von der Höhle wußten wir ja auch nichts! Vielleicht
war die auch ausgestorben!" Er war der einzige, der
lachte, bis wenigstens seine Adlaten ein höfliches
Kichern beitrugen. Die meisten Kinder fühlten sich gar
nicht so wohl in ihrer Haut. Der viele Stein über ihren
Köpfen war ihnen nicht geheuer. Und Thomas legte
noch nach: „Seeschlangen sind nicht ausgestorben!"
behauptete er sehr überzeugt. Seeschlangen! Magenta
spürte, daß sie zornig wurde. Drachen wären ja noch
gegangen, die waren wenigstens in der Luft, also
draußen, während Seeschlangen sich hier in diesem
unterirdischen See wahrscheinlich sogar recht wohl
gefühlt hätten. Ein paar der Kinder sahen so aus, als
würden sie plötzlich frieren. Ludmilda, die tatsächlich
Thomas ältere Schwester war, aber so gar nichts von
seiner angeberischen Art an sich hatte, bemerkte es
auch.

„Also mir ist hier zu kalt." sagte sie, „ich geh wieder
raus, in die Sonne. Wer kommt mit?" Erleichtert
schlossen sich ihr einige Kinder an. Zwei oder drei
Kleinere wurden einfach mitgenommen. Kälte ist immer
ein guter Grund, von irgendwo zu verschwinden.

Die anderen, mutigen oder auch einfach nur neugierigeren, konnten sich nicht einigen, welcher Tunnel zuerst erkundet werden sollte. So bildeten sich zwei Grüppchen, die einen wollten den weiten, höhlenartigen Gang erkunden, die anderen den engen, gewundenen, schwierigeren. Magenta interessierte sich eigentlich für beide Gänge weniger. So war sie gar nicht traurig, als beide Gruppen in ihre jeweiligen Richtungen verschwanden, ohne sich auch nur ein einziges Mal nach ihr umzusehen, geschweige denn, ein Wort an sie zu richten. Sie interessierte sich am meisten für den dritten Gang, den, der wie ein ganz unscheinbares Loch in der Wand aussah und ein Stück abseits lag. Der unauffällige Gang, der, der die anderen gar nicht interessiert hatte, den sie gar nicht zur Kenntnis genommen hatten. Hatten sie ihn überhaupt gesehen?

So kletterte Magenta also alleine durch das Loch, sie war es gewohnt, alles alleine zu unternehmen. Und es machte ihr gar nichts aus. Kein bißchen. Sie hatte gar keine Lust, sich Thomas Angebereien noch länger anzuhören. Wahrscheinlich tat er jetzt gerade so, als hätte er jeden Stein höchstselbst an Ort und Stelle gelegt, nicht ohne ihn vorher natürlich in gehörige Form gebracht zu haben. Und das Echo hatte er wahrscheinlich auch erfunden und eingebaut. Nein, nein, es war schon ganz in Ordnung so. Sie mußte sich um niemanden kümmern und niemand kümmerte sich um sie und redete ihr rein. Und es hatte den Vorteil, daß, sollte sie etwas finden, auf etwas stoßen, etwas Verborgenes entdecken, sie dieses Geheimnis für sich behalten konnte und es mit niemandem zu teilen bräuchte.

Kapitel III

In der Nähe des Sees hatte sich schon vor Mittag und unbemerkt im spärlichen Schatten eines spärlichen Baumes ein Fremder niedergelassen und den Kindern zugeschaut. Er war ein hagerer, älterer Mann mit kurzem, dunklem Haar. Er saß nur da und beobachtete. Er sah, wie die Kinder im Berg verschwanden, in einer Höhle, die vor kurzem ganz sicher noch unter dem Wasserspiegel gelegen hatte, und er sah, wie sie einige Stunden später, als die Sonne schon tief am Himmel stand und die Hitze nicht mehr ganz so lastend auf dem Tal und über dem Sarfan-See lag, aufgekratzt und vor Begeisterung und Entdeckerfreude glühend, wieder aus dem Berg auftauchten.

Sie saßen am Seeufer und erzählten sich gegenseitig und denen, die nicht dabei gewesen waren, wie sich die Gänge durch den Berg geschlängelt und gewunden hätten, bergauf und bergab, eng und weit. Sie hatten Steine aufgehoben und aus den Wänden gebrochen, holten sie jetzt aus ihren Hosentaschen, verglichen sie, versuchen zu bestimmen, was sie wohl wären, Gold, Silbererz, Smaragde oder wenigstens Eisen. Vielleicht hatten sie ja auch das größte Kohlevorkommen des Landes entdeckt, das würde sie auf einen Schlag reich machen. Und sie schätzten, wie viele Meilen sie im Berg zurückgelegt hätten, und wie lang die Gänge wohl im ganzen seien, denn die, die sie entdeckt hätten, wären bestimmt nicht die einzigen, die den Berg durchzogen. Wie ein Schwamm sähe er wahrscheinlich aus, so porös. Durchzogen von einem geradezu labyrinthischen System aus verflochtenen Gängen und

Tunneln, so tief und so gefährlich, wer sich einmal darin verliefe, fände nie wieder heraus. Zu einer nächsten Erkundung müsse man unbedingt Fackeln und Seile und vielleicht sogar Steigeisen mitnehmen, falls man auf einen Kamin im Berg stieße, in dem man dann im Inneren bis zur Spitze des Berges steigen könne. Dort bräuchte man dann nur eine dünne Schicht Grassode anzuheben und stünde auf dem Gipfel!

Magenta hörte sich alles an und sah sich alles an, was die Kinder, hauptsächlich die Jungs um Thomas, von ihrem Erkundungsgang mitgebracht hatten. Außer Steinen hatten sie verschiedene Eier, aber ganz bestimmt keins davon von einem Drachen, Federn, Knochen dabei sowie Fische, die sie aus dem Inneren See gezogen hatten. Die Fische grillten jetzt über ein paar kleinen Feuern. Für Magenta sah alles genauso aus, wie die Dinge, die man auch außerhalb des Berges, um ihn herum und überall im Tal finden konnte und die Fische schmeckten ganz genauso, wie die aus dem äußeren See. Aber natürlich war es etwas völlig anderes, sie *innerhalb* des Berges zu finden und man hätte eigentlich erwarten können, daß sie *anders* schmeckten, irgendwie *bergiger*.

Es stellte sich heraus, daß die beiden Gänge, denen die Kinder gefolgt waren, der breite und der schmale, nach ein paar kleinen Meilen aufeinander stießen und man auf ihnen also einmal im Kreis laufen konnte. Die Kinder hatten sich an der am weitesten vom Inneren See entfernten Stelle zu ihrem großen Erstaunen plötzlich gegenübergestanden! Magentas Weg war nicht auf diesen Weg gestoßen. Allerdings hatte es auf ihm, so wie auf den anderen beiden auch, jede Menge

Abzweigungen gegeben. Und wahrscheinlich hatten auch diese wiederum Abzweigungen, so daß die Vorstellung, der Berg sei wie ein Schwamm, von einem Labyrinth aus Gängen und Höhlen durchzogen, wirklich nicht sehr abwegig war.

Magentas Weg hatte vor einer glatten Wand geendet. Bis dahin war er leicht gezackt und unregelmäßig, bergauf, bergab und um etliche Kurven gelaufen. Das war aber auch schon das eindrucksvollste an ihm gewesen. Darüber hinaus hatte er nicht viel zu bieten und Magenta entschloß sich, nichts über ihn zu berichten. Es fragte sie auch niemand. Die glatte Wand, an der Magentas Weg wie abgeschnitten endete, war zu glatt gewesen. Keine Ausbuchtungen, keine Dellen, keine Zacken und Kanten. Sie war glatt, wie poliert. Und rund um sie herum waren ganz dünne Kerben oder Einschnitte, nein, Spalten oder Zwischenräume zwischen ihr und der Tunnelwand. Wie eingepaßt. Poliert und eingepaßt. Von Menschenhand. Kein Werk der Natur. Jemand hatte diesen Gang verschlossen. Wahrscheinlich vor langer Zeit. Und in Magentas Gang hatte es Wasser gegeben. Wie ein kleiner Bach verlief es neben dem etwas erhöhten Boden auf dem Magenta gehen konnte ohne nasse Füße zu bekommen, aber direkt vor der glatten Wand sammelte es sich in einem kleinen, aber tiefen Becken. Wie ein weiterer, kleinerer innerer See. Auch hier ging ein Leuchten vom Wasser aus, hell genug, daß Magenta vielleicht nicht alle Einzelheiten, aber doch die Umgebung ausreichend erkennen konnte. Die polierte, glatte, eingepaßte Wand bestand auch aus einem anderen Stein. Nicht wie gedengeltes Messing, nicht einmal hellbraun. Statt zu reflektieren, schien sie das Licht zu verschlucken, so tief schwarz war sie. All das berichtete Magenta nicht. Und schon gar nicht berichtete sie, daß nahe der dunklen Steinplatte drei kleine spitze rote Kegel aus dem Wasser ragten. Ganz gewiß nicht aus Stein, obwohl sie genauso fest, starr und unbeweglich gewirkt hatten, wie der allesumgebende Stein. Aber irgendein unbestimmbares Gefühl sagte ihr, daß diese drei handspannengroßen ,Mützen' wie sie sie zu ihrer eigenen Überraschung in Gedanken nannte, aus etwas ganz anderem gemacht waren. Und daß sie eigentlich dort auch nicht hingehörten, dort nicht gewachsen waren. Aber die anderen Kinder waren so sehr mit ihren eigenen Abenteuern beschäftigt, daß für weitere Entdeckungen heute gar kein Platz mehr blieb. So behielt Magenta das, was sie gesehen hatte, für sich.

Als Magentas und Ziegenbarts Mutter ihnen spät abends, als sie endlich nach Hause gegangen waren, ihre Schüsseln mit Haferbrei und für jeden ein Stück Brot hingestellt hatte, fragte sie beiläufig: „Na, wie war's am See?"

„Es ist nur noch wenig Wasser da." antwortete Magenta, aber während sie noch überlegte, ob sie mehr erzählen sollte, und, vor allem, was von dem, das der Tag gebracht hatte, den Erwachsenen erzählt werden konnte, ohne für Aufregung und tiefergehende Verhöre zu sorgen, warf ihr Ziegenbart einen warnenden Blick zu. Thomas hatte beschlossen und verkündet, daß man die Entdeckung der Höhle vorerst für sich behalten sollte, damit die Erwachsenen einem nicht mit Verboten und Besorgnissen den Spaß verdürben. Es war nicht gefährlich, die Höhle weiter zu erkunden und also würde man es weiter und gründlich tun, ehe man den Eltern Bericht erstatten - und das Lob für die neu entdeckte Fischquelle einheimsen - würde.

*

Die Nacht war fast genauso heiß und schwül wie der Tag und Magenta schlief unruhig und träumte von steinernen Labyrinthen, in denen sich die Wände wie von Zauberhand bewegten oder auf Gleisen geschoben werden konnten, wie eine Lore im Steinbruch und wo sich hinter jeder Abzweigung drei neue Gänge auftaten. In einem Gang erschien Thomas' grinsendes Gesicht, ganz ohne Körper um sofort gespenstisch zu verblassen. Magenta warf sich im Schlaf herum – wodurch auch der Traum durchgeschüttelt wurde und auf einer sonnenbeschienen Wiese weiterging, auf der Fräulein Drollich grüne Schafe hütete.

Kapitel IV

Durch dicke Schichten festen Gesteins dringen Gebrabbel und Geplapper, Geklapper und Gelächter, sickern durch Sedimente und Kristalle, durch Sand und Salze. Finden ihren Weg in den Wänden der verwinkelten Tunnel und Schächte, Gänge und Höhlen, tief, tief nach unten. Bis zu dem Ort, an dem ein Wesen seit Jahrhunderten in der Tiefe seines Verlieses liegt und schläft. Eingesperrt, bestraft, der Welt entzogen, verborgen. Vergessen.

Gebrabbel und Geplapper verlassen die Wände, verwandeln sich in Schallwellen und eilen durch die Luft, erreichen die noch tauben Ohren, in die sie eindringen, sich nun beeilen, das Gehirn des Wesens zu erreichen, dort ein leises Kitzeln auszulösen, nicht stark genug, das Wesen zu wecken, es aus seinem tiefen Schlaf zu reißen, es schläft zu fest, hatte zu lange geschlafen, um jetzt einfach so zurückzukehren in die Welt, die Welt des Wachseins, des Sehens, des Hörens, des sich Bewegens, die Welt seines Kerkers, in der alles dies nicht möglich war. Aber doch schafft das leichte Kitzeln es, sich im Unterbewußtsein des Wesens bemerkbar zu machen und dort etwas auszulösen, das noch kein Gedanke ist, Splitter eines Schlafgedankens noch, was einst ein Denken war, jetzt an die Oberfläche steigen wollte wie Luftblasen im Wasser, zerplatzend, Bilder freilassend ...

Und Sharfeyn träumt

Um ihn alles Wüste, Staub, Trockenheit. Die an

seinen Lippen zerrt. Ihn im Schlaf durstig macht. Graue, trockene Dunkelheit, die ihn gefangen hält. Um ihn herum nur Leere. In ihm Leere. Durst. Hunger. Dann in der Leere plötzlich Grün, eine Bewegung. Er will sich drehen, doch die Leere um ihn ist zu eng. Dann in der Bewegung ein Geräusch. Brabbeln, Murmeln. Worte? Das Gebrabbel stört die grüne Leere, schlägt Wellen, ringförmig breitet sich Lärm aus. Sharfeyn möchte keinen Lärm. Doch er kann jetzt Worte unterscheiden. Er sucht die Richtung, aus der die Worte kommen, menschliche Worte. Er findet Augen. Grüne Augen. Grüne Augen im grünen See. Er wünscht sich, die Augen kämen näher. Das Gebrabbel soll gehen, aber die Augen sollen bleiben. „Komm näher!" ruft er, sehnt er sich. „Komm doch näher!" Die Augen antworten nicht, starren unberührt.

Wieder ruft er: „Grüne Augen! Kommt her! Du mit den grünen Augen! Komm zu mir! Geh nicht fort! Nein! Ich kann mein Bein schon wieder bewegen! Siehst Du?" Er fleht: „Wir schwimmen. So viele Fische, wir werden nie wieder Hunger haben. So satt und vollgefressen. So zufrieden." Aber die Worte stören ihn, dieses Gebrabbel, er wollte das Gebrabbel verscheuchen, aber mit dem Gebrabbel verschwanden auch die grünen Augen! „Gebt doch Ruhe!" bat er, er ließ sich ins tiefere Wasser zurückgleiten. Voller Freude schwamm er. Er spürte das Wasser ihn umgeben. „Ich bin sooo leicht." Er fragte sich, wie es etwas anderes geben könne, als zu schwimmen! Er will die brennende Haut retten, trösten: „Komm, laß uns schwimmen, ich nehme dich mit, dein langes Haar bewegt sich im Wasser, glatt wie Algen. Es fließt. Meine Haut so schuppig, deine Haut so weich. Und kalt. Wieso so *kalt? Meine Schöne. Deine Augen sind weit offen, nicht geschlossen, wie schreckgeweitet staunen sie über die Schönheit der Welt in diesem See, ich zeige sie dir. Wie sehr würde dir die Schönheit meiner Heimat gefallen! Doch wo gibt es einen Weg? Komm, laß uns tiefer schwimmen, nein, nicht nach oben, nach unten geht es, tiefer! Nein, komm ich helfe dir, ich halte dich! Siehst du es? Dort? Die Tiefe leuchtet! Laß uns nach unten schwimmen! Nach unten!*

Ich muß mich umdrehen, wo ist mein Bein? Warte! Bleib! Das Leuchten, sieh nur, es leitet uns, es ruft uns, ich halte Dich. Bleib, bitte, nicht nach oben, nein, mein Bein, es schmerzt, das Leuchten - entfernt es sich? Es darf nicht verblassen! Bleib bei mir!"

Doch das Leuchten aus der Tiefe zerrte Sharfeyn an die Oberfläche und seine Augen öffneten sich gegen seinen Willen. Das unterseeische milde, grüne Leuchten schwand und durch die tausend Löcher in der viel zu niedrigen Höhlendecke fiel das orange Licht der Ewigen Fackel. Sharfeyn blieb nur der Hunger. Immer blieb nur der Hunger. Er versuchte, sich auszustrecken, alle Gliedmaßen steif. Er fühlte sich wie der Fels, der ihn umgab. Grau, stumpf, alt, versteinert. Bis auf den Hunger. Sharfeyn hatte seit mehreren hundert Jahren keinen solchen Hunger mehr verspürt. Ruhelos bewegte er sich in seinem engen Verlies umher, viel Platz hatte er nicht, es reichte gerade, um sich herumzudrehen. Zum Hunger gesellte sich plötzlich die Wut. Er wollte hier raus, warf sich gegen Wände, obwohl er eigentlich wußte, daß das keinen Sinn hatte, nichts einbrachte, außer ein paar blauen Flecken, die er nicht spüren würde. Er wußte, daß ihm nichts bliebe, außer sich wieder hinzulegen, wenn er genug getobt hatte und sich wieder in den Schlaf - und die Träume - sinken zu lassen. Hungrig. HUNGRIG! Dann hörte er etwas wie ein Murmeln, nicht das Geräusch von Wasser. Nach einer Weile erkannte er es: Es war das Geräusch von Stimmen, menschlichen Stimmen, er erinnerte sich. Ein Kribbeln lief über seine Haut. Was erwartete ihn? Doch im nächsten Moment überkam ihn eine große Ruhe, die ihn stillhalten ließ und er betrachtete die schwere Steinplatte, die die Tür zu seiner Höhle bildete und den Eingang verschloß. Er hob die Hand und drückte leicht, nur leicht, dagegen. Nichts geschah. Dann hörte er ein Klicken, dann ein Klacken, ein Geklapper folgte. Aus dem Klappern wurde ein Rumpeln und durch die Mauern lief ein Knirschen, ein Zittern. Sharfeyn ließ sich in der Mitte des engen Raumes auf Knie und Ellenbogen sinken und strengte seine ungenügenden, kleinen Ohren an. Seine Ohren waren dazu geschaffen, unter Wasser zu hören, an der Luft klang alles ganz anders, schärfer, schneidend. Das hatte Sharfeyn auch früher schon irritiert. Seine Augen suchten die steinernen Wände ab, als ob sie die Geräusche sehen wollten, suchten, sie zu verfolgen. Irgendwo im Gestein und seinen Zwischenräumen geschah etwas, bewegte sich etwas. Sharfeyn bewegte sich nicht. Er wartete, was geschehen würde. Das Klappern und Rappeln und Klimpern ging noch eine Weile weiter, Sharfeyn glaubte zu sehen, wie es sich einmal um den Raum herum bewegte, durch alle Wände floß, ihn umkreiste. Um zuletzt wieder an der großen Steinplatte anzukommen, die die Tür war, zu seinem Raum, seinem Gefängnis. Sharfeyn konnte jetzt sehr genau hören, wie direkt hinter oder vielmehr *im Innern* des Türsteins, etwas laut knackte und wegsprang und er erwartete fast, einen Riß im Gestein entstehen zu sehen. Aber das geschah nicht. Das Klappern hörte einfach auf, brach abrupt ab, nach diesem letzten lauten Knacken. Sharfeyn schaute eine Weile die Wand an, die sich nicht verändert hatte, genauso aussah wie vorher und Enttäuschung ausstrahlte. Es verging einige Zeit, da streckte er traurig die Hand aus und berührte den Türstein noch einmal an derselben Stelle, an der er ihn lange Minuten vorher berührt hatte. Zu seiner Überraschung spürten seine Fingerspitzen Schwingungen, eine Art Vibrieren, weit unterhalb aller Frequenzen, die Ohren hätten hören können. Leicht drückte er dagegen und der Türstein bewegte sich mühelos in sorgfältig gefrästen Rinnen zur Seite und gab den Eingang so selbstverständlich frei, als hätte er das jeden Tag getan und nicht viele hundert Jahre lang unbewegt und ungenutzt verharrt.

Weiter geschah nichts. Bis sich Sharfeyn vorsichtig, fast schüchtern bewegte und durch die enge Öffnung in den dahinter – oder davor? - liegenden Gang trat. Irgendwohin führt ein Gang immer. Dieser Gang führte in ein trockenes Labyrinth.

Kapitel V

Der nächste Tag fühlte sich von Anfang an seltsam an. Die Hitze drückte, die Luft war zum Schneiden und selbst das Schwimmen machte nicht wirklich Spaß, doch die Kinder planschten herum so gut sie konnten. Magentas Versuche zu ,planschen' verliefen wie immer ergebnislos, aber sie schöpfte die Hände voll Wasser und warf es hoch, so das es auf sie herunterregnete. Die Kinder hatten soviel Spaß wie möglich. Aber Magenta war unruhig. Dieser Tag wollte ihr nicht gefallen. Die Luft war irgendwie schmierig, die Dinge sahen alle aus, als hätten sie zusätzliche Kanten, durch die sich eine unvorhersehbare Zukunft zu drängen versuchte. Um Magenta herum planschten die Kinder und machten Lärm, nur sie selbst bewegte sich durch das Wasser, ohne es zu stören. Oder war da noch etwas? Magenta fühlte sich auf seltsame Weise nicht alleine. Sie spürte, daß etwas suchte – aber nicht nach ihr.

Das Wasser wallte auf, als ob ein großer Felsbrocken hineingeworfen worden wäre und unter viel Gebrodel tauchte etwas auf. Magenta sah Grün, Gold, Blau und Bewegung und Pranken, die grapschten nach den Kindern, die spät begriffen und kreischend zu fliehen versuchten, aber das große grüne Ding erwischte drei von ihnen. Dann steuerte es auf ein viertes zu, das ganz nah bei Magenta stand. Magenta reagierte ohne nachzudenken und riß die kleine Roswi an sich. Das Ungeheuer zögerte, als es das Kind nicht mehr sah. Magenta stand wie versteinert, das kleinere Kind, auch wie erstarrt, im Arm, als in ihr die Erkenntnis emporschoß, daß das Ungeheuer nur die Kinder wahrnahm, die planschten, zappelten, sich bewegten, Wellen verursachten. Sie rief den anderen so leise wie möglich zu, still stehen zu bleiben, doch die Kinder reagierten nicht auf ihr Rufen, vielleicht hatten sie sie auch nicht gehört. Magenta bewegte sich sachte mit dem Kind im Arm auf das Ufer zu. Es gelang. Sie blieben unbemerkt. Das Ungeheuer glotzte um sich, suchte nach noch mehr Nahrung. Erst als Thomas begriff und Magentas Warnung, bewegungslos zu bleiben, wiederholte, standen die Kinder mucksmäuschenstill und das Ungeheuer schlenkerte den großen, grün-goldenen Kopf ziellos hin und her, versuchte die Kinder, die es eben noch gehört und deutlich gespürt hatte, auszumachen, vermochte aber nur noch die Angst wahrzunehmen. Es wandte sich um, machte eine Art Kopfsprung durch das steinerne Fischmaul, sein schlangenartiger Leib bildete eine grün schillernde Welle, als es ihn in den Berg hinterherzog.

Nach und nach fanden die Kinder wieder aus ihrer Erstarrung und bewegten sich, noch benommen und zitternd, vorsichtig in Richtung Ufer, als Thomas platschend und schreiend auf Magenta zustürzte und ihr Roswi aus den Armen riß. Magenta erschrak, wie auch die Kinder in ihrer Nähe, über Thomas' Heftigkeit. Aber Thomas wurde noch lauter und herrschte Magenta an: „Was bildest Du Dir eigentlich ein? Du rettest hier niemanden! Du hast doch das Biest gerufen! Gib es zu! Du bist doch das Böse in Person!" Magenta war vollkommen sprachlos und brachte keinen Ton heraus.

„Wa...?"stammelte sie nach einer ganzen Weile. Die anderen Kinder standen im Kreis um Thomas und

Magenta herum und wirkten ein wenig unentschlossen.

„Wieso hat es Dich nicht gefangen? Woher wußtest Du, was man machen muß? Hä? Sag!"

Magenta hatte keine Ahnung, wovon Thomas sprach.

„Aber ...", weiter kam sie nicht, denn jetzt schaltete sich auch der Kleine Halunke ein: „Ja, genau, wieso hat das Monster nicht Dich gefressen, Du standst doch direkt neben ihm!? Hä?"

„Auch wahr!" und „Ja, wieso eigentlich nicht?" ertönte es von weiter hinten.

„Kei-keine Ahnung ..." versuchte Magenta. Roswi fing an zu weinen und streckte die Arme nach Magenta aus, aber Thomas hielt sie nur noch weiter von ihr weg.

„Ich sag's Dir, Magenta Zwiebelberg: Weil Du mit dem Ungeheuer verbündet bist! Weil Du uns in eine Falle gelockt hast! Weil Du uns verfüttern wolltest! An Deinen netten Drachen! Du Hexe!" Das Gemurmel, das jetzt von den Anderen aufstieg, bekam einen zustimmenden Klang, nur Roswis Jammern wurde ängstlicher.

„So ein Quatsch," brachte Magenta heraus, sie drehte sich um und wollte ans Ufer klettern, aber da standen wie verabredet alle Jungs von Thomas Bande und feixten hämisch. Magenta wandte sich nach rechts doch auch hier war auf einmal alles voller Kinder, die wie eine Wand vor ihr aufragten und sie nicht aus dem See ließen. Sie schaute sich nach Thomas um, der stand jetzt am Ufer und reichte Roswi an einen ihrer Brüder weiter. Er funkelte Magenta böse an.

„Wie wär's wenn Du es zugibst, Magenta?"

„Ja aber was denn bloß!" rief Magenta unter Aufbietung aller ihr Verfügung stehenden Empörung.

„Daß Du das Ungeheuer gerufen hast! Hexe!!" Es war schon mehr ein Kreischen als ein Rufen. Und es wurde sofort vielstimmiger.

„Hexe!" begeistert kam es von allen Seiten. „Hexe! Hexe!!"

Und da kam auch schon der erste Stein geflogen. Zum Glück verfehlte er sie und platschte einen Meter links von ihrer Schulter ins Wasser, wobei er natürlich herrliche Ringe machte, wie Magenta mit überdeutlicher Schärfe wahrnahm. Und es folgten weitere. Der nächste pfiff schon haarscharf an ihrem Ohr vorbei. Magenta wich zurück. Sie wußte, daß jeder Versuch sich mit Worten – oder auch mit Steinen – zur Wehr zu setzen, zum Scheitern verurteilt war. Sie würden sie nicht hören, geschweige denn, ihr zuhören, sie anhören. Und um sich körperlich zu wehren, waren es einfach zu viele. Noch ein Schritt rückwärts. Im knietiefen Wasser wäre sie fast ausgerutscht.

„Hexe! Hexe!" skandierte die Meute jetzt. Der dritte Schritt rückwärts brachte Magenta in tieferes Wasser, es reichte ihr jetzt bis zur Taille. Magenta entschloß sich zur Flucht. Mit einem Hechtsprung rückwärts tauchte sie unter und schwamm soweit sie konnte, ohne aufzutauchen und luftzuholen. An der Wasseroberfläche erschienen keine Spuren, die angezeigt hätten, in welche Richtung Magenta getaucht wäre. Der See lag spiegelglatt und unbewegt da. Und schimmerte. Wie ein frisch gedengeltes Sensenblatt. Die Kinder standen am Ufer und schauten Magenta hinterher, von der nichts mehr, schon gar keine Welle, zu sehen war. Ein paar Steine flogen noch und fielen ins Wasser. Da ertönte ein durchdringender Schrei von einem der Kinder: „Da - das Viech kommt wieder!" und alle stürzten in wilder Panik davon, nur weg vom Ufer und diesem gräßlichen See.

Kapitel VI

Die Kinder schrien den ganzen Weg ins Dorf hinunter. Sie rannten so schnell, wie sie wahrscheinlich in ihrem ganzen Leben vorher noch nicht gerannt waren. Die meisten sahen sich nicht um, sie kannten nur eine Richtung: nach vorne, in die Sicherheit des Dorfes. Wer sich umblickte verlor unweigerlich den Boden unter den nackten Füßen oder wurde von den anderen über den Haufen gerannt. Manche hielten sich an Händen oder umklammerten sich und stolperten gemeinsam. Einige der Größeren hatten sich die Kleinsten geschnappt, wo sie sie zu fassen kriegten und trugen sie oder zerrten sie hinter sich her. Blessuren waren jetzt das geringere Übel. Schnell, nur schnell weg.

Die Leute im Dorf hörten den Lärm schon von weitem. Aufgestört traten sie vor ihre Häuser und aus den vertrocknenden Gärten, in denen sie versuchten, sich ein wenig Gemüse zu retten, auf die Straße, ließen Werkzeuge liegen und sahen dem sich nähernden Geschrei entgegen, das zunächst nur die Form einer Staubwolke hatte, aus der sich nach und nach aber einzelne Gestalten lösten, die mit Armen und Beinen fuchtelten. Noch bevor die Leute im Dorf begriffen, worum es ging und was geschehen war, wurden sie schon von der Furcht, die die schreiende Lawine aus Kindern wie eine Geröllhalde vor sich herschob ergriffen und sie liefen ihnen mit der Gewißheit, daß etwas Grausiges passiert war, entgegen.

Thomas hielt Roswi die ganze Zeit an seine Brust gedrückt und rannte brüllend auf den Hof ihrer Eltern.

Die kamen aus der Scheune gelaufen. Bauer Rettig hatte die Heugabel noch in der Hand. Niemand verstand in dem allgemeinen Geschrei, was passiert war, nur *daß* etwas passiert war, war allen klar. Frau Rettig nahm Thomas das Kind ab und versuchte, gleichzeitig beruhigende Laute von sich zu geben und Thomas zusammenhängende Fragen zu stellen. Thomas bemühte sich, beruhigende und zusammenhängende Antworten zu geben. Bauer Rettigs Hand krampfte sich um den Stiel der Heugabel und wurde weiß. Alle paar Meter standen jetzt Grüppchen von Leuten, Eltern, die ihre Kinder an sich preßten, Kinder, die sich festhielten, Erwachsene, die laut redeten und unsichere Blicke den Weg entlang in Richtung See warfen.

Frau Bohne stand alleine zwischen drei Familien. Auch sie schaute in Richtung See. Aber da kam niemand mehr. Ihr Sohn Jack war nicht unter den Kindern gewesen, die ins Dorf gerannt gekommen waren. Alle Kinder waren ins Dorf gerannt, bis auf die, die gleich zu den Häusern und Höfen ihrer Eltern gelaufen waren. Frau Bohne wohnte aber im Dorf und Jack war ihr einziges Kind. Jacks Vater war gestorben, sie verdiente sich ihren Lebensunterhalt damit, daß sie die Kleider der Leute reparierte und auch neue nähte, wenn es gebraucht wurde. Jetzt stand sie alleine mitten auf dem Dorfplatz und fing an zu weinen. Auch Lehrer Quant und seine Frau hielten nur zwei ihrer drei Kinder an sich gedrückt. Langsam verebbte das Schreien, die Leute sahen sich an und wurden ganz stumm. Jemand ging zu Frau Bohne und berührte sie sacht an der Schulter, sie fing an, laut zu schluchzen und kauerte sich auf den Boden. Fräulein Drollich, die wie aus der leeren Luft heraus aufgetaucht war, setzte sich neben sie, nahm sie in die Arme und wiegte sie wie ein kleines Kind. Bestürzung und Kummer breiteten sich ringförmig über allen Anwesenden aus, bis der ganze Dorfplatz davon wie von einer Kuppel bedeckt war. Schließlich sagte Herr Westermann: „Alle müssen herkommen. Auch die von den entlegeneren Gehöften und Hütten. Holt alle her, jeden Mann, jede Frau und vor allem jedes Kind. Sagt Bescheid, daß wir uns alle in der Ratshalle treffen wollen. Und wirklich alle Kinder sollen mitkommen, damit wir wissen, wer fehlt."

„Ha! Daß Magenta Zwiebelberg fehlt, das kann ich Dir schon sagen!" schnaubte Thomas. Sein Vater sah mit fragender Miene zu ihm herüber, er konnte den Tonfall, in dem Thomas gesprochen hatte nicht einordnen und er verstand nicht, was Thomas meinte.

„Und ihre Geschwister?" fragte er vorsichtig.

„Ziegenbart war eben noch da und die Kleine war gar nicht mit." Thomas zuckte mit den Schultern und ging wieder zu den Rettigs rüber, die nach wie vor Roswi wiegten. Herr Rettig tätschelte geistesabwesend Thomas' Schulter. Aber Herr Westermann war nicht so leicht abzuwimmeln und folgte ihm. Er hielt ihn am Ellbogen fest.

„Wenn alle da sind wirst Du uns die Geschichte in allen Einzelheiten erzählen. Und ich will keinen Unfug hören!"

„Aber Magenta ist doch an allem schuld!" rief Thomas.

„Das kannst du uns dann ja alles erzählen. Alles der Reihe nach." Und er zog ihn mit sich in Richtung Ratshalle, wo jetzt nach und nach die Familien des Sarfan-Tals eintrafen.

Nachdem alle da waren und etwas Ruhe eingekehrt war, stellte sich heraus, daß drei Kinder fehlten. Und Magenta Zwiebelberg. Wie Thomas betonte. Es fehlten Jack Bohne, Zobill Rupfrecht und Mary Quant. Und Magenta Zwiebelberg, wie Thomas nicht müde wurde zu betonen. Dann wurde es richtig schwierig für die Erwachsenen, sich aus den bruchstückhaften Sätzen der Kinder ein Bild zu machen: da war von einem Ungeheuer im Berg die Rede, von einem Drachen, der aus einem See im Berg aufgetaucht war – „nachdem Magenta ihn gerufen hatte!" rief Thomas dazwischen, woraufhin ihm sein Vater, der nun wirklich ärgerlich wurde, das Wort bis ans Ende der Besprechung verbot. Thomas kaute auf seiner Wut herum, hielt sich aber vorerst an die Mahnung seines Vaters. Ebenso warnte Herr Westermann vor jeglichem planlosen Losgerenne Einzelner, solange man nicht wußte, was eigentlich passiert sei. Da wirklich jeder hören wollte, was eigentlich los sei, und sich auch in der Menge der Leute wohler fühlte, fehlte es bis jetzt sowieso an dahingehender Eigeninitiative.

Nach geraumer Zeit bot sich den Dorfbewohnern folgendes Bild: Es gab einen See im Berg und der Berg war durchzogen von Gängen. Irgendwo in diesem Labyrinth mußte ein Drache oder etwas Ähnliches gehaust haben, der - beziehungsweise das - jetzt ans Licht gekommen war und drei der Kinder geraubt und in den Berg geschleppt hatte. Darüber hinaus war Magenta Zwiebelberg verschwunden.

Daß sie nicht vom Ungeheuer verschleppt worden war, das hatten ja alle Kinder noch gesehen. Am Seeufer war sie ja noch bei ihnen gewesen. Über geworfene Steine wurde kein Wort verloren.

„So, und was wolltest du uns jetzt über Magenta erzählen?" forderte Herr Westermann seinen Sohn auf.

„Sie ist eine Hexe", schnaubte Thomas, endlich durfte er es sagen, „sie hat das Ungeheuer gerufen, sie wußte die ganze Zeit, daß es da war, sie hat es behext, daß es nicht sie mitnimmt, sondern andere. Sie wußte, wie man mit ihm redet ..." mehrere der Jungs, seine Gefolgsleute, murmelten zustimmend, „der Drache hat sich auf ihren Wink hin die Kinder ausgesucht!" Bestürzung mischte sich unter die Anwesenden. So recht glauben mochte das noch niemand.

„Was redest Du da, Thomas?" Herr Zwiebelberg kam durch den Saal, „Das ist doch Unsinn!"

„Na, sie müssen es ja wissen", warf ihm Thomas patzig über die Schulter entgegen, „Sie ist ja Ihre Tochter und Sie sollten ja am besten wissen, was Sie da herangezogen haben!"

„Thomas, ich verbiete Dir, so zu reden! Sicher, Magenta ist ein wenig merkwürdig, aber …"

„Wo war sie denn, als wir die Gänge erkundet haben? Da war sie überhaupt nicht dabei! Hat sie da jemand gesehen? Und abends? Hat sie da irgend etwas erzählt oder überhaupt nur gesagt? Nein! Aber sie wußte die ganze Zeit Bescheid!"

„Hat sie Dir von dem Labyrinth im Berg erzählt?" schaltete sich Herr Westermann ein.

„Nein," gab Magentas Vater zu, „das nicht …"

„Oder wo sie hingegangen ist? Wo sie jetzt ist?"

„Nein, auch das nicht" Herr Zwiebelberg wußte nicht weiter.

„Zygbert, was weißt Du darüber?" Er suchte seinen Sohn, doch Ziegenbart war hinter einer Bank in

Deckung gegangen und nicht zu finden. Noch einmal trumpfte Thomas auf: „Ich bleibe dabei: Magenta ist eine Hexe!"

„Magenta! Magenta!" rief die kleine Roswi fröhlich, die sich offensichtlich besser von dem Schreck erholt hatte als ihre Eltern und streckte die Ärmchen suchend aus. Sie schaute sich um, konnte aber Magenta nirgends entdecken und ließ die Ärmchen traurig sinken. Frau Rettig schaute sich verwundert in der Halle um.

In der darauffolgenden Stille, klang Fräulein Drollichs Stimme sehr sachlich: „Was hast du gegen Hexen, Thomas Westermann?" Die Stille wurde massiv wie ein Gesteinsbrocken. Doch Thomas ins Bockshorn zu jagen war so leicht auch nicht, obwohl er ein wenig um Worte ringen mußte.

„Naja, diese ganze Sache mit den Steinen und dem Wasser und daß sie keine Ringe macht ... normal ist das nicht!" rief er zuletzt.

„Normal?" Fräulein Drollich stand auf und kam auf Thomas zu.

„Meinst du, Thomas Westermann, ich wäre eine Hexe, wenn ich NORMAL wäre?" Sie stand jetzt direkt vor Thomas und Thomas wurde klar, daß ihm noch nie klar geworden war, wie groß Fräulein Drollich eigentlich war. Sie mußte mindestens einsneunzig sein! Wenn nicht mehr.

„Einsvierundneunzig, Thomas Westermann", sagte sie. „aber das ist nicht, was eine Hexe ausmacht. Nicht die Größe und nicht einmal, was jemand kann, Ebensowenig macht es jemanden zur Hexe, etwas NICHT zu können. Ringe im Wasser! Papperlapapp! Was kannst DU denn alles NICHT? Und was KANNST

Du, Thomas? Außer deine Klappe aufreißen?" Aber Thomas riß seine Klappe gar nicht mehr auf. Er war sehr klein geworden auf seiner Bank. Fräulein Drollich hatte alles gesagt, was sie sagen wollte, sie starrte Thomas noch einmal kurz durchdringend an, drehte dann ab und segelte elegant wieder an ihren Platz zurück.

Herr Quant fragte leise: „Und was sollen wir nun tun?"
"Wir wissen ja nicht einmal, ob die Kinder noch leben", sagte jemand, und es war, als ob der ganze Saal hörbar nach Luft schnappte. Und dann sagte ein anderer: „Was sitzen wir hier eigentlich die ganze Zeit herum? Los! Schnappen wir uns das Biest endlich und holen die Kinder heraus!"

„Nungut, nungut," rief Herr Westermann und machte beschwichtigende, planvolle Gesten, er wollte auf jeden Fall den Überblick behalten, „holt Werkzeuge und Licht, Seile und Fackeln ... und was man so braucht! Und dann machen wir uns GEMEINSAM auf den Weg! Wir wollen doch nicht noch mehr Leute verlieren! Achja: und die kleinen Kinder bleiben hier, bringt sie in ihre Betten, die mittleren sollen auf sie aufpassen, nur die Großen kommen mit, die kennen den Weg." Und zu seinem Sohn gewandt fügte er leise hinzu: „Und du hältst dich gefälligst zurück."

Ziegenbart hatte die ganze Zeit hinter der Bank gekauert und nicht gewußt, was er tun sollte. Herrn Westermanns Vorschlag, daß die ,Mittleren' die Kleinen nach Hause bringen und behüten sollten kam ihm einerseits ganz gelegen, da er sich jetzt nicht zwischen Thomas und Magenta entscheiden mußte, andererseits war es für seinen Ruf natürlich abträglich, nicht mit

Thomas und den anderen Jungs zusammen gesehen zu werden. Aber sich öffentlich gegen Magenta, seine Schwester, zu stellen, sie womöglich noch eigenhändig mit Steinen zu bewerfen, im Beisein seiner Eltern ... Ziegenbart wäre am liebsten ganz unter die Bank gekrochen.

Vor der Tür bildete sich ein dichter Pulk von Leuten, alles redete jetzt durcheinander. Die Männer schwangen ihre Heu- und Mistgabeln, die Frauen hielten Fackeln, der Schmied hatte seinen Hammer und einen Sack voller eiserner Haken dabei, andere trugen Stricke, wieder andere Knüppel mit sich. Einer, dessen Großvater noch Jagdfischer gewesen war, brachte eine antike Harpune. Vermutlich war sie längst eingerostet, aber wer weiß …

Als alles zum Aufbruch bereit war, senkte sich bereits der Abend auf das Tal. Herr Westermann gab das Kommando zum Abmarsch, indem er Thomas und den Kleinen Halunken am jeweiligen Schlafittchen packte, vor sich herschob und „Na denn man los!" rief. Endlich setzte sich der ganze Haufen in Bewegung. Endlich unternahm man etwas! Einzelne Rufe erschollen schon, Äußerungen der Siegesgewißheit und Drohungen gegen das Ungeheuer wechselten sich ab, und je weiter man sich vom Dorf entfernte und dem Sarfan-See näherte, desto lauter wurde das Rufen und vielstimmiger, bis aus dem Zug der Menschen, die ihre Kinder retten wollten, ein vor Wut tobender gigantischer Wurm geworden war, eine Schlange aus Kummer, Verzweiflung und Rachedurst, die sich laut und lärmend durch die still und unbeteiligt daliegenden, dunklen Hügel wand.

Fräulein Drollich wartete den Aufbruch ab, obwohl sie sich würde beeilen müssen. Sie wollte erst noch zu ihrem Haus zurück, um sich umzuziehen. Sie konnte ja wohl schlecht im rosa Rüschenkleid ein Labyrinth im Berg betreten. Sie besaß für solcher Art Unternehmungen ein paar kniehohe, feste Reitstiefel aus wertvollstem rosa Hirschleder, und einen ebenso wertvollen, maßgeschneiderten, oder vielmehr ‚maßgesattlerten' robusten, enganliegenden, rosa-farbenen Leder-Overall. Sie wußte, sie würde sich gut ausgerüstet wesentlich wohler fühlen. Und sich wohl und sicher zu fühlen in seiner eigenen Haut ist extrem wichtig, wenn man es als Hexe, selbst als so eine hervorragende wie Fräulein Drollich, mit einer aufgebrachten Menschenmenge zu tun bekommt. Sie wollte nicht in eine Situation geraten, die sie zwingen konnte auch nur einen Moment darüber nachdenken zu müssen, wer sie war und welchen Standpunkt sie einnahm. Sie war Fräulein Drollich, sie wußte das. Und alle anderen würden es auch wissen - oder es entsprechend zu spüren bekommen. Aber ein dezenter Hinweis konnte nie unangebracht sein.

So bestieg sie also ihren Schäferstab und flog - sehr elegant im Damensitz - zu ihrem Haus.

Kapitel VII

Als Magenta endlich auftauchte lag keine 20 Meter vor ihr das Seeufer, in einer Mischung aus Schwimmen und Taumeln erreichte sie das Trockene. Hier war es sandig und nichts wuchs. Verstreut lagen Muschelschalen und ein paar Büschel vertrocknetes Seegras.

Magenta blickte sich um. Hinter ihr lag der Sandstrand, unberührt wie am ersten Tag. Keinerlei Spuren ließen drauf schließen, daß irgendein Wesen den Strand jemals betreten hatte. Sie blickte zu ihren Füßen herunter. Ihre Füße steckten bis zum Rist im feinkörnigen Sand. Sie hob einen Fuß heraus. Nichts rieselte herab. Unter der Fußsohle lag der Sand glatt und weich, in Wellenform, wie ihn die plätschernden Wellen des Sees geformt hatten. Sie senkte den Fuß wieder herab. Er sank genausoweit ein wie vorher. Als sie ihn wieder hob – keine Spur von einer Spur. Kein Fußabdruck. Magenta erstarrte in der Bewegung, sie fror. Sie glaubte, sich nie wieder bewegen zu können. Als stecke sie in Eis.

Magenta weinte. Die Tränen liefen ihre Wangen hinunter und hinterließen Streifen in der Schmutzschicht auf ihrem Gesicht. Dann rollten sie weiter, lösten sich von ihrem Kinn und tropften zu Boden. Sie fielen an ihrem Körper entlang um sich dann einen Zentimeter über dem Sand aufzulösen und im Nichts zu verschwinden und den Boden niemals zu berühren. Sie trafen nicht auf den Sand.

Magenta fiel.

Sie fiel durch ein bodenloses Labyrinth, und während sie fiel dachte sie wie sonderbar das sei, weil ein Labyrinth im Grunde dafür gemacht ist, daß man grade nicht durch die Wände gehen kann.

*

Als sie wieder zu sich kam stand die Sonne zwar um einiges tiefer am Himmel aber es war immer noch heiß und drückend und die Luft war immer noch schmierig und die Dinge hatten diese merkwürdigen Kanten. Es mußte einige Zeit vergangen sein - wieso hatten die anderen sie nicht gefunden? Oder hatten sie sie nicht verfolgt? Vielleicht war sie ja jetzt unsichtbar? Sie hielt eine Hand vor die Augen. Sie selbst konnte sich sehen. Aber das mußte nichts bedeuten. Sie sah sich um. Wo war sie? Sie erkannte die Stelle nicht gleich, an der sie ans Seeufer gelangt war.

Den unscheinbaren, dunklen Fremden, der weit oben auf einer vorspringenden Felszinne stand und zu ihr herabsah, bemerkte Magenta nicht. Wenn sie ihn bemerkt hätte, hätte sie sich gewiß gefragt, wie er denn da hingekommen sei.

Vorsichtig klomm sie einige Schritte das Ufer hinauf. Ja, diese Stelle hatte ganz sicher sonst unter Wasser gelegen. Nun war es eine richtige, sandige Bucht im felsigen Ufer. Hinter ihr stiegen die steinernen Wände steil an. Es war die Stelle des Sees, die an der vom Dorf abgewandten Seite hinter einem scharfen Felsgrat lag und die man nur schwimmend erreichen konnte.

Hier kam man nur auf demselben Wege wieder fort, auf dem Magenta hergekommen war: durch das Wasser. Oder? Ging es vielleicht auch durch den Berg? Magenta ging zu den Felsen hinüber und betrachtete sie genauer. Sie kletterte dort, wo es ging, ein Stück hinauf und untersuchte die Risse und Spalten im Stein. Sie kletterte wieder hinunter und ließ von dem schmalen Streifen Sandstrand aus den Blick über die ganze Wand wandern, die die Bucht abschloß. ‚Ja', dachte sie, sie mußte unterhalb der ehemaligen Wasserlinie suchen; wenn es einen Zugang zum Inneren See gab, mußte er dort gelegen haben, vor den Blicken verborgen, genau wie der vordere. Einige Löcher fielen ihr auf. Sie untersuchte sie eines nach dem anderen. Es wurde schon fast Abend und sie befürchtete schon, daß ihre Hoffnung enttäuscht würde und es hier keinen Weg in die Höhle gab, als sich ein sehr schmaler Spalt, den sie fast übersehen hätte und durch den sie sich grade so durchquetschen konnte, als Einstieg zu einer Höhle erwies, die zwar nicht die große Höhle des Inneren Sees war, die aber vom gleichen merkwürdigen Glänzen erhellt war und in die gleich mehrere Gänge mündeten. Magenta seufzte als sie ahnte, wie lange sie würde suchen müssen, um den richtigen Weg zu finden, den, der aus dem Labyrinth herausführte. Den, der sie aus dem Labyrinth herausführte und sie nicht sofort den Anderen in die Arme laufen ließ. Den Weg, der sie aus dem Labyrinth herausführte, sie nicht den anderen in die Arme laufen ließ und es ihr vielleicht sogar ermöglichte, die verschleppten Kinder zu finden ...

Ob sie überhaupt noch lebten? Magenta war sich nicht sicher, ob sie selbst noch lebte. Zu unwirklich kam ihr all das vor und sah alles um sie herum aus in diesem metallischen Licht. Zu unwirklich das ganze Geschehen. Kaum konnte sie sich an das Kreischen und den Schrecken der Kinder – und an ihren eigenen - erinnern als das Ungeheuer plötzlich aufgetaucht war. Wie konnte es so plötzlich auftauchen? Wie hatte es überhaupt ausgesehen? Es war alles genauso schnell vorüber gewesen, wie es angefangen hatte. Und die Anderen hatten ihr die Schuld gegeben! Was konnte sie denn dafür, daß im See ein Ungeheuer wohnte! Nein, nicht im See, im Labyrinth wohnte es, und genau dorthin mußte sich Magenta jetzt aufmachen, da war sie sich so sicher wie sie sich noch nie zuvor in ihrem Leben über etwas sicher gewesen war. Zurück, wußte sie, konnte sie sowieso nicht.

Es führten sieben Gänge von der kleinen Höhle weg, welchen davon sollte sie nehmen? Plötzlich fiel ihr ein recht merkwürdiges Sprichwort ein, das sie einmal gehört hatte und das wahrscheinlich diejenigen aufmuntern sollte, die nie etwas riskieren - oder sich nicht entscheiden können. Magenta hatte keine Ahnung, warum es ihr ausgerechnet jetzt einfiel, denn es paßte hier gar nicht: „In Gefahr und höchster Not bringt der Mittelweg den Tod!" und Magenta dachte: ‚Gut, dann eben der mittlere', und ging an drei Wegen vorbei, ohne einen Blick hineinzuwerfen und schlüpfte in den vierten, der fast so eng war, wie der Spalt, durch den sie sich hereingequetscht hatte.

Genau wie der Weg, dem sie vom Inneren See aus gefolgt war verlief dieser leicht abfallend, nach unten, tiefer in den Berg hinein und weiter unter das Niveau der Wasseroberfläche. Und er krümmte und wand sich wie ein ausgegrabener Regenwurm. Magenta kam es vor als wäre sie wohl schon eine halbe Stunde gegangen als sie an eine Weggabelung kam, wo der Gang in einen anderen, breiteren, mündete, der ihr bekannt vorkam. Sie wählte den Weg nach links und stand nach kurzer Zeit an der Stelle, an der sich die polierte Wand befunden hatte und wo sich jetzt aber nur noch ein großes Loch befand. Hier also hatte sich das Ungeheuer verborgen gehalten. Magentas Nackenhaare richteten sich auf und meinten, sie solle schleunigst von hier verschwinden, aber Magentas Füße hatten wieder einmal Wurzeln geschlagen und ihre Augen spähten gespannt in die Höhle, wobei sich der Rest von Magenta bemühte, so unsichtbar wie möglich zu sein. Aber das Ungeheuer war nicht hier. Die Höhle war leer.

Aber Magenta betrat sie trotzdem nicht. Sie mochte nicht über die Schwelle treten, die im Boden durch eine tiefe Rille, die an etwas wie eine Schiene erinnerte, markiert wurde. Magenta hatte von dort, wo sie stand bereits erkennen können, daß die Höhle keinen zweiten Ausgang hatte. Und es fiel ihr auf, daß die Höhle kaum größer war als das Ungeheuer. Wenn es hier drin gewesen war, hatte es nicht mal Platz gehabt, sich umzudrehen. Hierhin würde es wohl kaum zurückkehren. Trotzdem fürchtete sie sich vor diesem Ort und langsam fing der Gedanke in ihrem Kopf, daß ja auch das Ungeheuer irgendwo in diesem Labyrinth steckte, in das sie so gedankenlos und zuversichtlich eingestiegen war, an, sich laut und deutlich bemerkbar zu machen und an ihre Schädeldecke zu klopfen.

Aber wohin nun? Leise bewegte sie sich wieder zu

der Einmündung zurück, von der sie gekommen war, ging aber nun daran vorbei. Ja, das war der Gang auf dem sie gestern an diese Stelle gekommen war, der direkt zum Inneren See führte. Zögernd folgte sie ihm, der Gedanke an das Ungeheuer wurde immer lauter. Sie hielt es nicht für eine gute Idee, zum Inneren See zu gehen. Also bog sie in den nächsten kleinen Seitenarm ab, der so klein und eng war, daß sie gerade hindurchpaßte. Falls er sich als Sackgasse erwies, würde sie sich rückwärts wieder hinaus arbeiten müssen. Nach ein paar Biegungen erweiterte er sich aber etwas und nach zwei weiteren Biegungen blieb Magenta stehen, als sie leise Stimmen hörte. Leise waren sie nur, weil sie noch ein ganzes Stück entfernt waren, denn als Magenta weiterging hörte sie, daß die Stimmen sehr aufgebracht und streitbar klangen. Vorsichtig bog sie um die Ecke, um noch eine Ecke und noch eine bevor sie die Besitzer der Stimmen sehen konnte: Es waren die roten ‚Mützen', die Magenta am Tag vorher vor der glatten Steinwand im Wasser hatte stehen sehen. Nein, nicht ganz, wie Magenta zugeben mußte, die ‚Mützen' waren tatsächlich Mützen und sie sprachen nicht, aber sie saßen auf Köpfen, die haargenau wie die Köpfe von Gartenzwergen aussahen und aus deren Mündern die Stimmen kamen. Dem Klang nach stritten sie, aber Magenta konnte nicht verstehen worüber – wahrscheinlich sprachen sie Gartenzwergisch, denn auch der Rest der kleinen, ungefähr kniehohen Wesen sah genau so aus wie Gartenzwerge. Jeder kannte Gartenzwerge und wußte, wie Gartenzwerge aussahen. Diese Wesen hier sahen nicht nur aus wie Gartenzwerge, sie waren Gartenzwerge. Sie unterschieden sich einzig und allein dadurch von den Gartenzwergen, die bei den Leuten in den Vorgärten rumstanden, daß sie nicht nur lebendig sondern sogar ausgesprochen lebhaft waren. Ja, es war eindeutig: sie stritten. Sie standen sich gegenüber, die Fäuste geballt, die Stirnen und Münder zornig verzogen, die Mützen soweit vornübergebeugt, daß sie sich fast berührten, die Gesichter hochrot. Magenta schmiegte sich enger an die Ecke, um die sie spähte, und sah sich die Zwerge genauer an: Rote Zipfelmützen, grüne und blaue Hosen und Jacken, weiße Vollbärte, das wenige, das man von ihrer Haut sehen konnte, war porzellanen bleich, bis auf die roten Apfelbäckchen und die fast ebenso roten Knollennasen. Nach allem, was heute vorgefallen war und was Magenta heute schon erlebt hatte, fand sie das jetzt wirklich absurd. Ein See im Berg, ein unterirdisches Höhlenlabyrinth, ein Monster, das Kinder frißt – und jetzt: streitende Gartenzwerge? Sie traute ihren Augen nicht und fiel mit einem Plumps auf ihren Po, immerhin teilte ihr der harte Aufprall mit, daß sie nicht träumte. Und machte die Zwerge auf sie aufmerksam. Die sofort mit Streiten aufhörten und zu ihr gelaufen kamen. Und sich um sie herum aufbauten, die Hände auf ihren Rücken verschränkten und sie mit strengen Mienen musterten. Oder anglotzten. Je nachdem. Magenta saß da, wie eine weggeworfene Flickenpuppe und fühlte sich wie ein streng gemustertes Häufchen Elend. Oder wie ein angestarrtes. Je nachdem. Je nachdem, wieviel Trotz sie jetzt noch aufzubringen vermochte. Als die Zwerge nichts sagten, entschloß sich der Trotz, zu siegen: „Was glotzt ihr so!" fauchte sie die Zwerge an, „Noch nie ein Mädchen geseh'n!?"

„Is' lange her." antwortete einer der Zwerge, der kleinste. „Schon gar kein einzelnes, das allein im Berg unterwegs is'."

„Normalerweise sieht man Kinder nur im Rudel." erklärte ein anderer Zwerg, der dünnste.

„Normalerweise! Pah!" machte Magenta. Der Trotz begann sich davonzuschleichen. Der dritte Zwerg fragte schlicht: „Wer bist Du?" und Magenta brach in Tränen aus. In stille Tränen, die ihr einfach nur die Wangen runterliefen. Die Zwerge standen um sie herum, waren vielleicht ein bißchen verlegen - der Kleine begann, mit einem Fuß zu scharren - und warteten eine Weile. Aber nicht lange. Der Dünne holte ein paar Nüsse aus seiner Tasche und hielt sie Magenta hin: „Hier, stärk Dich." Magenta nahm die Nüsse und kaute sie gehorsam. Sie stärkten sie wirklich.

„Und, wer bist Du jetzt?" fragte diesmal der größte Zwerg.

„Magenta Zwiebelberg." sagte Magenta. Die Zwerge nickten, als sei das eine tiefe Wahrheit und weise Mitteilung.

„Und wer seid ihr?" es klang immer noch etwas fauchend.

„Wir..." begannen die Zwerge dreistimmig, um genauso unisono wieder zu verstummen. Sie schienen immer noch verlegen zu sein. Magenta wurde ein bißchen munterer.

„Wir", jetzt sprach nur der größte Zwerg, „wir sind die Wächter." Stille umgab sie. Bis Magenta sie durchbrach: „Wächter? Wovon?" Ihr schwante etwas. Sie sprach es aus: „Von dem Ungeheuer?" es klang so verblüfft, wie es sich anfühlte.

„Ja", antwortete der Große, „wir sind Sharfeyns Wächter." Es klang nicht wirklich glücklich.

„Und Sharfeyn ist das Ungeheuer? Schöne Wächter!" Magenta hatte ihren Unmut wieder gefunden.

„Hier, nimm noch eine Nuß, bitte." Der Dünne hielt ihr

eine Nuß hin und Magenta nahm sie und schob sie sich in den Mund.

„Aber wie könnt ihr denn so ein Ungeheuer bewachen, ihr seid doch viel zu ..." Magenta bemerke, daß es möglicherweise unhöflich wäre und klappte den Mund zu. Der Große nickte aber nur und sprach: „Ja, körperlich können wir dem ‚Ungeheuer', wie Du es nennst, Sharfeyn, wie sein Name ist, natürlich nicht Einhalt gebieten, aber das ist auch nicht unsere Aufgabe. Vielmehr sind wir Teil des Mechanismus."

„Mechanismus?" echote Magenta ein wenig dümmlich, und ihr schossen Erinnerungssplitter an die Echos, die Thomas in der großen Höhle des Inneren Sees hervorgerufen hatte durch den Kopf.

„Ja, Mechanismus" Der Große klang fast ein wenig beleidigt. Und er reckte sich in einem Anflug von Stolz zu voller Größe empor, zog die Mundwinkel nach unten und verschränkte die Arme vor der Brust. Die beiden anderen taten es ihm gleich.

„Aha", machte Magenta verständnislos.

„Warte!" Die drei Gartenzwerge wandten einander zu, steckten die Köpfe zusammen und flüsterten in gartenzwergisch, so daß Magenta gleich doppelt nicht verstehen konnte, was sie besprachen. Dann drehten sie sich wieder zu ihr um und verkündeten: „Da werden wir Dir wohl die ganze Geschichte erzählen müssen. Zunächst einmal: wir sind Vingt, Left und Gobbelsom" - alle drei verbeugten sich, so daß offen blieb, welcher welcher war - „vom Volke der ..." er sagte etwas, das für Magentas Ohren wie ‚Kwissliputtzli' klang, aber schreiben hätte sie es nicht wollen. „Und wir sind die Wächter von Sharfeyns Gefängnis. Dessen Türe jetzt sperrangelweit offen steht. Leider. Aber ich fürchte, wir müssen Dir nicht nur die ganze Geschichte erzählen, sondern auch von vorne anfangen. Setz dich. Ich bin Gobbelsom," sagte der Große indem er sich die Hand an die Brust legte, sich noch einmal verbeugte und sich somit endlich offiziell vorgestellt hatte. „Dies hier ist Vingt", er wies auf den Kleinen, „und dies Left," der Dünne war noch übriggeblieben, „und

Das Ungeheuer Sharfeyn

ist so alt wie die Eiszeit."

„Eigentlich sogar noch älter, wenn man es genau nimmt." warf Vingt ein. Gobbelsom kräuselte eine Augenbraue, räusperte sich kurz und fuhr fort:

„In viel früheren Zeiten gab es mehrere zusammenhängende Seen, auch auf der anderen Seite des Gebirges, die durch unterirdische Flüsse miteinander verbunden waren. Das ist der Ursprung des Höhlenlabyrinths, in dem wir jetzt auf dem Trocknen sitzen. Denn dann kam die Eiszeit, und die Eismassen schoben riesige Gesteinsbrocken vor sich her und veränderten die ganze Landschaft."

Gobbelsom war ein guter Erzähler, er redete nicht nur mit seinem Mund, sondern auch mit seinen Händen und schob die gewaltigen Gesteinsmassen anschaulich mit beiden kleinen Händen vor sich her. Magenta staunte.

„Es gab Erdbeben, da die unterirdischen Höhlen und Gänge die neuen Gesteinsmassen nicht tragen konnten. Vieles stürzte ein."

Magenta meinte, das Zittern des Berges um sich herum zu spüren.

„So wurden die Seen voneinander getrennt. Sharfeyn befand sich gerade auf einem Erkundungsgang auf dieser, Eurer, Seite des Gebirges, als hinter ihm ein Stollen einbrach und ihn vom Labyrinth unter dem Berg abschnitt. Er konnte nicht mehr zurück in seinen Heimatsee, zu den anderen seiner Art, und lebte von da an einsam im See diesseits des Gebirges. Er ernährte sich von Fischen, mit der Zeit gewöhnte er sich daran, sich von Fischen zu ernähren, da es hier nichts anderes gab, nicht die Art von Tieren, die auf der anderen Seite des Gebirges gelebt hatten und Sharfeyns Kost gewesen waren. Dann, vor tausend Jahren, kamen die Menschen. Auch sie hatten ihre alte Heimat verlassen, verlassen müssen und waren froh und begeistert hier diesen wunderschönen See mit Tausenden von Fischen vorzufinden und ließen sich nieder. Es ging ihnen hier gut und nach und nach entstand eine ganze Reihe von menschlichen Siedlungen im Umland. Die Fischer merkten aber bald, daß sie nicht die einzigen waren, die auf die Fische im See aus waren und betrachteten Sharfeyn sofort als ihren Feind, da sie meinten, er würde ihnen alles wegfressen. Aber er war ja schon wirklich – beziehungsweise ist es auch immer noch – ein gefräßiges Bürschlein."

„Ha!" entfuhr es Left. „Du immer mit Deinen freundlichen Untertreibungen!" dafür erntete er einen bösen Blick von Gobbelsom, der sich aber nicht weiter beirren ließ.

„Sie versuchten ihn zu fangen, aber außer zerfetzten Netzen brachte ihnen das nichts ein. Sogar der ein oder andere Fischer ging über Bord und wurde nie wieder gesehen. Das verbesserte Sharfeyns Ruf nicht gerade. Aber auch er war bei den Kämpfen mit den Menschen verwundet worden und beschloß, ihnen so gut wie möglich aus dem Weg zu gehen und sich in die tieferen Höhlen zurückzuziehen, trotzdem mußte er jagen, wenn er nicht verhungern wollte. Und so gab es alle Jahre Zusammenstöße, wodurch er nie ganz in Vergessenheit geriet. Dann kam ein Jahr, in dem extreme Dürre herrschte, so eine Dürre wie jetzt, und der Wasserspiegel sank und sank und die Fische starben zuckend auf dem ausgetrockneten Boden des Sees. Die Menschen hatten Hunger und so auch Sharfeyn. Wieder kam es zum Streit, da Sharfeyn immer öfter an Land gehen mußte, um sich dort zu fressen zu suchen. Die Menschen beschlossen, ihn sich ein für allemal vom Hals zu schaffen und machten Jagd auf ihn. Eines Tages erblickte er in der Gruppe, die ihm grad am dichtesten auf den Fersen war, eine Jägerin und ihm war, als wäre der Pfeil, den sie ihm just in die Flanke gejagt hatte, ein Blitz, der sein Herz getroffen. So schön erschien sie ihm, daß er nicht mehr den Blick von ihr wenden konnte. Er taumelte in seine Höhle, sank auf sein Lager und in der Nacht träumte er von der Menschenfrau.

In den Höhlen lebten auch wir Zwerge zu jener Zeit, wir und unsere Vorfahren und unsere Kinder, auch wir litten damals unter der Dürre, aber nicht so schwer, da wir uns ja, wie jeder weiß, hauptsächlich und traditionell von Zwergenbrot ernähren. Sharfeyn klagte uns sein Liebesleid, da wir Zwerge seine Sprache verstehen - stammen wir ja aus dem gleichen Land jenseits des Gebirges - wozu die Menschen nicht in der Lage sind, da sie keine entsprechenden Ohren haben: die Zwerge aber rieten ihm, sich das aus dem Kopf zu schlagen, da ihnen klar war, daß daraus wirklich nichts werden konnte, egal wie sehr sich Sharfeyn bemühen würde, denn, wie gesagt, die Menschen haben keine Ohren für seine

Sprache. Aber Sharfeyn wurde dickschädelig und schaltete auf stur. Er wollte die Schöne Jägerin unbedingt haben und ließ sich auch durch die guten Ratschläge der Zwerge von keiner Dummheit abhalten. Sharfeyn legte sich auf die Lauer. Indem er sich selbst als Köder benutzte, gelang es ihm tatsächlich, die Jägerin, als sie auf ihn Jagd machte und sich an ihn anschlich, zu fangen. Er zog sie mit sich in seine Höhle, wo sie aber ganz und gar nicht sein wollte! Und wir Zwerge behielten recht: Die Geschichte ging ganz schlecht aus."

„Aber auch schon so was von schlecht, " murmelte Vingt voller Mitgefühl und Gobbelsom verdrehte die Augen.

„Natürlich wollten die Menschen daraufhin Sharfeyn an den Kragen, aber das sahen die Zwerge jetzt auch nicht ein und sie dachten sich einen Kompromiß aus: Sharfeyn sollte nicht getötet, sondern für alle Zeit - oder solange wie es halt dauerte - in seiner Höhle gefangen sein. Damit ihm die Zeit aber nicht zu lang würde und er nicht verhungerte, sollte er in einen tiefen Schlaf fallen, bewacht von drei Zwergen. So wurde es beschlossen und ausgeführt. Und sie erschufen den Mechanismus, der die Pforte zu Sharfeyn Höhle geschlossen hält, solange das

Wasser normale Höhe hat und der sich erst entriegeln sollte, wenn wieder eine solche Dürre herrsche, wie damals. Drei von ihnen wurden als Wächter aufgestellt, die drei, die hier vor dir sitzen, und die auch dann erst wieder erwachen sollten, wenn der Pegelstand des Sees unter ihre Mützen sinkt, damit sie rechtzeitig etwas unternehmen könnten, auf daß der Streit zwischen den Menschen und Sharfeyn nicht wieder ausbräche."

Magenta machte große Augen. Ihre Großeltern hatten ihr viele Märchen erzählt, aber dieses war ihr völlig unbekannt. Und vieles in der Erzählung der Zwerge kam ihr höchst merkwürdig geradezu unwahrscheinlich, um nicht zu sagen: unlogisch vor. Left hatte die Hände auf dem Rücken verschränkt, räusperte sich und wippte ein wenig auf den Zehenspitzen. Er sah Magenta ihre Skepsis an, und fand sich in der Position, die Dinge ins richtige Licht rücken zu wollen: „Leider ist das alles inzwischen so lange her, daß a) - er zählte es an seinen Fingern ab - die Menschen sowieso alles vergessen haben, b) das Zwergenvolk inzwischen weitergezogen ist, da hier alle Gold- und Zwergenbrotminen ausgebeutet sind und Sharfeyn so lange gefangen war, daß er jetzt richtig schlechte Laune und einen Riesenhunger hat. Und c) wachten wir erst auf, als schon alles zu spät war, der Mechanismus klemmte nach so langer Zeit wohl." Punkt c) war den drei Zwergen sichtlich unangenehm. Gobbelsoms Bart sträubte sich in alle Richtungen und er verpasste Left eine Kopfnuß. „Zwergenmechanismen versagen nicht! Zumindest nicht die von Zwergen mit Ehre! Da muß jemand seine Hand im Spiel gehabt haben! Wenn nicht sogar die Menschen!" Gobbelsom wirkte geradezu angsteinflößend, man sollte sechzig Zentimeter geballte Wut niemals unterschätzen. Auch nicht, wenn sie aussieht wie ein Gartenzwerg.

Doch auch wenn ihr das, was die Zwerge ihr da erzählt hatten, sehr ungereimt vorkam, ein ,Märchen' war es nicht: Das Ungeheuer war aufgewacht! Und es hatte die Kinder mit sich genommen.

Und warum nur, fragte sich Magenta, war nun aus-gerechnet sie diejenige, die hier mit den Zwergen saß und das Gefühl nicht los wurde, etwas unternehmen zu müssen? Sie, die gar nichts erreichen konnte, die nicht einmal Ringe im Wasser hinterließ - und nun auch nicht mal mehr Spuren im Sand! Sie, von der die anderen dachten, daß sie mit dem Ungeheuer gemeinsame Sa-che mache.

Kapitel VIII

Während der Erzählung der Zwerge waren alle Nüsse aufgegessen worden und Magenta fing an zu frieren. Draußen war es bestimmt schon Nacht. Magenta wünschte sich, nicht in diesem Labyrinth zu sein. Sie wünschte sich Wärme, sie wünschte sich Licht. Und sie wünschte sich, sich nicht an den vergangenen Nachmittags zu erinnern. Nicht an das brodelnde Wasser, nicht an das Grün, nicht an das Blut, nicht an die Wand aus Kindern, die sie nicht ans Ufer ließen. Sie wünschte sich, das Ungeheuer würde nicht existieren. Sie wünschte sich, daß sie nie dieses verdammte Labyrinth entdeckt hätten. Sie wünschte sich, der Sommer wäre einer der üblichen, durchschnittlichen, verregneten Hochland-Sommer gewesen.

Sie stand auf und wandte sich ein wenig wankend und steif in den Knien dem Gang zu, der nach draußen führte. Sie wollte wenigstens aus dem Berg heraus, auch wenn es dann nur das abgeschlossene Ufer war, von dem sie nicht fort konnte, immerhin wäre sie dann im Freien. Unter freiem Himmel. Mit echter Luft. Und echten Sternen. Nicht diesem diffusen, metallischen Licht, von dem niemand wußte, wo es herkam, und das keine Tageszeiten zuließ.

Zu ihrer Überraschung folgten ihr die Gartenzwerge.

*

Draußen funkelten tatsächlich die Sterne an einem klaren dunklen Nachthimmel. Ob Ihre Eltern sich fragen würden, wo sie sei? Sich Sorgen machten? Gewiß war inzwischen das ganze Dorf alarmiert und auf den Beinen. Und von Kummer und Sorge aufgewühlt. Kummer und Sorge. Aber nicht um sie. Um die erbeuteten Kinder. Waren sie noch am Leben? Sie waren jedenfalls verletzt. Blut war geflossen. Magenta erinnerte sich. Grauen stieg in ihr auf und verteilte sich in ihrem Inneren, zusammen mit dem sicheren Wissen, daß sich zugleich mit dem Kummers auch die Gewißheit über ihre Schuld an der Katastrophe im Dorf ausbreitete.

Sie bemerkte weder, daß die Zwerge zwischen den Felsen Holz aufklaubten, es zusammentrugen und am Strand ein kleines Feuer anzündeten, noch daß der Fremde, der die ganze Zeit oben am Fels auf seinem Posten ausgeharrt hatte, nun zu ihnen herabkletterte. Erst als er sich schon zwischen den Zwergen am Feuer niedergelassen hatte, blickte Magenta auf. Niemand sprach ein Wort. Der Fremde schaute nur freundlich. Die Zwerge schienen nicht beunruhigt, nicht einmal überrascht. Und obwohl Magenta sicher wußte, daß sie ihn noch nie gesehen hatte, schien ihr der Fremde gar nicht so fremd, eher fast vertraut.

Magenta war viel zu müde, um sich jetzt auch noch Gedanken über einen Fremden zu machen. Er saß ja auch einfach nur da und schaute freundlich. Dann sagte Gobbelsom: „Es wäre schön, wenn wir jetzt hier an unserem schönen Feuer auch noch etwas schönes zu Essen und zu Trinken hätten." Dabei blickte er den Fremden aufmerksam an. Der Fremde griff lächelnd aber wortlos hinter sich und zog sich einen prallgefüllten Rucksack von den Schultern, band ihn auf und holte eine Flasche mit Wasser, einen Laib Brot und ein großes Stück Käse hervor. Left nahm es ihm begeistert ab, brach von jedem ein Stück ab (außer von der Wasserflasche, aus der trank er einen Schluck) und reichte alles weiter. Als Magenta zufrieden kaute, fiel es ihr endlich auch ein, zu fragen: „Wer bist Du?"

„Ich bin Ralph." antwortete der Fremde. Seine Stimme war leise und weich, fast wie die einer jungen Frau. Magenta fand an seiner äußeren Erscheinung keinen Grund zum Mißtrauen. Er wirkte einfach nur – nun, freundlich. Er war recht schmächtig und schon beinahe grauhaarig, im ganzen unscheinbar und Magenta überlegte kurz, ob es, wenn es unscheinbare Leute gab, eigentlich auch scheinbare gäbe. Aber eigentlich irritierte sie nur die Art seines Erscheinens, oder besser, der Zeitpunkt, vielmehr das ‚Warum gerade hier und jetzt' ein wenig. Oder hätte sie irritiert, wenn sie nicht so müde gewesen wäre. So war sie einfach nur angenehm überrascht und froh, auf so wunderbare Weise an etwas zu Essen gekommen zu sein. Daß sie Durst gehabt hatte, hatte sie vorher gar nicht bemerkt.

Dann stiegen wieder ungerufene Bilder und Erinnerungsfetzen in ihr auf: aufgerissenen Münder und Augen, Thomas wie im Sprung erstarrt, seine Haare zeigten in alle Richtungen. Arme. Beine. Aufgewühltes Wasser. Grüne Flossen, wie halbe Flügel, ein langer, grüngoldener Schwanz schlug das Wasser zu einer Fontäne. Ein langes Maul mit scharfen Zähnen. Alle Bilder wie eingefroren, ohne Bewegung und ohne einen Laut. Die Mauer aus Menschen. Magenta hätte gerne die Augen geschlossen, um das alles nicht mehr sehen zu müssen. Allein das hätte nichts geholfen. Die Bilder waren in ihrem Kopf. Und es war egal, ob sie die Augen öffnete oder schloß. Sie wünschte, es wäre Tag und die

Helligkeit könne die Bilder vertreiben. Sie wünschte, sie würde schlafen können, ohne diese Bilder träumen zu müssen. Magenta sackte leicht vornüber, ihr Körper wollte so gerne in Schlaf sinken, aber ein Schreck riß sie wieder hoch. Sie glaubte, Blut gerochen zu haben. Der Fremde namens Ralph berührte sie leicht an der Schulter und legte ihr eine Decke um, auch diese aus dem Rucksack herbeigezaubert. Dann machte er mit einer Hand ein kleines Zeichen über Magentas Kopf, leicht wie ein Fledermausflügelschlagen, und Magenta, erfüllt von warmem Vertrauen, fiel in einen traumlosen Schlaf.

*

Als Magenta erwachte zog gerade die erste Dämmerung herauf. Im Osten war der Himmel bereits grau, im Westen noch dunkel. Sie bemerkte die Decke, unter der sie lag, schob sie von sich und richtete sich auf. Der fremde Ralph und die Zwerge hatten sich nicht viel bewegt und kauerten oder lagen noch in entspannter Haltung um die nur noch leicht glimmenden Reste des Feuerchens. Als Magenta aufstand und sich einige Meter vom Lager entfernte, um sich im Dunkel zwischen den steilen Felsen zu erleichtern, erwachten auch sie vom Geräusch der unter Magentas Füßen wegrollenden Kiesel.

Sie wurden schnell munter, als Ralph aus dem Rucksack ein komplettes Frühstück aus Brot, Quark und Honig hervorholte. Dazu tranken sie Wasser aus der Flasche, die sie abends schon leer getrunken hatten. Nun war sie wieder voll und das Wasser war frisch und kühl.

„Und nun?" fragte Ralph auf seine sanfte Art, „was wollt ihr tun?" Magenta und die Zwerge sahen sich an. Eine Weile passierte gar nichts, bis Vingt ein Stück Brot herunterfiel und Gobbelsom das zum Anlaß nahm, sich zu räuspern und das Wort zu ergreifen: „Ja, Magenta, was willst du tun? Wir" damit meinte er sich und seine beiden Gefährten, „müssen uns auf jeden Fall um den Mechanismus kümmern. Das kann ja nicht so bleiben! Da stehen Türen offen, die geschlossen sein sollten! Wasser fließt, wo keines fließen sollte, und wo ein See sein sollte, ist eine Pfütze! Und ein von den Kwissliputtzli gebauter Mechanismus funktioniert nicht mehr richtig! Undenkbar! Unhaltbare Zustände sind das!" sein Bart sträubte sich.

„Und ein Ungeheuer, das Kinder frißt." sagte Magenta, plötzlich wieder sehr müde. „Das erwähnst du gar nicht?" Im fahlen Morgenlicht erschienen ihr die Zwerge auf einmal viel weniger freundlich. Sie sahen so gipsern aus, irgendwie unecht, oder leblos. Allein der Zorn, oder die Unzufriedenheit mit der ‚unhaltbaren Situation', wirkte lebendig an ihnen.

„Die Kinder sind dein Problem." bemerkte Gobbelsom trocken. ‚Gut, seine Überheblichkeit ist sehr lebendig, immerhin.' dachte Magenta.
„Warum?" fragte sie, „Warum sind die Kinder mein Problem? Ich kann doch gar nichts ausrichten. Wie soll ich denn so ein riesiges Biest bekämpfen?"
„Wer hat gesagt, daß es ums Kämpfen geht?" Gobbelsom hob abwehrend die Hände.
„Sharfeyn kann man nicht bekämpfen." murmelte Left.
„Natürlich kann man ihn bekämpfen", fuhr ihm Gobbelsom über den Mund, „nur ob man gewinnt ist

fraglich." Magenta bekam langsam den Eindruck, daß ihr die Zwerge auf die Nerven gingen. Jetzt sahen sie alle drei an.

„Und, Magenta, was willst du tun?" Natürlich war sich Magenta die ganze Zeit über sicher gewesen, daß sie wieder in den Berg gehen würde, um die Kinder zu retten. Ganz selbstverständlich war es ihr vorgekommen. Sie konnte gar nichts anderes tun. Es war geradezu ausgeschlossen, es nicht zu tun. Aber jetzt, als die Zwerge sie so fragten, schwand jede Gewißheit. Vor allem, wenn sie die Kinder so gar nicht als ihr Problem betrachteten, sondern Magenta die ganze Verantwortung zuschoben. Als wenn sie Schuld wäre! Sie war nicht schuld, sie hatte das Ungeheuer nicht gerufen! Plötzlich sah sie wieder die Wand aus Kindern vor sich, die sie nicht aus dem See steigen ließen. Der Schreck, der sie dabei durchfuhr, drückte ein Keuchen aus ihrer Kehle. Fast eine Minute lang herrschte Stille am inzwischen ganz erloschenen Lagerfeuer. Bis Magenta leise sagen konnte: „Ich hatte gedacht, ihr würdet mir helfen." Plötzlich lächelten die Zwerge sie wieder an.

„Das wird sich finden." strahlte Gobbelsom. „Auf jetzt!" Ralph ergriff den Rucksack, tat hinein, was noch 'rumlag und sie wanden sich durch den schmalen Zugang wieder in den Berg.

Im Inneren des Berges war es nicht mehr still. Der ganze Berg schien zu summen, fast zu vibrieren. Es klang wie ein aufgebrachter Bienenstock.

„Aha", stellte Gobbelsom fest, „man sucht." und Left sog prüfend die Luft ein, wie ein Hund, der etwas witterte. Magenta wurde es ungemütlich zumute. Natürlich, die Leute würden nicht tatenlos zuhause sitzen bleiben. Und nicht nur die Kinder und das Ungeheuer, sondern auch nach ihr suchen.

Als sie sich ohne Probleme und ohne jemandem zu begegnen zum Inneren See durchgewunden hatten, war das ganze Dorf schon da. Es wimmelte von Menschen. Jeder einzelne Dorfbewohner war hier, Erwachsene wie Kinder. Und alle waren blaß von Furcht und Schreck und Sorge und alle riefen und schrieen und schwenkten Fackeln und Heugabeln und liefen in alle Richtungen und in alle Gänge. Magenta und die anderen verließen den Gang nicht, der sie hergeführt hatte und in dem sie den Tumult schon vom weitem gehört hatten, und hielten sich verborgen. Magenta verspürte überhaupt keine Lust, von den Dorfleuten gesehen zu werden. Wahrscheinlich würden sie ihre Fackeln und Heugabeln sofort an ihr ausprobieren. Sie fragte sich nur, wie es jetzt noch möglich sein sollte, bei all dem Gewimmel, hier noch irgend etwas zu finden, überhaupt ausrichten zu können, das Ungeheuer würde so doch nur immer tiefer in das Labyrinth hineingetrieben und kannte wahrscheinlich Gänge, Wege und Höhlen, die die Menschen nie finden würden, auch wenn sie noch hundert Jahre suchten. Und wie viele Tunnel waren wohl noch in der Tiefe, unter dem Wasser des Inneren Sees verborgen, angefüllt mit Wasser und für Menschen unpassierbar?

Die Menschen liefen in alle Richtungen durcheinander oder standen in kleinen Grüppchen beieinander und diskutierten. Eine Gruppe stand am Ufer und starrte angestrengt ins Wasser. Offensichtlich hatte man noch nichts erreicht. Immer wieder kamen Leute aus den beiden Gängen, die die Kinder damals erkundet hatten und andere gingen hinein. Doch zu dem dritten Gang, den Magenta vor inzwischen zwei Tagen alleine erkundet hatte und aus dem sie jetzt gekommen waren, blickte nicht einmal jemand herüber. Sie beobachtete das Gewimmel eine Weile.

„Hier kommen wir doch nicht ungesehen heraus." flüsterte sie.

„Oh, müssen wir das?" fragte Vingt und erntete eine Kopfnuß von Gobbelsom.

„Wie gut kennt ihr eigentlich das Labyrinth?" fragte Magenta, „Was ist mit den Seitengängen? Wo führen die alle hin?"

„Wir müssen in die Halle des Mechanismus, Du kannst machen was du willst." Das war ja nicht gerade das, was Magenta sich als Antwort gewünscht hatte. „Aber so oder so, wir müssen tauchen."

„Wie bitte?" zischte Magenta.

„Ja, ich fürchte auch, wir müssen tauchen." stimmte Vingt zu.

„Könnt ihr denn schwimmen?" fragte Magenta verblüfft.

„Natürlich können wir schwimmen," sagte Gobbelsom, „wie jeder anständige … äh …"

„Mensch?" versuchte Vingt zu helfen und trat von einem Fuß auf den anderen.

„Lebewesen?" probierte Left.

„Zwerg!" sagte Gobbelsom und reckte den Bart. „Wir waren ja auch die letzten tausend Jahre unter Wasser."

„Aber da wart ihr ja auch ver-äh, -wunschen, versteinert, betäubt? Aus Gips? Ja was denn eigentlich? Und was", schoß es Magenta durch den Kopf, „was ist eigentlich mit den Gartenzwergen, die bei den Leuten in den Vorgärten stehen? Sind die auch in Wirklichkeit lebendig? Und nur versteinert? Vergipst? Verzaubert ..."

„Nein, das sind wirklich nur Figuren." Gobbelsom klang ein wenig empört. „Bloße gipserne Abbilder, die die Menschen aber uns zu Ehren erschaffen, da sie sich irgendwo in einem kleinen Winkel ihrer wirren Köpfe doch noch vage an uns erinnern und daran, wer wir wirklich sind. Deswegen errichten sie diese lebensgroßen Statuen von uns in ihren Gärten, denn wir sind die Hüter und Beschützer der Erde und der Wurzeln, die die Pflanzen in die Erde treiben." Stolz stieg fast sichtbar wie eine kleine Wolke von ihm auf. Magenta war beeindruckt und dachte, wie vieles doch in den Märchen fehlte, die die Großeltern erzählten. Da war immer nur die Rede von Prinzessinnen, die den Spielmann heiraten mußten, wenn sie zu überheblich waren, oder von Kindern, die von Wölfen gefressen wurden, wenn sie zu weit vom Weg abkamen ... Magenta blickte auf den spiegelnden See. Dann huschten sie lautlos zum Ufer, ließen sich ins Wasser gleiten, atmeten tief durch, hielten die Luft an und tauchten.

Die Zwerge übernahmen die Führung und schwammen zielstrebig auf einen bestimmten Spalt im unterwasserliegenden Ufer zu. Der Spalt war breit genug, um bequem hindurchschwimmen zu können und auch nicht sehr lang. Er führte wieder ein wenig nach oben und nach ein paar Schwimmzügen verschwand die Tunneldecke über ihren Köpfen und sie konnten aus dem Wasser auf einen weiteren felsigen Pfad steigen.

Kapitel IX

Sie brauchten dem Pfad nur eine Weile zu folgen, um in eine riesige Höhle zu gelangen, die in hellem Licht erstrahlte und sich weiter erstreckte als Magenta schauen konnte. Und die das Gegenteil von leer war. Zwischen Dutzenden von hochaufragenden, glatten, polierten Säulen, so poliert, wie die glatte Tür, die Sharfeyns Gefängnis verschlossen hatte, die die Decke stützten oder zumindest bis zu ihr hinaufreichten und die Höhle in symmetrische Abschnitte einteilten, war sie geradezu vollgestopft mit Dingen, die Magenta höchstens mal in ähnlicher Art beim Schmied gesehen hatte: große blauschimmernde, eiserne Gerüste, an denen man auf ebenso eisernen Leitern emporsteigen konnte, riesige metallene Stangen, die aus großen bauchigen Behältern, die ein wenig an Fässer erinnerten ragten, gezahnte Räder, große, kleine und riesige, die an manchen Stellen ineinandergriffen, an anderen nicht, auch quer verlaufende Leitern und vor allem lauter metallische Konstruktionen, die Magenta nicht deuten konnte. Neben runden, langen, Stangen gab es Dinge, die so hohl schienen, wie die Fässer und Behälter. Dazu kamen kupfern glänzende Rohre, – Ofenrohre? - die sich in wilden Winkeln und Windungen unter der Höhlendecke hinzogen. Aber alles in allem erweckte dieses Gebilde - oder diese Gebilde, denn es waren in Wirklichkeit mehrere, die sich nicht berührten und womöglich unabhängig voneinander waren - obwohl es sehr groß war, den Eindruck, sehr beweglich zu sein, ,wenn es etwas gäbe, das groß genug wäre, sie dazu anzutreiben, sich zu bewegen.' dachte Magenta.

Sie bewegte sich vorsichtig durch die Höhle, dabei den Blick nicht von den Konstruktionen lassend, versuchte nachzuvollziehen, was wohin gehörte und womit verbunden war, welche Strebe wohin führte und welche Teile wohl beweglich sein mochten und welche nicht. Sie verrenkte sich fast das Genick, suchte unter der sich in der Höhe verlierenden Höhlendecke nach den Ausläufern dessen, was die Zwerge ja schon als Mechanismus bezeichnet hatten und bemerkte, daß manche der Gebilde in den Wänden verschwanden, sie wahrscheinlich durchdrangen, dahinter noch weiterführten. Sie entdeckte, woher das Licht in der Höhle kam: In verschiedenen Winkeln der Decke hingen große Kugeln, die aussahen, wie aus dickem, mattem Glas und von denen das Leuchten in der Höhle ausging. Orange glühend schwebten sie wie kleine Sonnen über dem ganzen Durcheinander. Ihr Licht floß über die metallischen Oberflächen und ließ Rundungen und Kanten in allen Bronze-, Kupfer- und sogar Goldtönen glänzen, über allem lag ein Schimmern, wie es von einem unermeßlich großen Schatz ausgehen könnte. Wahrscheinlich kam von den kleinen Sonnen auch das bronzene Licht in den anderen Höhlen, dachte Magenta, womöglich diente ein Teil der Rohrleitungen dazu, das Licht durch den ganzen Berg zu leiten, falls man Licht tatsächlich so leiten kann, wie Wasser. Zwischen den Sonnen sah Magenta mehrere flache Schüsseln, in unterschiedlichen Winkeln angebracht, die hohlen Innenseiten den Sonnen zugewandt. Vielleicht hatten die damit zu tun.

Ganz in ihre Beobachtungen versunken und verzaubert von dem was sie sah, kam sie am Fuß einer Leiter an und wollte gerade ihren Fuß auf die unterste Sprosse stellen, um auf ihr hochzusteigen, als die Zwerge, die immer noch in der Nähe des Eingangs der Höhle standen und leise miteinander diskutierten, riefen: „Tu das nicht, Magenta!" Magenta wurde jäh aus all dem Glanz gerissen und fand sich abrupt auf dem Boden der Tatsachen, in diesem Fall der Höhle, wieder.

„Wir wissen nicht, in welchem Zustand sich das alles hier befindet. Vielleicht ist vieles doch schon marode und Du könntest abstürzen. Laß uns erst alles untersuchen und warten, bis wir wieder wissen, was, wie und ob alles so funktioniert, wie es soll."

„Hach, und wie *sollte* es funktionieren, *Herr* Gobbelsom?" fragte Vingt in einem leicht verärgerten Tonfall, „es hat doch schon erwiesenermaßen *nicht* funktioniert."

„Schhht!" machte Left, „das wissen wir doch noch gar nicht! Normalerweise funktionieren Zwergenmechanismen reibungslos! Und das ewig! Hier kann gar nichts kaputt sein!"

„Und wie erklärst du dir dann, daß Sharfeyn auf freiem Fuß ist und anderer Leute Kinder raubt? War das etwa so vorgesehen?" fauchte Vingt. Wieder standen sie sich mit knisternden Bärten gegenüber.

„Wer weiß." warf Gobbelsom ganz ruhig ein. „Wer weiß?" Er kaute ein wenig auf seinem Bart herum und Vingt und Left sahen ihn verdutzt an.

*

„Es muß doch alles einen Sinn haben", sinnierte Gobbelsom. „Kein Zwergenmechanismus, kein Heinzelwerk, hat je versagt."

„Heinzelwerk! Oh ja, Heinzelwerk!" murmelten Vingt und Left und hoben ehrfürchtig ihre Köpfe und spähten im Mechanismus umher.

„Möglicherweise war das alles genauso geplant." Gobbelsom sprach mehr mit sich selbst, so wie er in seinen Bart murmelte. Aber Vingt war aufmerksam und klang skeptisch: „Geplant? Wie geplant? Welcher Plan könnte das gewesen sein?"

„Nu-u-un, wenn der Wasserspiegel im See sinkt, wie jetzt bei dieser großen Dürre, dann gibt er den Mechanismus frei, der Sharfeyn aus seinem Gefängnis entläßt ..."

„Warum?" warf Vingt leicht schnaubend ein. Ihm erschien das noch keinen Sinn zu ergeben.

„Laß mich doch mal zuende denken!" wies ihn Gobbelsom zurecht.

„Ha! Ich dachte, der Herr kennt den Plan!" wehrte sich Vingt.

„Ach, und wieso kannst Du Dich nicht erinnern, Herr Vingt? Du warst doch auch dabei!" Doch Gobbelsom ging jetzt schon an den Röhren und Hebeln entlang, folgte ihnen mit den Augen und zeichnete mit Händen und Armen ihre Verläufe in der Luft nach.

„Hier." stellte er fest, „Und hier."

„Warum, bitte, warum sollte Sharfeyn bei großer Dürre frei kommen?"

„Warum haben wir ihn damals nicht zum Tode verurteilt, sondern nur zu Gefangenschaft und Schlaf?" entgegnete Gobbelsom.

„Ääh," machte Left und hob den Zeigefinger - aber niemand beachtete ihn.

„Eben," Vingt gab nicht auf: „welchen Sinn kann das haben, was haben wir uns damals eigentlich dabei gedacht? War es etwa so gedacht, daß Sharfeyn und die

Menschen wieder aufeinandertreffen und sich wieder bekriegen oder ist vielleicht doch dieser ganze Kram kaputt!?"

„KRAM?!!? KAPUTT?!!?" Jetzt war Gobbelsom richtig wütend, so wütend, daß es beinahe so aussah, als würde die Wut ihn in die Luft steigen lassen, schon berührten seine Füße den Boden kaum noch. „Nichts ist hier KAPUTT! Schaut doch genau hin: da ist der Hebel, der ..." seine Zeigefinger stachen Löcher in die Umgebung, so vehement wies er auf die gemeinten Gegenstände „und dort ..." wild fuchtelnd lief er den anderen davon, dabei über seine Schulter weiter redend „und die Sonnen - und nichts ist verrostet ..."

"ROST!!??!!" riefen jetzt Vingt und Left wie aus einem Munde und es klang, als hätten sie ‚PEST'!!??!!' gerufen.

Es folgte ein betretenes Schweigen. In dem auf einmal ganz deutlich ein Tropfen zu hören war. Irgendwo tropfte es. Ganz klar. „Ha!" rief Gobbelsom und wandte sich dem Geräusch zu. Auch Vingt drehte seine spitzen Ohren, um die Quelle des Tropfens auszumachen. Dann bewegten sich beide in die Richtung, aus der das Geräusch gekommen war und gingen lauschend darauf zu, nur Left hatte sich noch nicht vom Fleck gerührt und sagte: „Vielleicht sollten sich Sharfeyn und die Menschen ja auch nicht bekriegen, sondern vertragen ..."

„Das hat ja wohl nicht geklappt." warf Gobbelsom ungerührt über die Schulter zurück und wandte sich wieder dem Mechanismus zu.

„Naja, wenn wir uns da geirrt haben, könnte ja auch etwas mit dem Mechanismus nicht stimmen ..." auch Left konnte mutig sein, auch wenn es ein eher schüchterner Mut war. Doch Gobbelsom steckte schon kopfüber zwischen zwei Zahnrädern und hatte offensichtlich inzwischen besseres zu tun, als historische Theorien zu wälzen.

„Ach, schweig still und geh los und such den Werkzeugschrank, der muß ja irgendwo sein ... Und Vingt, faß hier mal mit an." war alles was er noch entgegnete.

Magenta wußte nicht recht, was sie jetzt tun sollte. Sie trat zu Gobbelsom aber der bemerkte sie nicht und sie sprach mit seinem Rücken: „Wollt ihr denn gar nicht wissen, was aus den Kindern geworden ist? Wollt ihr gar nicht nach dem Ungeheuer suchen?" fragte sie zaghaft.

„Hatten wir das nicht vorhin schon geklärt?" Es klang sehr unfreundlich „Was willst du tun, wenn du es gefunden hast?" Gobbelsoms Stimme wurde vom Klappern des Schraubendschlüssels fast übertönt. „Ohne den Mechanismus, der es wieder einsperrt, kannst du gar nichts ausrichten." Magenta war sich da nicht sicher. Zumindest fühlte es sich für sie nicht richtig an. Vielleicht ging es gar nicht, darum, das Untier wieder einzusperren. Andererseits sollten die Zwerge doch eigentlich wissen, worum es ging. Und wieder andererseits ...

Gut, dann würde sie eben wieder alleine weitergehen. Sie war ja auch alleine in den Berg gegangen. Sie drehte sich um und stieß mit Ralph zusammen. Der freundlich lächelte.

‚Nun denn', dachte sie und stapfte los, dorthin, wo sie das Ende der Höhle vermutete, zwischen den polierten Säulen hindurch. Zielstrebigkeit fühlte sich bestimmt anders an. Aber tatsächlich gab es am gegenüberliegenden Höhlenende wieder einen Gang, der sich in den

Berg wand und in den Magenta hineinstapfen konnte. Und dem sie einfach nur zu folgen brauchte. Ein weiterer Weg ins Labyrinth.

Gobbelsom blickte ihr kurz nach und nickte.

Kapitel X

Das Streiten der Zwerge war noch ein gutes Stück weit in den Gang hinein zu hören. Dann wurde es still hinter ihnen. Ralph war wie selbstverständlich an ihrer Seite geblieben - und Magenta war sehr froh darüber. Sonst hätte sie vielleicht nach ein paar Metern doch noch der Mut verlassen und sie wäre umgekehrt und bei den mürrischen Zwergen geblieben. Aber da ein Mensch bei ihr war, war es ihr unmöglich, einfach aufzugeben. Sie konnte nicht einfach kneifen. Magenta hatte das Gefühl, sich selbst etwas versprochen zu haben, ohne genau zu wissen wann, oder warum. Oder was.

Der Gang teilte sich sehr viel öfter als die Gänge in den äußeren Bereichen des Labyrinths, die sie bisher durchquert hatten, und zwar in gleichgroße Gänge, so daß man nicht mehr von ‚Haupt-, und ‚Seitengängen' hätte sprechen können und nach einer Weile befürchtete Magenta, die Orientierung verloren zu haben. Sie drehte sich zu Ralph um - und sah, daß sich von ihm ausgehend ein rosafarbener Faden an der Wand entlangzog, weit in die Richtung zurückreichend, aus der sie gekommen waren. Lächelnd hob Ralph die Hand, in der er das rosa Wollknäuel hielt. Und das sich beim Gehen lässig zwischen seinen Fingern abwickelte. Fasziniert schaute Magenta auf den sich abwickelnden Faden. Darauf hätte sie auch selber kommen können! Aber auch dann hätte sie kein Wollknäuel dabei gehabt. Ralph schien wirklich an alles gedacht zu haben, alles in seinem Rucksack zu haben. Alles, was man grade in dem Moment am dringendsten brauchte. Praktisch, so ein Gepäckstück.

Dieser Gang war sehr viel länger als die anderen, in denen sie sich bis jetzt bewegt hatten und wand sich tief in den Berg hinein. Bis er sich zu einer kleinen Höhle erweiterte.

Und dort fanden sie die Knochen. Es waren viele Knochen und sie waren größer als die von einem kleinen Tier. Und es war ganz bestimmt keine Fischgräte. Sie waren säuberlich abgenagt, eher schon abgelutscht und sie lagen im Umkreis von zwei Metern. Es war kein Fitzelchen Fleisch mehr dran. Zuerst sah Magenta nur Knochen, wie sie auch ein Hund gern abgenagt hätte, dann sah sie die Hand. Die Knochen einer Hand, die sich noch nicht voneinander gelöst hatten. Die Hand war noch vollständig. Sie war ein wenig kleiner als Magentas eigene Hand. Magenta nahm die Knochenhand vorsichtig auf und hielt sie eine Weile in ihren beiden Händen. Sie betrachtete sie und fand sie wunderschön: kleine und kleinste Knöchelchen, elfenbeinern, elegant geschwungen, fast wie liebevoll geschnitzt, poliert und aneinandergefügt, so daß sie reibungslos zusammenarbeiten konnten in einer genialen Konstruktion. Ihr wurde ein wenig übel, sie fing an zu zittern und mußte sich hinsetzen. Die Knochenhand zitterte mit ihr. Magenta hielt sie, drückte sie an ihre Brust und versuchte sie zu beschützen. Hundert verschiedene Gefühle durchfluteten sie und versuchten sich gegenseitig auszustechen. Es dauerte eine Weile, bis Magenta weinen konnte. Ralph hockte neben ihr und hatte ihr seine Hand auf den Rücken gelegt, kurz unter der Stelle, an der ihr Nacken anfing, zwischen ihren Schulterblättern.

Auch er weinte. Es verging eine ganze Zeit, in der sie sich nur hielten und Magenta die Hand streichelte, dann angelte er den Rucksack herbei und holte ein großes weißes Tuch daraus hervor. Er fing an, die Knochen einzusammeln – zuerst die, die in seiner Nähe lagen, so daß er nicht aufzustehen brauchte - und auf das Tuch zu legen, dann holte er auch die weiter weg liegenden. Zuletzt legte Magenta die kleine Hand vorsichtig und behutsam oben auf den kleinen, traurigen Haufen, Ralph faltete das Tuch zu und verknotete es sorgfältig. Genauso sorgfältig verstaute er es zu Magentas Überraschung in dem Rucksack, von dem Magenta nicht gedacht hätte, daß er groß genug sei, das Paket aufzunehmen.

Dann gingen sie weiter, und wieder wickelte sich der rosa Wollfaden hinter ihnen ab.

*

War es bisher in den Höhlen recht kühl gewesen wurde es jetzt immer wärmer je weiter sie gingen. Magenta vermutete, daß sie schon sehr weit in den Berg hineingegangen seien. Kurz mußte sie an all die Tonnen Gesteins denken, die sich über ihr befanden, der Gedanke war gar nicht behaglich und sie schickte ihn fort. Der Gang wand sich, Kurve um Kurve immer weiter. Auch wenn Ralph fast nicht sprach, war es doch gut, daß er da war, sonst hätte sich Magenta möglicherweise erlaubt, sich einfach an der nächsten Ecke hinzulegen und aufzugeben. Aber mit Ralph hinter ihr war es, als hätte das, was sie tat einen Sinn, der nicht an den Umrissen ihres eigenen Körpers aufhörte. Sie war müde. Sie hatte das Zeitgefühl verloren und nicht die geringste

Vorstellung davon, wie lange sie hier schon unterwegs waren. Den Weg mit einem rosa Faden zu markieren war genial, aber auch genauso einfach. Wie aber hätten sie die Zeit messen sollen, die einfach verging, wenn man bloß einen Fuß vor den anderen setzte? Welcher rosa Faden hätte die Zeit markiert, so daß man sich an ihm entlang hätte zurückhangeln können, zurück zu dem Zeitpunkt, an dem man falsch abgebogen war? Wenn man merkte, daß man sich verlaufen hatte? Und an dem man bis zu der falschen Abzweigung hätte zurückkehren können?

*

Hinter der nächsten Biegung weitete sich der Gang abermals zu einer jener Stellen, von der mehrere unterschiedlich große Gänge abgingen. Magenta konnte sich nun endgültig nicht mehr entscheiden, welchen Gang sie nehmen sollten. Hatte es sich bis jetzt so angefühlt, als würde etwas sie ziehen, so war dieses Gefühl fort seit sie die Knochen gefunden hatten. So als hätte ein Rufen aufgehört, als wäre es verstummt. Die einzige Verbindung zwischen ihr und irgendeinem anderen Ort war jetzt Ralphs rosa Faden. Und so blieb sie einfach wie angewurzelt stehen. Sie wußte nicht weiter und fühlte nichts mehr.

Ralph schob sich an ihr vorbei, ging bis zu einer geräumigen Ausbuchtung in der Wand, nahm den Rucksack ab und setzte sich. Er holte aus dem Rucksack einen Laib Brot und ein Stück Käse, liebevoll eingewickelt in ein kariertes Küchentuch und begann zu Essen. Offensichtlich war es also der richtige Zeitpunkt, um eine Pause zu machen. Magenta setzte sich zu ihm und nahm sich ebenfalls ein Stück Brot und Käse. Es schmeckte. Bis ihr einfiel, daß sich in dem Rucksack, aus dem Ralph das Essenspaket geholt hatte, auch das Bündel mit den Knochen und der kleinen Hand befand. Der Käse blieb ihr im Halse stecken. Entsetzt starrte sie auf den Rucksack. Ralph bemerkte ihren Blick, griff nach dem Rucksack, öffnete ihn und hielt ihr die Öffnung entgegen, so daß sie hineinsehen konnte: Er war leer. Komplett leer. ‚Verflixt, Magie' dachte Magenta und schluckte. Einmal den Käse hinunter und dann trocken. Natürlich, das hätte sie sich ja längst denken können. Ralph hielt ihr den Rucksack immer noch hin und Magenta griff zögernd danach. Als sie ihn in den Händen hielt fühlte er sich erstaunlich warm und weich an, fast lebendig, und Magenta begann, ihn von allen Seiten zu begutachten. Äußerlich hätte man ihm nichts anmerken können, er sah aus wie ein ganz normaler Rucksack. Nur daß das Leder eine außergewöhnlich hübsche Färbung hatte, ein so helles Braun, daß es einen leichten rosa Schimmer hatte. Magenta hatte einmal ein Pferd mit einer solchen Farbe gesehen. Sich in dieser Höhle an ein fast rosafarbenes Pferd auf einer grünen Wiese zu erinnern, schien Magenta wie ein Traum. Wieder sah sie auf den Rucksack. Und hoffte inbrünstig, daß das rosa Pferd noch auf seiner Weide stand.

Jetzt war der Rucksack völlig leer. Nichts drin. Wo waren all die Sachen? Nicht nur die, die Ralph die ganze Zeit über herausgeholt hatte, sondern vor allem die, die er hineingetan hatte? Nungut, Magie, schon klar. Aber *wohin* waren all diese Sachen gezaubert und *woher* kamen sie, wenn sie benötigt wurden?

Magenta steckte die Hand hinein und versuchte etwas zu ertasten, irgend etwas, aber der Rucksack war so leer, daß sie nicht einmal seine Innenseite ertasten konnte. Ihre Hand bewegte sich im völlig Leeren. Sie zog die Öffnung so weit auseinander wie es ging und starrte hinein. In eine tiefe Schwärze, so endlos wie der Sternenhimmel. Und jetzt konnte sie auch kleine Funken erkennen, tatsächlich wie Sterne am schwarzen Nachthimmel, in einer Gegend in der es weit und breit keine anderen Lichter gab, keine von Menschen entfachten Feuer aber auch keine schimmernder Wolken, die jeden Mondstrahl reflektierten, der ihre Bahn kreuzen mochte. Vor ihrem Blick entstanden in der Leere weitere kleine Sterne, sie begannen, kleine Haufen zu bilden, kreisten umeinander, drehten sich in winzigen Wirbeln, tanzten zu einer stummen Musik, es wurden immer mehr, sie wurden größer und heller und drehten sich schneller, schlossen sich enger zusammen, bildeten farbenprächtige Spiralen und Nebel. Magenta wurde plötzlich von diesem Drehen und Tanzen erfaßt, sie fühlte sich beinahe in den Rucksack gezogen, ihr wurde schwindelig. Sie zuckte so sehr zusammen, daß ihr der Rucksack aus den Händen fiel und leer und leblos vor ihr lag.

„Er kann mir alles geben, was es auf der Welt gibt." flüsterte sie.

„Ja, das stimmt, theoretisch", Ralphs Samtstimme war ruhig und leise, „aber ob er es tut, weiß man nicht."

„Was soll das heißen?"

„Das heißt, Magie ist überall. Alles, was im Universum geschieht, ist auf eine Weise magisch und alles hängt mit allem zusammen. Schau, Magenta, die Welt funktioniert wie ein Netz, ein Spinnennetz. Wenn Du an einem Faden zupfst erzittert das ganze Netz und die Spinne kommt angerannt und findet ihr Futter. Oder eine Wippe. Wenn die eine Seite runtergeht, geht die andere hoch. Hm? Du kennst doch eine Wippe? Neben der Schule stehen drei Stück." Natürlich wußte Magenta was eine Wippe ist. Was sollte der Quatsch von Wippen und Spinnennetzen. Als nächstes kamen jetzt wohl noch Hebel!

„Oder denk an die Mechanismushöhle, die wir eben gesehen haben. Alles voller Hebel und äh – Dingen, Klappmatismen. Wenn Du an einer Seite etwas in Bewegung setzt, passiert am anderen Ende etwas ganz anderes. Aber das Gleichgewicht muß stets gewahrt bleiben ..." Magenta war mit ihrer Geduld am Ende. Als wenn sie das nicht alles selber längst wüßte!

„Du hast das Beispiel mit der Decke vergessen." murmelte sie.

„Decke?" fragte Ralph.

„'Wenn man von einer Decke oben etwas abschneidet und es unten annäht wird die Decke davon nicht länger.'" zitierte Magenta.

Ralph schmunzelte. „Stimmt, auch gut. Gutes Beispiel!"

Magenta fiel ihm ins Wort: „Laß mich mit diesen Almanach-Weisheiten zufrieden! Die kenne ich!"

„Aber genauso funktioniert es."

„Ja", zischte Magenta, „genauso funktioniert es. Überall. Außer bei mir!"

"Magenta ..." Ralph klang ein wenig enttäuscht.

„Bei mir funktioniert nicht mal die Schwerkraft! Gib mir wenigstens meine Fußspuren zurück! Mach, daß meine Steine Ringe machen! Gib mir etwas aus dem Rucksack, womit ich das Biest besiegen kann, gib mir eine Waffe! Gib mir ein Schwert!" Sie griff sich den Rucksack. „Rucksack!" befahl sie und grub im Rucksack herum, „Gib mir ein Schwert!" Aber der Rucksack war so leer wie das Weltall. Schluchzend warf sie den Rucksack in die Ecke.

„Warum willst Du ausgerechnet ein Schwert?" fragte Ralph, und nach einer ganzen Weile: „Was willst Du damit tun? Das Ungeheuer in den Hintern pieken? Damit es dich endlich wahrnimmt? Zur Kenntnis nimmt? Die einzige Waffe, die Du gegen das Biest hast, ist Deine eigene."

Das Biest. Bestie, Ungeheuer, Viech, Seeschlange.

„Sein Name ist Sharfeyn." maulte Magenta. Ihr Feind hatte einen Namen.

„Und Dein Name ist Magenta Zwiebelberg."

„Pfhh, Magenta Zwiebelberg, das Mädchen, das *nichts* kann. Ich bewirke GAR NICHTS!"

„Ja, ich weiß." Ralph klang tatsächlich spöttisch. Magenta überlegte, worauf er hinauswollte. Sollte sie das Untier - äh, Sharfeyn - mit Steinen bewerfen? Steinen, die im Wasser keine Ringe machten? Die würde das Monster - Sharfeyn - wohl kaum spüren. Oder doch? Wie sollte das wohl funktionieren!

„Wie soll das denn wohl gehen, ‚Herr-weiß-alles-und-sagt-wenig'? Mit irgendwas muß ich doch gegen ihn kämpfen! Oder gib mir einen Zauber. Ja, genau, Du mußt mir beibringen, wie ich Sharfeyn mit Magie besiegen kann!" Ralphs Augenbrauen wanderten fast bis zum Haaransatz, dann sagte er sanft: „Das kann ich nicht."

„Aber Du bist doch ein Zauberer! Du könntest doch einen Zauber bewirken!"

„Nein, ich bin kein Zauberer, ich bin eine Hexe, das ist ein Unterschied."

„Aber gib mir irgend etwas! Irgendwie muß ich doch

die Kinder retten! Wenn Du so schlau bist, dann sag es mir doch!"

„So, mußt Du das?" fragte Ralph bloß und Magenta spürte, wie ihre Wirbelsäule in sich zusammensank. Ihre Zunge fühlte sich lahm an, als sie entgegnete: „Aber genau darum sind wir doch hier, sind wir doch schon bis hierher gekommen. Ich kann doch jetzt nicht einfach zurückgehen." Ralph hielt ihr das rosa Woll-knäuel entgegen, als wolle er es ihr geben oder viel-mehr, als solle sie es sich nehmen. „Und dann? Wenn ich rausgehe? Die Leute geben mir die Schuld, für sie bin ich das Ungeheuer. Und wenn es nicht jemand" - sie kaute auf dem Wort ‚tötet' herum - „bekämpft und" - wieder suchte sie - „unschädlich macht" - ja, so würde es gehen - „wird es doch wieder kommen und" - Magenta schnappte nach Luft - „Kinder - stehlen!"

„Vermutlich", sagte Ralph leise nach einer Pause, die Magenta wie eine halbe Stunde vorkam und die wie eine dichte, graue Wolke zwischen ihnen unter der niedrigen Höhlendecke hing, so daß Magenta Ralph kaum sehen konnte. Magentas Augen brannten.

„Vermutlich!?!" sie hatte es gar nicht so laut und so scharf rufen wollen. Die Schärfe zerschnitt die Wolke und Ralph saß nun in aller Deutlichkeit vor ihr und blick-te sie völlig ruhig und ausdruckslos an. Er hob nur die Hand mit dem Wollknäuel ein wenig höher, in seinem linken Auge zeigte sich für einen winzigen Moment ein kleines Funkeln und verschwand sofort wieder. Das Brennen in Magentas Augen breitet sich aus, über ihre Wangenknochen bis zu ihren Ohren, von wo es herab-sank, ihr die Kehle zuschnürte, weiter nach unten rutschte, wie ein Stein zwischen ihren Rippen stecken-blieb, um dann ihren Magen zuzudrücken. Magenta griff das Wollknäuel, warf es Ralph an den Kopf, drehte sich um und stürzte davon, in einen schmalen Tunnel, die graue Wolke floh mit ihr.

„Autsch!" rief Ralph ihr laut hinterher und hoffte, daß sie es noch hörte. Dann pfiff er eine Zeile aus dem alten Liedchen ‚Was hoch fliegt auch runterfällt, es dreht und dreht sich der Lauf der Welt'.

Doch die graue Wolke umgab Magenta so dicht, daß sie nichts hörte und nicht sah, wohin sie ihre Füße setzte, sie floh einfach nur den Gang entlang.

*

Ralph war auf dem Boden sitzen geblieben. Jetzt lehnte er den Kopf an den Felsen, verschränkte die Arme vor der Brust und dachte nach. Nach einer Weile fing der Rucksack leicht zu zittern an. Ein auf und abschwellendes, tonlos summendes Vibrieren. Ralph angelte sich den Rucksack heran, kramte darin herum und brachte dann einen kleinen, runden, silbernen Taschenspiegel zum Vorschein. Er klappte ihn auf und blickte hinein: „Hmm, hmmm?", machte er. Er betrachtete sich eine Weile kritisch, strich sich mit dem rechten Ringfinger erst über die eine Augenbraue, dann über die andere, zog einen Schmollmund und fuhr sich mit seinen langen schlanken Fingern durch die kurzen dunklen Haare. „Ja?" sagte er dann. Und: „Und nun?" Der Spiegel summte zur Antwort ein wenig wie ein Bienchen. Nach einer Weile fragte er erneut in den Spiegel: „Was sagt man denn dazu! Diese kleine Person ist schon so lange so einsam, daß sie keine Hilfe mehr anzunehmen wagt." Wieder das Bienchen. „Hmm, hmmm." machte Ralph noch einmal, klappte den

Spiegel nach einem letzten prüfenden Blick auf seine Lippen wieder zu und warf ihn in den Rucksack, in dem er gleich darauf wieder rumzukramen begann und ein kleines Päckchen hervorholte. Er wickelte aus dem Pergamentpapier eine Butterstulle, die er genüßlich verspeiste. Als er damit fertig war, stand er auf, reckte sich und streckte die Arme, dann bückte er sich und hob das Wollknäuel auf. Er durchtrennte den Faden, hob es an seine Lippen und flüsterte ihm zu: „Du weißt, wie lange es dauert." Dann wandte er sich dem Gang zu, in den Magenta gerannt war und schleuderte das Wollknäuel mit aller Kraft hinein, ihr hinterher.

Dann ließ er sich wieder an der Höhlenwand nieder, wickelte sich in seinen Mantel, bettete den Kopf auf den Rucksack und schlief ein.

Kapitel XI

Die graue Wolke begleitete Magenta eine ganze Weile und tief in den Gang hinein bevor sie begann, sich langsam aufzulösen und Magenta wieder erkennen konnte, wo sie sich befand und was sie umgab. Sie ging jetzt langsamer, auch das Licht in den Höhlen hatte sich verändert. Es kam ihr gelber vor. Aber nicht heller, eher fahler. Und der Gang, in den sie gerannt war, war kein einzelner Gang mehr, der sich verzweigte und Kreuzungen aufwies. Er wurde zuerst sehr eng, sehr gewunden, genau wie die anderen Gänge, die sich jetzt alle paar Meter kreuzten - bis sie nur noch aus Abzweigungen und Kreuzungen bestanden - das Labyrinth hatte sich in eine Art Schwamm verwandelt. Die Löcher im Schwamm weiteten sich aus, die Wände dazwischen wurden dünner und durch das gelbe Licht hatte Magenta einen kurzen Moment den Eindruck, tatsächlich durch einen riesigen Käse zu wandern. Sie hatte keine Ahnung mehr, wo sie war, außer daß sie irgendwo mitten im Berg steckte. Ihr wurde klar, daß sie vollständig die Orientierung verloren hatte, sie hier nie wieder herausfinden würde. Und daß es keine gute Idee gewesen sein mochte, Ralph mitsamt seinem hilfreichen Rucksack und dem Wollknäuel einfach zurückzulassen. Aber solange sie Sharfeyn nicht gefunden und besiegt hatte und die Kinder gerettet waren, machte es sowieso keinen Unterschied. Komischerweise machten ihr diese Gedanken gar nichts aus. Es erschien ihr alles glasklar und logisch, die Wut, die sie dazu gebracht hatte, ohne Ralph einfach drauflos zu stürmen war vollständig verflogen. Auch das Gefühl, etwas falsch gemacht zu haben, war verflogen. Im Gegenteil, alles war genau so, wie es sein sollte.

Sie sah sich um. Das Labyrinth hatte sich vollständig aufgelöst, viel mehr schien eine riesige Blase im Berg nur noch von dünnen Wänden und einzelnen Säulen in kleinere Blasen unterteilt zu sein. Magenta bewegte sich vorsichtig unter diesen Arkaden, um nicht das kleinste Geräusch zu machen. Denn jedes kleinste, unachtsam zur Seite geschleuderte Steinchen verursachte ein vielfaches Echo, das minutenlang durch die Höhle wanderte und Magentas Unsicherheit und ihre Orientierungslosigkeit vergrößerte. Bis sie plötzlich sogar das Gefühl hatte, entweder sie oder die Welt wären umgekippt: vor ihr floß waagrecht, oder als würde sie von oben darauf schauen, ein grün-blau schillernder Fluß. Schnell stützte sie sich an der Wand ab, sonst wäre sie gefallen, aber die Wand stand fest und aufrecht neben ihr und teilte ihr mit, daß auch sie aufrecht stünde.

Als Magentas Gehirn nach ein paar Sekunden das verwirrende Bild auseinandergenommen und wieder zusammengesetzt hatte, erkannte sie, daß der Gang direkt vor ihr ganz ausgefüllt war von einem großen, grün-blau schillernden, schuppenbedeckten, schlangenhautüberzogenen, sich vorwärts schlängelndem, schiebendem, fließendem Etwas. Und daß sie den aufrecht vor ihr fließenden Fluß von der Seite aus betrachtete.

Plötzlich sah sie, wie all diese Gänge mit Wasser gefüllt waren, und wie das Wasser seine Wege aus dem Felsen wusch, Körnchen für Körnchen, Steinchen für Steinchen, die Wände glättete und die Säulen schuf, die Kurven formte mit seiner weichen, geduldigen Macht. All diese Höhlen und Gänge waren einmal bis zum Rand mit Wasser gefüllt gewesen. Wo war es jetzt? Warum war es nicht mehr hier?

Magenta wich zurück und machte ein paar Schritte hinter die nächstgelegene steinerne Säule. Von dort aus konnte sie in einen weiteren Abschnitt des Höhlensystems spähen: auch der war grünblau ausgefüllt. Das Biest mußte riesig sein! Nein, mit einem kleinen Schwert hätte sie diesem Lindwurm nicht beikommen können, nicht mal mit einer Harpune! Wobei sie weder wußte, wie man ein Schwert führt, noch, wie man eine Harpune bedient. Ralph und sein doofer Rucksack hatten also recht gehabt.

Aber was um alles in der Welt sollte sie jetzt TUN?

*

Fürs erste begnügte sie sich damit, sich in dieselbe Richtung, wie die blaugrüne, senkrechte Woge, zu bewegen. Sie folgte Sharfeyn auf parallelen Wegen bis sich der Schwamm zu einer großen Halle weitete. Ja, es war eine Halle, keine Höhle, künstlich geschaffen, die zahlreichen Säulen, die bis zur hohen Decke reichten und sie trugen waren glatt geschliffen und poliert, so wie die Wand der Gefängnishöhle und die Säulen in der Mechanismushöhle. Kein Werk des Wassers mehr, sondern geplant und geschaffen von Ingenieurshand, ob Mensch oder Zwerg. Zwar genauso glatt und poliert, wie die Wege des Wassers, jedoch nicht von ihrer ungeplanten Schönheit.

In der Mitte der Halle hatte die Seeschlange angehalten, und sich auf ihren Bauch niedergelassen, sie rollte ihren langen, flossenbesetzten Schwanz ein wenig zusammen und sah sich suchend um. Sharfeyns großer grüngoldener Kopf saß auf einem langen, biegsamen Hals, den er jetzt in alle Richtungen drehte und reckte, auch nach oben unter die Höhlendecke und dann wieder ganz nach unten. Fast mit dem Kinn auf dem Boden versuchte er in jede auch noch so kleine Ritze zu spähen. Magenta konnte erkennen, daß sich über seine grünblauen Augäpfel mit den senkrechten Pupillen eine dünne, bewegliche Haut spannte, ein inneres Augenlid, wie es auch Vögel und Echsen haben. Seine winzigkleinen, schlitzförmigen Ohren zuckten nervös, aber ohne eine bestimmte Richtung. Dann schien er aufzugeben. Er überkreuzte seine langen Vorderpfoten, fast wie eine Katze und ließ den Kopf sinken.

Magenta war sich nicht sicher, ob das Ungeheuer sie bemerkt hatte, sie versuchte, weiterzuschleichen, an einen Punkt zu gelangen, von dem aus sie die ganze Halle überblicken konnte. Sie glaubte in einer Ecke ein Bündel, ein Kleiderbündel, zu erkennen.

„Was bist du für ein Wesen? Ich kann dich nicht sehen." Die Stimme erklang in Magentas Kopf. Magenta war noch nie in ihrem Leben so erschrocken.
„Ich kann dich riechen, aber ich kann dich nicht sehen.", sprach die Stimme weiter. Sie klang golden. Magentas eigene Stimme in ihrem Kopf, die Stimme, mit der sie ihre eigenen Gedanken dachte, hatte noch nie golden geklungen. Oder auch nur in irgendeiner Farbe. Genaugenommen hatte noch nie irgend etwas in

einer Farbe geklungen. Es sah wunderschön aus. Magenta stand gebannt. Wenn das Ungeheuer in ihrem Kopf denken konnte, mußte es doch auch wissen, wo sie war. Oder nicht? Was hatte es gesagt? Es konnte sie riechen? Dann war sie geliefert! Es blieb Magenta nur zu hoffen, daß es nicht so gut riechen konnte wie ein Hund, sondern vielleicht nur wie eine Kuh oder ein Schaf, die einen auch am Geruch erkannten, aber bestimmt nicht über Kilometer und Meilen verfolgen würden. Außerdem versuchte sie sofort damit aufzuhören, Geruch auszuströmen, war sich aber bewußt, daß das nicht viel Erfolg haben würde. Unriechbar zu sein wäre in diesem Moment eine wesentlich wertvollere Eigenschaft, als keine Kreise im Wasser zu machen. Dachte Magenta. Keine Kreise. Im Wasser. Es konnte sie nicht sehen, weil sie keine Kreise im Wasser machte! Magenta erinnerte sich an Sharfeyns erstes Auftauchen vor - wieviel Tagen? Er hatte sie auch da nicht bemerkt und sie konnte Roswi aus seinem Blickfeld zerren! Er konnte sie nicht sehen! Auch jetzt und hier nicht, wo es nicht einmal Wasser gab, wo er sich wahrscheinlich auch gar nicht wohl, weil ‚nicht in seinem Element' fühlte im wahrsten Sinne des Wortes und er auch hilfloser war, als wenn er sich im Wasser hätte bewegen können!

Sie stand wie angenagelt und versuchte unhörbar zu atmen, und so selten wie möglich. Sharfeyns Schlangenaugen zuckten nach wie vor hin und her und versuchten, sie zu entdecken. Magenta drückte sich an die Rückseite einer Säule, ihrerseits bestrebt, Sharfeyn nicht aus den Augen zu verlieren. Wieder erklang das Gold in ihrem Kopf: „Du bist ein sehr ungewöhnliches Wesen. Bist Du überhaupt ein Mensch?" Fast schwang ein bißchen Hoffnung in dieser Frage, als wäre es ihm lieb, sollte Magenta etwas anderes sein.

Magentas Kehle schnürte sich zu. War sie ein Mensch? Wäre es auch ihr in diesem Moment vielleicht lieber, etwas anderes zu sein? Auch an ihr bewegten sich nur noch ihre Augen, und die bemerkten in diesem Moment wieder das Bündel am anderen Ende der Halle. Am Fuße einer Stele lag es. Wie achtlos hingeworfen. Ein Haufen schmutziger Wäsche. Schmutzige Wäsche paßte so gar nicht in diese polierte Halle, mit dem bronzenen Licht, gespiegelt von schimmernden Wänden und Säulen und zu der goldenen Stimme.

„Sag, bist Du ein Mensch?" fragte diese wieder und Magenta meinte, die Worte wie Blüten von Goldregen zu Boden gleiten zu sehen.

„Ja", hauchte sie hinter ihrer Säule „ja. Ich bin ein Mensch." Sharfeyn reagierte nicht. Er bewegte nicht einmal den Kopf. Nur seine winzigen Ohren zuckten. Wo eben noch Goldregen sank, schwebte jetzt wieder nur graue Stille.

„Ja, ich bin ein Mensch", sagte Magenta jetzt lauter, deutlicher, schwarze Buchstaben in der grauen Stille, die jetzt keine mehr war.

„So, also doch eine von denen."

„Von denen?"

„Die Menschen, die alles hassen, was sie nicht verstehen, und es jagen und es töten."

„Gejagt und getötet hast Du!" rief Magenta aus, „Was hatte das Kind Dir getan?"

„Es hat meinen Hunger gestillt. Dafür bin ich ihm dankbar." klang es golden. Magenta hatte nicht geahnt, daß ‚golden' eine so schreckliche Farbe sein konnte. Doch Sharfeyn sprach ungerührt weiter in ihrem Kopf: „Ihr Menschen gebt ja sonst nichts, nie freiwillig, und auch nicht, wenn man Euch darum bittet. Alles muß man sich mit Gewalt von Euch nehmen. Ihr kennt keine Großzügigkeit, keine Gnade und kein Mitleid und laßt nichts für andere Leute übrig. Alles gehört nur Euch und niemandem sonst und selbst wenn man Euch bittet, teilt Ihr nicht!"

Magenta stand immer noch stockstill, nicht einmal ihre Augen bewegten sich mehr. Sie konnte Wut und Verachtung in Sharfeyns Stimme sehen, auch unter all dem Gold, die Verachtung war schmutziggrün, durchzogen von den schlammfarbenen Schlieren der Wut. Aber da war auch noch ein anderer Farbton, der das Gold trübte. Er war noch schmutziger als das Grün und sorgte dafür, daß das Gold langsam seinen Glanz verlor. Magenta versuchte noch genauer hinzuhören.

„Du hast eins von unseren Kindern gefressen. Du hast es Dir mit Gewalt genommen!"
„Ihr planscht in meinem See herum, mit Euren schmutzigen Füßen und Eurem Geschrei. Verscheucht die Fische, die gute Nahrung geben und meint, alles gehöre Euch? Wer hat Euch das erlaubt? Habt ihr jemals gefragt, wem all dieser Reichtum gehört?" Magenta bemerkte, daß er versuchte, am Klang ihrer Stimme ihren Standort zu finden, aber es fiel ihm schwer, immer wieder drehte er den Kopf erst nach der einen, dann wieder nach der anderen Seite. Dann jedoch blickte er Magenta plötzlich geradeheraus an: „Was wollt ihr in meinem See?" es klang mehr wie eine Drohung als wie eine Frage.

„Dein See?" fauchte Magenta.

„Ja, Mein See! Und es war Euch immer klar! Ihr habt ihn doch nach mir benannt!" Magenta war bestürzt. Natürlich! Sarfan-See - Sharfeyn-See! Das gleiche Wort. Und längst vergessen. Magenta kam die Erzählung der Zwerge in den Sinn. Und wieder schwang der merkwürdige schmutzige Farbton unter dem Gold in Sharfeyns Stimme mit: „Ja, mein See. Mein See ganz alleine. Niemand wollte ihn mit mir teilen. Also gehört er mir allein." Jetzt erkannte Magenta auch die anderen, die leiseren Farbtöne: So sahen also Einsamkeit, Enttäuschung, Verzweiflung aus.

Langsam und lautlos schob sie den rechten Fuß ein wenig weiter, an der Wand entlang, nur ein Stückchen. Dann zog sie den linken hinterher. Sharfeyn reagierte nicht. Noch einmal schob sie den rechten Fuß weiter. Und den linken hinterher. Ohne daß Sharfeyn es bemerkte, bewegte sie sich an der Wand der Höhle entlang, in Richtung auf das zu, was wie ein Kleiderbündel aussah. Trotzdem befand sich Sharfeyn immer noch genau zwischen ihr und dem Bündel.

Magenta schlich weiter. Doch gerade als sie dachte, sie könnte das Kind jetzt möglicherweise unbemerkt erreichen, drehte sich Sharfeyn und versperrte den Weg.

„Nungut," dachte Magenta. Was gab es noch für Möglichkeiten? Sharfeyn kicherte leise und silbern.

„Gib mir das Kind!" forderte Magenta,

„Nein." sagte Sharfeyn und seine Stimme lächelte. Sein grünes, goldgesprenkeltes Auge, das er Magentas

Stimme zugewandt hielt, blickte ziellos. Magenta tat zwei Schritte. Mißmutig fragte sie sich, ob ein Schwert vielleicht nicht doch genützt hätte.

„Gib mir das Kind." versuchte sie noch einmal, diesmal lächelte Sharfeyns Stimme wortlos und sehr siegessicher. Zu recht, fand Magenta. Mit einem Schwert hätte sie Sharfeyn wenigstens ‚in den Hintern pieken' können, wie Ralph es ausgedrückt hatte. Vielleicht hätte sie sich dann nicht ganz so machtlos gefühlt. Sie überlegte, womit sie Sharfeyn sonst noch in den Hintern pieken konnte, um ihn vielleicht abzulenken, aber selbst wenn sie etwas gefunden hätte, wäre es wohl unmöglich, ihn gleichzeitig in den Hintern zu pieken und ihm an seinem anderen Ende das Kind unter der Nase wegzuschnappen. Das Biest war sehr groß und sehr lang. Und Magenta konnte nicht an zwei Stellen gleichzeitig sein.

Die Gänge, die um den Platz, auf dem sie sich befanden, herumführten, waren eng und gewunden. Und möglicherweise endete einer davon nur zwei Meter von dem immer noch regungslosen Bündel entfernt denn Magenta bemerkte dort einen großen Riß in der Wand. Aber natürlich war nicht zu erkennen, wo dieser mögliche Gang entlangführte oder wo sein anderes Ende war. Aber das würde sich herausstellen. Magenta rannte los. Wenn sie Glück hatte, konnten auch Sharfeyns Kopf und Schwanz nicht gleichzeitig am selben Ort sein. Sie machte soviel Lärm wie möglich und steuerte genau auf Sharfeyns Schwanzflosse zu.

„Was zum...!" rief die goldene, plötzlich leicht zerkratzte Stimme in ihrem Kopf. Der Kopf auf dem langen Hals versuchte ihr zu folgen. In dem Moment hatte Magenta Sharfeyns äußerstes Ende erreicht und sprang. Sie sprang auf seine Schwanzflosse, griff mit beiden Händen zu und biß so fest hinein wie sie nur konnte.

Es schmeckte fischig und grün und schuppig.

Sharfeyn quiekte auf wie ein kleines Ferkel. Das war also seine wirkliche Stimme! Er fuhr herum. Sein Schwanz peitschte durch die Luft, als seine Schnauze die Stelle erreichte, wo vorher seine Schwanzflosse gewesen war. Magenta hatte sich an ihm festgebissen wie eine Zecke. Und wie eine Zirkusartistin ließ sie in dem Moment los, als Sharfeyns Schwanz sie knapp an dem Kind vorbeischleuderte. Sehr viel weniger zirkusreif war die unsanfte Landung auf Knien und Ellbogen. Keine Zeit vergeudend und den Schmerz ignorierend raffte sich Magenta auf, riß das Kind hoch - es war bewußtlos und sehr schwer - und schlüpfte in den engen Spalt, der zum Glück wirklich ein Gang war, der von der Halle wegführte und sich eng und schmal in den Fels zog. Magenta zwängte sich mit zitternden Beinen, das Kind an sich gedrückt immer tiefer in den Spalt, während Sharfeyn wütend am Gestein kratzend und immer noch quiekend seine Schnauze in den Tunneleingang quetschte.

Kapitel XII

Gobbelsom wand sich zwischen zwei Zahnrädern durch, als sei er selbst ein Stück Zahnkette.

„Das ist in Ordnung, das muß so!" grummelte er lautstark.

Vingt stand unter ihm und sah zu ihm hoch: „Drüben habe ich alles geölt. Aber kaputt oder auseinander war da auch nichts. Sah eigentlich alles gut aus, hätte man nicht mal zu ölen brauchen."

Left schlendert herbei. Er kratzte sich den Rücken mit einem Maulschlüssel, der so lang war wie sein Arm. "Vielleicht müssen wir ganz woanders suchen." Er bekam keine Antwort. „Hallo?" fragte er in das Gewirr aus Zahnrädern hinein.

Ein unterdrücktes „Grmslfitz" war das Einzige was er zu hören bekam. Da das aus keiner ihm bekannten Sprache stammte - und er kannte mindestens zehn, acht Zwergendialekte und zwei Menschensprachen und natürlich Sharfeyns Sprache, die Sprache der Seebewohner, die auch wieder mehrere Dialekte aufwies - übersetzte er das für sich mit ‚Mach doch was du willst aber laß mich mit deinem Unfug in Ruhe' und schlenderte wieder davon. Er wandte sich wieder dem Werkzeugschrank zu, in dem er ein spezielles, sehr verborgenes Fach gefunden hatte, fast hätte man es als Geheimfach bezeichnen können, wenn es nicht so wenig Sinn ergeben hätte, in einen Werkzeugschrank ein Geheimfach einzubauen, als er alle Fächer und Schubladen aufgeklappt und alle Wände abgeklopft hatte.

Aus diesem Fach hatte er eine Rolle geborgen. In Leder eingewickelt fand sich ein blaues Pergament. Er hatte es auf dem Arbeitstisch neben dem Werkzeugschrank ausgerollt und die weißen Linien und Zeichen darauf lange betrachtet. Leider hatte er bis jetzt keine Ahnung, was sie ihm mitteilen wollten, was sie darstellten. Noch eine Sprache, die er lernen sollte, notierte er sich im stillen. Er verfolgte die Linien auf dem Papier mit dem Finger. Bis ihm eine bestimmte Stelle auffiel. Diese Verknotung von doppelt gestrichelten Linien kam ihm bekannt vor. Er hob den Blick. An der Wand am gegenüberliegenden Höhlenende liefen dicke Rohre entlang. Ja, da war es: diese Rohre da bildeten genau den Knoten, den die doppelt gestrichelte Linie auf dem Papier bildete. Beziehungsweise abbildete, wie es Left schlagartig klarwurde. Was er da in Händen hielt war ein Plan! Ein Bauplan aller Rohre und Drainagen und Zahnräder, wahrscheinlich des ganzen Heinzelwerks!

„Hee!" rief er aufgeregt zu Gobbelsom und Vingt herüber. Und noch einmal lauter „Hey! Interessiert es Euch, was ich gefunden habe?" er bekam keine Antwort. Er nahm das Pergament vom Tisch und ging mit dem ausgebreiteten Plan vor der Nase los, abwechselnd die Linien auf dem Papier und die Rohre an der Wand betrachtend. Er verglich ihren Verlauf und folgte ihnen. Bis zu der Stelle, an der der Plan aufhörte. Die Wand machte hier einen Knick, der von weitem nicht zu sehen gewesen war. Dahinter lag unerwarteterweise vollkommenes Dunkel. Left knickte das Blatt um. Es ergab sich eine neue Linienführung, der geknickte Plan war ein neuer Plan, ein anderer. Er zeigte ein anderes Labyrinth.

„Hee!" rief er noch einmal zu den beiden anderen herüber. „Ich glaub, ich hab hier was gefunden!!" Er hörte ein schwaches „Grmslfitz!" aus einem Spalt zwischen zwei Zahnrädern, wertete das als Antwort, trat um die Ecke. Und verschwand in der Wand.

*

Sharfeyn lag in der Höhlenmitte, wie eine Katze zusammengerollt. Er leckte seine ramponierte Schnauze, seine abgeschürften Krallen, die gebissene Schwanzflosse. In ihm jaulte und jammerte es. Das zweite Kind war für ihn verloren. Diese Magenta, die er nicht begreifen konnte, hatte es ihm entrissen. Wie auch immer ihr das gelungen war. Diese Menschen, so klein und unfähig, wie sie waren, waren nicht zu unterschätzen. Und sie war nur ein halber Mensch. Sharfeyn schnaubte. Es hallte durch die Höhle und er hob den Kopf, um zu schauen, ob das Geräusch vielleicht die Halle verlassen hätte und an einem anderen Ort zu hören gewesen sein mochte. Dieses Labyrinth war wirklich tückisch. Sharfeyn erinnerte sich bei weitem nicht an alle Gänge und Kammern, außerdem erschien es ihm, als ob sich einige verändert hätten, in der Zeit, die er gefangen gewesen war. Er fand den Ort nicht, hatte ihn bis jetzt noch nicht finden können. Immer wieder durchsuchte er Abschnitte, die ihm bekannt vorkamen, schickte seine Erinnerungen voraus in Gänge, die ihm vielversprechend erschienen, verglich Bilder und Wege. Die Wege, das war es, worauf es ankam. Das Ziel kannte er, das lag in seinem Herzen, tief verborgen mit seinem Schatz. Aber den verflixten Weg konnte er nicht finden. Er wußte, wenn er den Schatz fände, fände er auch den Weg.

Er lag still und lauschte in alle Richtungen. Dann erhob

er sich langsam, streckte sich und wandte sich einer höher gelegenen Ausbuchtung in der Höhlenwand zu, in der das dritte, das letzte Kind lag und genauso tief schlief wie das zweite. Er streckte seine Arme aus und hob es vorsichtig heraus. Liebevoll wickelte er es in eine Stück grünes Tuch, sehr alt und früher einmal sehr wertvoll, nahm es zärtlich an seine Brust und machte sich mit ihm auf den Weg. Er mußte den Ort finden. Bald.

*

Als Magenta sicher war, daß sie Sharfeyn abgehängt hatte, da sie sich nur durch solche Spalten und Risse gedrängt hatte, durch die er nie und nimmer passen konnte, und sie genauso sicher wußte, daß sie selber keine Ahnung mehr hatte, wo sie war und hier nie wieder herausfinden würde, erlaubte sie sich eine Pause. Was bedeutete, daß sie sich an der Wand herabsinken ließ und sich genauso bewußtlos fühlte wie das Kind, das sie bis hierher geschleppt hatte und das immer noch schlaff und schwer an ihrer Seite hing.

Eine ganze Zeit lang, deren Dauer sie nicht hätte abschätzen können, hörte sie nur ihren eigenen keuchenden Atem und den friedlichen des Kindes.

Doch plötzlich war da ein merkwürdiges, neues ungewöhnliches Geräusch. Hinter ihr, irgendwo im Labyrinth. Sie konnte es nicht genau orten und drehte sich um, um in den Gang, aus dem sie grade gekommen war, zu spähen. Das zischelnde, schwirrende Geräusch wurde lauter, es kam eindeutig näher auf sie zu. Es kam nicht aus dem Gang, der geradeaus lag, Magenta stand mühsam auf und schlich näher an die Abzweigung heran, das Zischen kam jetzt sehr schnell näher, es hatte offensichtlich Geschwindigkeit aufgenommen, aber Magenta konnte noch nicht sehen, was es war. Als es mit rasanter Geschwindigkeit aus dem rechten Gang geschossen kam, eine exakte Kurve beschrieb und Magenta mit voller Wucht gegen die Stirn prallte ging Magenta zu Boden, das rosa Wollknäuel tropfte von ihr ab, um auf dem Boden ein wenig im Kreis herumzurollen und dann vor Magentas ausgestreckten Füßen liegenzubleiben.

Magenta rappelte sich auf. Sie griff sich das Wollknäuel und warf es wütend in die Richtung zurück, aus der es gekommen war. Das Wollknäuel flog genau anderthalb Meter weit, bevor es scharf wendete und zum zweiten Mal gegen Magentas Stirn knallte, diesmal allerdings saß Magenta noch am Boden. Sie fluchte und schleuderte es wieder von sich. Es prallte von der Wand ab, dann von der gegenüberliegenden, dann vom Boden, von der Decke und wieder von der Wand, schoß umher wie ein verrückt gewordener Gummiball, bis es plötzlich direkt vor Magentas Gesicht in der Luft hängenblieb und sie so zornig anstarrte, wie etwas ohne Gesicht nur zornig starren kann - Magenta hätte geschworen, daß seine Augenbrauen gesträubt waren -, stemmte die Arme in die Hüften – ja, es entrollte an jeder Seite Fäden, die sich zu Ellenbogen formten und sich in die 'Hüften' drückten – und blaffte Magenta an: „Magenta Zwiebelberg", sagte es mit Fräulein Drollichs Stimme und die Stimme tappte verärgert mit der Fußspitze auf den Boden, „Du solltest es nicht zu weit treiben!" Dann ließ es sich fallen und rollte ganz unschuldig vor Magentas Füße. Als Magenta nach ihm griff, wickelte es sein loses Ende ab, streckte es aus, verknotete es fest um irgendwas, das Magenta nicht sehen konnte und das auch gar nicht da zu sein schien, aber fest hielt, und rollte davon. Magenta zuckte die Schultern, seufzte, lud sich das immer noch tief schlafende Kind erneut auf die Hüfte und folgte ihm.

Kapitel XIII

Das Wollknäuel rollte zielstrebig durch gewundene Gänge und hallende Höhlen und Magenta tappte einfach nur hinter ihm her. Es schien sich hier gut auszukennen und Magenta war müde. Hundemüde, um genau zu sein. Sie hatte keine Lust mehr, wollte eigentlich jetzt, hier und auf der Stelle schlafen. Sie taumelte. Da öffnete sich vor ihr der Gang und sie stand am Inneren See. Und es wimmelte von Menschen. Das ganze Dorf war da. Fast wäre sie in den Gang zurückgesprungen. Aber das Kind war inzwischen unerträglich schwer. Und so rief sie zu den Leuten hinüber: „Hallo? Ich habe Mary gefunden." Sie mußte es ein zweites Mal rufen, ehe jemand sie bemerkte. Einer der Müllerssöhne hob die Hand und zeigte zu ihr hinüber. Einige andere sahen es. Dann drang erst ein zorniges Gemurre, dann ein Wutschrei zu ihr herüber. Die Menge setzte sich in Bewegung. Mitten unter ihnen ragte Fräulein Drollich heraus, die sich grob unter Einsatz ihrer Ellbogen einen Weg nach vorne bahnte und bald Magenta als erste erreichte. Sie lächelte sie an: „Gut, daß du da bist!" Fünf Meter hinter ihr sah Magenta die wutverzerrten Fratzen der Leute. Sie hatten Mistgabeln dabei. Trugen Fackeln und Knüppel. Hielten Steine in den Fäusten.

„Geh aus dem Weg, Fräulein Drollich." sagte einer von ihnen.

Fräulein Drollich drehte sich überrascht um: „Wie bitte?" meinte sie süffisant, doch das reichte nun nicht mehr aus. Jemand hatte schon einen Stein geworfen. Mehrere faustgroße Steine folgten. Zwei prallten vor Fräulein Drollich an der leeren Luft ab, wie von einem unsichtbaren Schild, einer traf Magenta an der Stirn, direkt über dem linken Auge, doch sie spürte es nicht. Fräulein Drollich taumelte. Eine Frau in der Menge kreischte: „Ihr trefft doch das Kind!" sie meinte Mary, nicht Magenta. Kurz davor zu stürzen, krallte Fräulein Drollich Magenta die rechte Hand in die Schulter und nahm ihr mit dem anderen Arm Mary von der Hüfte. Sie drehte sich zu der Menge um. Blut lief ihr über das Gesicht.

„Ihr Idioten!" fauchte sie, „Mary geht es gut! Laßt uns durch!" Sie hielt ihren Schäferstab wie ein Schwert vor sich und bahnt sich damit einen Weg durch die Menge. Auf halbem Weg kamen ihnen Marys Eltern entgegengelaufen und rissen ihr ihre Tochter aus den Armen, Fräulein Drollich aber zerrte Magenta ungerührt weiter hinter sich her, sie sprang beinahe durch das Fischmaul nach draußen. Magenta stolperte. Fräulein Drollich schrie die umherstehenden Leute an: „Ihr habt ja wohl alle völlig den Verstand verloren!" und um sie herum stoben schwarze Flocken aus Wut durch die Luft. Dann, als sie auf ebenem Gelände standen, stieß sie ihren langen Schäferstab heftig auf den Boden. Der Stab schien auf ganzer Länge zu splittern, lange, rote Späne spalteten sich an den Seiten ab, entfernten sich vom Stab, ohne aber herabzufallen, sie schoben sich aus dem toten Holz wie Triebe, die es mächtig eilig haben, aus einem Baum. Am unteren Ende des Stabes wuchsen sie zu Dreiecken und nahmen die Form von Flossen an, in der Mitte entfaltete sich ein rundliches Objekt, Magenta staunte nicht schlecht, als sie in dem Ding einen Sattel erkannte, so wie ein Pferdesattel, nur kleiner. Fräulein Drollich schwang ein Bein über den Schäferstab und setzte sich auf den kleinen Sattel.

Dann fiel ihr Blick auf Magenta. Leise fluchend stieg sie wieder ab. Sie schaute den Stab unwirsch an, schnippte mit den Fingern gegen die Stelle hinter dem Sattel und es entfaltete sich ein weiterer Span und wurde zu einem zweiten Sattel. Fräulein Drollich zerrte Magenta auf diesen Sattel. Sie ergriff die Haltegriffe, die dem vorderen Ende, dem geschwungenen, an beiden Seiten gewachsen waren.

„Halt Dich fest!", rief sie ihr zu und nahm Anlauf während Magenta hastig die Arme um Fräulein Drollichs Hüften schlang. Der Schäferinnenstab erhob sich samt Fräulein Drollich und Magenta in die Luft. ‚Na klar,' dachte Magenta, ‚mit einem Besen zu fliegen wäre ja auch viel zu normal für Fräulein Drollich gewesen.' Aber ob Besen oder Stab oder sonstwas, Magenta konnte die ganze Zeit in der Luft nur zittern und sich an Fräulein Drollich festklammern. Nur gut, daß sie keine Hexe werden wollte. Der Flug war schlimmer als alles andere.

*

Thomas starrte Magenta hinterher. Er stand nur da, die Fäuste geballt, die Lippen zusammengekniffen. Und verstand nicht, wieso sein Vater und all die anderen Magenta mit Fräulein Drollichs Hilfe einfach so davonkommen ließen. Er verstand auch nicht, wieso alle so vor Fräulein Drollich auf den Knien krochen. Sie war doch nur eine Hexe, also jemand, der es verstand, sich die Menschen mit üblen Tricks gefügig zu machen. Alles in ihm lehnte sich in diesem Moment gegen diese Tyrannei auf. Aber noch einmal zu versuchen, mit den Leuten zu reden, oder gar mit seinem Vater, schien ihm sinnlos. Niemand achtete auf ihn und er stahl sich davon, unbemerkt von allen. Er fand den Weg in Richtung Fräulein Drollichs Hütte und folgte ihm.

*

Fräulein Drollich verrührte hektisch die Zutaten, die sie zuvor ebenso hektisch im Mörser zerstoßen hatte im Tiegel. Magenta hatte Fräulein Drollich noch nie hektisch gesehen, normalerweise war sie ein Ausbund an Gelassenheit und Zielstrebigkeit. ‚Normalerweise.', dachte Magenta. Jetzt waren ihre Bewegungen fahrig. Magenta bemerkte, daß von Fräulein Drollichs Stirn Blut herablief, an ihrer linken Augenbraue entlang, über ihre Wange und von ihrem Kinn herabtropfte. War sie etwa von einem Stein getroffen worden? Das war doch unmöglich, Fräulein Drollich war doch gegen Steinwürfe gewappnet! Die Steine waren doch alle wie von einem unsichtbaren Schild von ihr abgeprallt! Magenta faßte sich unwillkürlich an ihre eigene Stirn, über der linken Augenbraue. Da war nichts, sie spürte keine Beule, keinen Kratzer, kein Blut, und nicht den geringsten Schmerz. Sie stand auf und schaute in Fräulein Drollichs Spiegel. Sie hatte keine Verletzung. Trotzdem griff Fräulein Drollich sie jetzt am Arm, drehte sie zu sich herum und schmierte ihr den Inhalt des Tiegels auf die Stirn, über der linken Augenbraue. Magenta spürte gar nichts, aber sofort danach entspannte sich Fräulein Drollich, ihre Hände hörten auf zu zittern und der klaffende Riß auf ihrer Stirn hörte auf zu bluten.

„Glück gehabt!" sagte sie lächelnd, als sie sich aufrichtete. „Das hätte ins Auge gehen können."

*

In Fräulein Drollichs Labor waren die Stühle nicht gepolstert und mit Rosenstoff bezogen, sondern schlicht und aus Holz. Allerdings aus sehr schön gemasertem Holz. ‚Rosenholz.' dachte Magenta, ohne zu wissen, ob Rosenholz so gemasert war und ob man daraus überhaupt Stühle machen konnte. Sie saß auf einer dieser wunderschönen Maserungen und hielt sich vor Müdigkeit an der Sitzfläche fest.

„Er hat noch immer ein Kind," murmelte sie „ich muß wieder hin."

„Du solltest Dich ausruhen." Fräulein Drollich klang wieder gewohnt mild. „Du bist total erschöpft."

„Er wird es töten."

„Lebt es denn noch?" fragte Fräulein Drollich, mehr an die Luft im Raum gewandt als an Magenta.

„Lebt Mary noch?" Magenta war sich die ganze Zeit nicht sicher gewesen, ob das Bündel, das sie geschleppt hatte, wirklich nur schlief.

„Herrje!" rief Fräulein Drollich aus, „Ich sollte da etwas unternehmen!" Sie suchte aus den langen Reihen von Regalen, die sich an den Wänden des Labors hinzogen, diverse Flaschen, Tiegel und Dosen zusammen, auch ein Büschel lose zusammengeschnürter Kräuter und packte alles in eine mit einem Klappbügel verschließbare Tasche aus - achja - mit Rosen bedrucktem, festem Manchesterstoff. „Ich schaue nach Mary und ihren Eltern, ich denke, am See sind genug Menschen, die nach den Kindern suchen." Magenta kniff als Antwort nur die Lippen zusammen. „Du solltest dich ausruhen. Leg Dich drüben auf die Couch." Es klang nicht wie ein Befehl, nur wie ein Rat. Beiden war klar, daß Magenta ihn nicht befolgen würde. Fräulein Drollich entdeckte in diesem

Moment eine Eigenschaft an Magenta: Halsstarrigkeit. Diese Kind war so was von stur! Sie nickte ihr kurz zu und machte sich auf den Weg.

Kapitel XIV

Gobbelsom war ratlos. Enttäuscht schleuderte er den Schraubenschlüssel weit von sich. Er landete mit lautem Geklapper irgendwo in einem Haufen Blechkannen. Die Blechkannen nahmen das nicht so einfach hin sondern entschieden sich, ihrerseits umzufallen und noch mehr Lärm zu machen. Einige gingen sogar so weit, fortzurollen. Sie stießen gegen ein wackeliges Regal aus grob gezimmerten Holzplanken, das nun seinerseits ins Wanken geriet ehe es knirschend und seufzend seinen Widerstandsgeist aufgab und in sich zusammensank. Gobbelsom und Vingt sahen sich verdutzt an. Als der Staub sich ein wenig gelegt hatte kletterten sie über die Trümmer des wackeren Regals. Der Alkoven, den es so sorgfältig verborgen hatte, zeigte sich jetzt in seiner ganzen Größe und bot den Zwergen einen überraschenden Inhalt dar: Gobbelsom dachte zuerst es sei eine Orgel, aber dann fiel ihm auf, daß es gar keine Pfeifen gab. Und eine Orgel ohne Pfeifen ist ja wohl keine. Vingt strich vorsichtig über die Tastatur.

„Es ist ein Schlüsselbrett", stellte er sachkundig fest „fünf Oktaven und alle Register gerafft."

„Aber wo sind die Pfeifen?" wandte Gobbelsom ein, „so hört man ja gar nichts."

„Wollen mal sehen, ob man was hört." meinte Vingt, streifte sich die Ärmel hoch und griff beherzt in die Tasten. Er schlug einen A-Dur Akkord an, dann E-Moll. Aber Gobbelsom behielt recht: Man hörte nichts. Erstmal. Keine Töne. Zumindest. Nach ein paar Sekunden allerdings klapperte und klimperte etwas weiter oben, und es rasselte. Es hörte sich an wie

Ketten, oder wie ein Eimer, der in einen Brunnen heruntergelassen wird. Sie blickten nach oben und tatsächlich senkte sich etwas zu ihnen hinab. Groß, schwer, viereckig, es sah aus wie eine Kiste. Mit einem leichten ‚Rumms' landete es zwischen ihnen. Ohne sich lange darüber verständigen zu müssen, öffneten sie zu zweit den Deckel. Ein Schwall dichter, heller Rauch quoll ihnen entgegen. Aber halt, das war kein Rauch, das war Dampf! Dichter, eiskalter Wasserdampf! Die Truhe enthielt Eis! Und in dem Eis eingebettet lagen Zwergenbrot - obwohl das sich ja auch ohne Eis ewig hält - und Koteletts und Porreestangen und steinharte Himbeeren!

„Merkwürdige Auswahl", murmelte Gobbelsom, „daraus kann man ja nicht mal anständigen Eintopf kochen!"

„Hm," meinte Vingt, „vielleicht hat ja schon mal jemand was rausgenommen."

„Und wer sollte das gewesen sein?" Der Gedanke gefiel Gobbelsom nicht. Er umrundete die Kiste und kratzte sich irgendwo unter seinem Bart. „Spiel noch mal was"

„Was denn?"

„Keine Ahnung, was hast Du denn eben gespielt?" Vingt schlug wieder die beiden Akkorde an, A-Dur und E-Moll, nur in umgekehrter Reihenfolge und die Truhe hob sich wieder in die Lüfte, wobei der Deckel mit einem Knall zufiel.

„Najanun, murmelte Gobbelsom, „das war ja zu erwarten."

„Ach ja?" zweifelte Vingt.

„Spiel doch mal was anderes, was richtig anderes"

„Aber was denn?"

„Kannst Du kein ganzes Lied spielen? Was Richtiges

eben?"

„Hm, nur die Goldka von Quarzi Stark-Im-Ton"

„Na dann mach hinne, leg los! Hau rein!" Und Vingt hieb in die Tasten und zog alle Register. Dabei konnte er nicht einmal hören, ob er überhaupt richtig spielte. Gobbelsom stand daneben und sah ihm zu und wippte im Takt, den er genausowenig hörte, auf den Fußspitzen. Dafür sang er den Text mit.

Allerdings bedeutete, daß man nichts hörte nicht, daß Vingts Spiel keinerlei Auswirkungen gehabt hätte. Genauso wie bei den ersten beiden Akkorden lösten auch die unhörbaren Klänge des traditionellen Zwergenliedes einige Bewegung in der Oberbühne aus. So bekamen sie noch eine Axt und eine Armbrust geliefert, die Gobbelsom beide schnell aus ihren Kabeln und Seilen befreite, ehe sie wieder davonschweben konnten, eine lederne Flasche mit durchaus leckerem, gut abgelagertem Johannisbeerwein, sowie ein Seil, daß sich selbst losknotete und in der nächsten Ecke zusammenrollte.

Als Vingt das Lied zu ende gespielt hatte, inspizierte er den schönen Berg nützlicher und unnützer Dinge. „Man müßte genauer wissen, *was* man spielen muß, um *was* zu kriegen, das würde die Sache vereinfachen." Er nahm eine niedliche kleine Flickenpuppe mit roten Zöpfen und kariertem Röckchen vom Haufen ‚Unnützes', auf den Gobbelsom sie achtlos geworfen hatte und verwahrte sie in seiner Tasche, was ihm einen unwirschen Blick von Gobbelsom einbrachte. „Leider kann man ja auch nicht beurteilen, wie falsch Du gespielt hast. Und was wir andernfalls bekommen hätten." Vingt war ein klein wenig beleidigt, ließ sich aber nichts anmerken. „Ein Verzeichnis der Dinge wäre nicht schlecht. Eine Liste. Oder so etwas wie ein Stauraumplan....“

Gobbelsom und Vingt spähten beide eine Weile nachdenklich nach oben, in Richtung Höhlendecke, dorthin, wohin die Sachen und Dinge wieder entschwebt waren, bis Vingt meinte: „Hm, Lage-Plan, hm. Meinst Du so eine Art Karte? Eine Landkarte oder einen Wegeplan oder so etwas? Aber das Labyrinth kennen wir doch. Wozu brauchen wir da einen Plan?“

„Es gibt etwas, das wir nicht kennen. Das, was die Kollegen gebaut haben, nachdem Sharfeyn schon eingesperrt und wir als Wächter abgestellt worden waren.“

„Du meinst - die Untere Schleuse?“

„Jawohl!“, Gobbelsom klopfte sich selbstgefällig auf den Bart, „die Untere Schleuse. Und alles was mit ihr zu tun hat. Wir wußten, daß sie gebaut werden sollte und wissen, daß sie gebaut worden ist, haben sie aber, oder auch nur Teile von ihr, noch nie selbst zu Gesicht bekommen. So, also, wo ist nun die Karte?“ Er sah sich herausfordernd in der Höhle um. Irgendwie war ihm, als solle ihm jetzt jemand dienstbeflissen auf der Stelle die Karte reichen. Aber das geschah nicht. Irgend etwas fehlte. „Sag mal, wo steckt denn eigentlich Left!“

*

Left steckte in der dunklen Seite des Labyrinths. Es war sonnenklar, daß er sich nicht mehr in der Mechanismushöhle und ihren Gängen befand. Aber wo war er dann? Er griff in seine Tasche und holte eine kleine rechteckige Schachtel hervor. Er schüttelte sie ein paarmal kräftig, um die Leuchtkäfer zu wecken und steckte sie sich dann, als die Käferchen ihre Arbeit taten und ihr Licht durch die durchsichtige Seite der Schachtel nach draußen fiel, an seine Mütze. Nun konnte er zumindest das erkennen, was direkt vor ihm lag. Und den Plan. Der Plan war knifflig und Left erkannte, daß viel davon abhing, wie man ihn faltete.

‚Wie können so kleine Zwerge nur eine so große Karte herstellen.' dachte er ärgerlich und versuchte zum wiederholten Male, die geknickten Stellen zum Aufeinanderliegen zu bringen. Wenn er sie an einer Seite passend zusammengelegt hatte, fiel die andere Seite wieder auseinander wie eine kaputte Ziehharmonika. Dazu kam, daß das Licht seiner Leuchtkäferlampe immer nur einen kleinen Ausschnitt beleuchten konnte. Zuletzt breitete er die Karte auf dem Fußboden aus und betrachtete sie solange, bis er der Meinung war, sich die meisten Details einigermaßen eingeprägt zu haben. Dann rollte er sie kurzerhand auf, steckte sie unter seine Jacke und marschierte weiter.

Nach einiger Zeit ertappte er sich dabei, wie er ein munteres Liedchen vor sich hinsummte. Er kannte es, es war die Goldka von Quarzi. Er schmunzelte, wie lange hatte er das schon nicht mehr gehört? Der Text der zweiten Strophe ging …. Wie kam er da jetzt bloß drauf? Er hörte auf zu summen. Aber trotzdem hörte das Lied nicht auf. Im Gegenteil, die Töne wurden deutlicher. Er hob den Kopf und schnupperte. Tatsächlich. Da war es. Wenn auch leise, aber deutlich. Die Goldka: ‚Folge der Ader tief im Berg, denn nur dann bist Du ein stolzer Zwerg. Warum willst Du ein Riese sein, bedenke, wie wäre der Berg dann klein. Riesigkeit

gebührt dem Berg, in ihm drinnen schürft der Zwerg ...'
Left versuchte herauszufinden, aus welcher Richtung
die Töne kämen, was aber gar nicht leicht war, die Luft
schien einfach von ihnen erfüllt zu sein oder aus ihnen
zu bestehen. Fast als könne man sie einatmen ...

Left holte tief Luft und ließ sich die Töne auf der
Zunge zergehen. Aha. Gelb. Dieser Akkord schmeckte
gelb. Er faltete die Karte wieder auseinander, obwohl er
das lieber vermieden hätte und fand den gelben
Bereich, der nächste Akkord schmeckte blau, er fand
auch den blauen Punkt auf der Karte, knickte den
gelben auf den blauen - vor seinen Augen öffnete sich
die Abzweigung und er trat um die Ecke.

*

Auch Sharfeyn hätte die Ohren gespitzt, wenn er
denn Ohren zum Spitzen gehabt hätte, doch seine
Ohren lagen weit hinter seinen Kieferknochen
geschützt in seinem Schädel. Aber er lauschte, denn er
hörte plötzlich sanfte Töne, sehr leise und weit entfernt,
wie er sie lange nicht mehr gehört hatte und voller
Süße. Sie weckten eine tiefe Sehnsucht ihn ihm. Sie
zogen ihn an. Erfüllten sein Innerstes mit Hoffnung. Es
war eine sehr alte Melodie. Nun erinnerte er sich auch
an die Worte. Sie waren in der alten Sprache und
sangen von Heimat, von tiefen Seen, von der Freude
zu schwimmen und von Freiheit. Von Liebe und
Gefährten. Er drehte den Kopf um festzustellen aus
welcher Richtung sie kamen - dann lief er ihnen
entgegen.

*

Ralph wachte auf. Vom Liegen auf dem harten Boden war er etwas knochenlahm. Er griff sich den Rucksack und fand erneut ein hübsches kleines Päckchen in Butterbrotpapier darin. Diesmal enthielt es einen kleinen Schokoladenkuchen. Begeistert kauend griff er noch einmal hinein und hatte diesmal ein Wollknäuel in der Hand. Er runzelte die Stirn: es war nicht rosa. Es war irgendwie grün. Zögernd warf er es zurück. Er grub ein bißchen im Rucksack umher, als würde er umrühren, und kam mit einem neuen Wollknäuel wieder zum Vorschein. Dieses war schwarz. Nachdenklich legte er es neben sich. Und griff wieder in den Rucksack, diesmal hatte er wieder das Grünliche. Halt nein, er war sich sicher, das erste hatte ein anderes Grün. Er stülpte den Rucksack um, schüttelte ihn. Das erste grünliche Wollknäuel purzelte heraus. Aber sonst nichts. Der Rucksack war sturzleer. Ralph betrachtete die drei Wollknäuel eingehend. Wieso bekam er kein rosafarbenes? Er hielt die beiden grünen nebeneinander und verglich sie. Eines war grüngoldblau schimmernd, das andere eher schlicht, tannengrün, oder landgrün, wie Ralph die Farbe bei sich nannte. Offensichtlich gab es also drei Möglichkeiten, aber welche? Was bedeuteten die Farben? Auf einmal bewegte sich der Rucksack kurz und ein viertes, viel kleineres Wollknäuel rollte heraus. Dieses war rot-blau meliert. Ah! Ralph begriff. Die Zwerge, klein, blaue Hosen, rote Mützen! Aber was war schwarz? Grün-gold-blau, wie Wasser schillernd, das mußte wohl Sharfeyn sein, na, dem wollte er eigentlich weniger begegnen. Gut, also landgrün, das sollte Magenta sein. Er schickte sich an, die anderen drei Wollknäuel wieder in den Rucksack zu tun, überlegte es sich aber anders und stopfte sie in seine

Hosentaschen. Für den Fall, daß der Rucksack seine Meinung änderte und sie später nicht mehr rausrückte. Er warf das grüne Wollknäuel vor sich auf den Boden, es rollte los und er folgte ihm.

Kapitel XV

Thomas lag auf ungefähr halber Strecke zwischen dem Sarfan-See und Fräulein Drollichs heimeligem Heim im Gebüsch. Er wartete. Er war sich sicher, daß Magenta früher oder später wieder hier entlangkommen würde. Sie würde sich die Aussicht auf einen neuerlichen Auftritt vor allen Leuten sicher nicht entgehen lassen. Er hoffte nur, daß Fräulein Drollich nicht bei ihr wäre.

Tatsächlich kam Magenta nach einiger Zeit alleine den Weg entlang. Sie ging gebeugt und wirkte müde. Sie schlurfte fast. Aber Thomas ließ das unbeeindruckt. Er wußte ja, wozu sie alles fähig war! Gerade als sie an ihm vorbeitappen wollte, trat er aus dem Gebüsch und baute sich vor ihr auf, die Hände in die Hüften gestemmt. „Na, das hast Du ja großartig hingekriegt! Spielst Dich hier als Retterin auf! Jeder, der halbwegs bei Verstand ist, muß doch sehen, daß Du mit dem Viech unter einer Decke steckst!"

„Thomas, bitte", Magenta war zu müde zum Streiten, „was soll das, laß mich einfach weitergehen." Thomas grabschte nach ihrem Arm: „Nichts da. Wo willst Du denn überhaupt hin? Du kommst jetzt mit mir und sagst den Leuten die Wahrheit."

„Aber ich hab doch allen die Wahrheit gesagt, was ist denn bloß los mit Dir?"

„Du und die Wahrheit!" Thomas schrie jetzt fast: „Und Dein liebliches Fräulein Drollich behext die Leute auch noch, daß sie Dir diesen Mumpitz auch noch glauben!"

„Thomas, bitte, laß mich doch einfach weitergehen, das dritte Kind lebt bestimmt noch. Ich kann es retten, ich weiß jetzt, wie es geht!" Magenta weinte, sie war kein bißchen überzeugt von dem, was sie da sagte, sie hatte nicht mal eine Ahnung, wie sie das Kind auch nur finden sollte. Aber Thomas war sowieso nicht an ihren Worten interessiert. Er zerrte grob an ihrem Arm. „Du kommst jetzt mit. Sofort!" Magenta versuchte sich loszureißen, ihm ihren Arm zu entwinden. Außerdem tat er ihr weh. „Au! Laß mich doch los! Du tust mir weh!" war alles, was sie noch äußern konnte bevor Thomas sie dermaßen hart ins Gesicht schlug, daß sie zu Boden stürzte. Sie war so benommen davon, daß es ihr nicht gelang, sich wieder aufzurappeln. Wie taub und blind lag sie auf dem Boden. Der Kampf mit Sharfeyn hatte ihr nicht so zugesetzt. Dann saß Thomas auf ihrem Rücken und fesselte ihre Handgelenke mit einem Kälberstrick, den er von seinem Hosenbund abwickelte. Zusätzlich band er ihr die Unterarme mit seinem Gürtel fest an den Körper. Er zerrte sie in die Höhe und auf ihre Füße. „Los! Marsch!" schnauzte er sie an und stieß sie vorwärts, nur um sie im selben Moment mit dem Kälberstrick wieder zu sich zurückzuzerren.

So zwang er Magenta, vor ihm her zu taumeln, in Richtung des Seeufers, an dem die Menschen aus dem Dorf waren. Und sie hatte doch gehofft, wieder von der anderen, der dorfabgewandten Seite, ins Labyrinth zurückkehren zu können! Warum war Thomas bloß so ein Idiot! Jede verlorene Minute war eine Minute, die das Kind das Leben kosten konnte! Wieder boxte Thomas sie ins Kreuz und sie stolperte vorwärts.

*

Betäubt von Sehnsucht und Heimweh torkelte

Sharfeyn durchs Labyrinth, achtete nicht darauf, wo er war, wo der Gang hinführte. Er folgte immer noch den süßen Tönen der Orgel. Die Erinnerung an ein Land, sein Land, zog ihn von einem Gang in den nächsten, von Abzweigung zu Abzweigung und zur nächsten Kreuzung. Das Land-jenseits-der-Berge, wo man schwimmen konnte und jagen, wo Himmel war und Luft und Licht, wo das Leben nicht schmerzhaft war. Wo seine Familie war. So lange her. So viel Zeit. Wer wußte schon, ob seine Leute überhaupt noch lebten. Ob das Land-jenseits-der-Berge überhaupt noch existierte. Weggespült vom Lauf der Zeit, eine blasse Erinnerung. Was wollte er doch gleich? Gedanken sind Fetzen. Aber er erinnerte sich an Worte. An die Worte der Töne, die ihn noch umgaben, unhörbar jetzt für Ohren, die nicht die seinen waren:

„Kenavo ma zad, ma mamm

Kenavo mignoned

Kenavo deoc'h tud yaouank

Eus parrez Langonned

Ne oa ket roet din ar choaz

Dav oa din partiel

Kaset oan war ar mor bras

Kuitaet ma Breizh-Izel" *

---

* Liedtext: E Langonned, Traditionnel Breton, Alan Stivell 1974. Sehr schöne Version gesungen von Annwn auf https://www.youtube.com/watch?v=iCl17nrJOG4

Doch da war noch mehr. Sein Schatz! Er erinnerte sich an seinen Schatz!

*

Gobbelsom und Vingt hatten den Werkzeugschrank gefunden, in dem das Geheimfach offenstand und sie leer anstarrte. Left hatten sie nicht gefunden. Noch einmal sichteten sie die Sachen, die sie aus der Truhe genommen hatten, packten davon einige, von denen sie dachten, sie könnten nützlich sein ein. Vingt trat noch einmal an die Orgel und spielte ein paar klagende Akkorde. Ganz kurz hatte er das Wunschbild vor Augen, Left würde von der Decke herabschweben. Wie konnte er ihnen bloß abhanden gekommen sein? Daß man einen Schraubenschlüssel verlegte konnte durchaus vorkommen, auch wenn Gobbelsom es nie geduldet hätte, aber gleich einen ganzen Zwerg?

Gobbelsom trat neben ihn und flüsterte.

„Was?" rief Vingt und erschrak. Da war jemand, der ihre Worte hörte. Er spürte es deutlich. „Wiebitte?" flüsterte er in Gobbelsoms mißbilligenden Blick.

„Ah, jetzt hast Du es also auch gemerkt." Gobbelsom sprach so leise, daß Vingt gerne seine Lippen gelesen hätte, aber da war der Bart im Wege. Also schärfte er nur sein Gehör und sein Gespür.

„Sharfeyn!" bahnte es sich tonlos durch seinen Bart. Gobbelsom nickte. Dann wackelte er mit den Augenbrauen, was im menschischen einem Zwinkern entsprochen hätte, und sagte laut: „Ja, wir wissen es, es gibt einen Weg. Ins alte Land-jenseits-der-Berge. Tief unten. Den haben wir gebaut. Und ein Hebewerk haben wir gebaut. Ein ganz neues, nie gesehenes

Heinzelwerk haben wir geschaffen." Vingt tat ihm den Gefallen und murmelte laut und ehrfürchtig: „Ja, Heinzelwerk, neu und ungesehen! Jaja, Heinzelwerk!"

„Übertreib nicht!" raunte Gobbelsom aus dem Bartwinkel. Aber da nahmen sie auch schon eine leichte Bewegung am Höhleneingang wahr, nur einen Schatten, der gleich verschwand.

„Er hat es gehört." hauchte Vingt und Gobbelsom nickte sehr zufrieden.

*

Am See war immer noch die gleiche Menschenmenge versammelt, wie vor Magentas Abflug mit Fräulein Drollich. Und viel ruhiger wirkte sie auch jetzt nicht. Alle Gesichter wandten sich ihnen zu, kaum daß jemand sie entdeckt hatte.

Thomas stolzierte mit ihr wie mit einem widerspenstigen Pferd am Halfter ans Ufer. Mit geschwellter Brust und leuchtenden Augen zerrte er Magenta mitten in die Menge - die dieses mal keine Steine nach ihr warf, sondern einfach nur zwei Meter zurückwich. Niemand sagte etwas. Thomas' Vater bahnte sich einen Weg durch die Menschen und musterte die beiden mit einem Blick, der preisgab, daß er nicht so genau wußte, was er von der Situation halten sollte.

„Was soll das? Warum bringst Du sie wieder her?" fragte er dann auch. Aber Thomas ließ sich nicht ins Bockshorn jagen. Diesmal nicht!

„Ihr wollt sie doch wohl nicht einfach so davonkommen lassen!" wandte er sich an die Menge. „Es ist doch sonnenklar, daß sie mit dem Ungeheuer unter einer Decke steckt! Wie sonst hätte sie Mary wiederbringen können? Wie hätte sie sie denn sonst finden können? Wir haben sie ja alle zusammen nicht gefunden! Woher wußte *sie* denn, wo sie war, in diesem verflixten Berg! Und wie hätte sie sie denn dem Viech wegnehmen sollen? Hätte sie vielleicht mit ihm kämpfen sollen? Die Große Starke Tapfere Magenta Zwiebelberg kämpft mit dem Drachen und entreißt ihm seine Beute aus seinen Klauen?" ‚Ihr spinnt ja wohl!' hätte er fast noch hinzugefügt, verkniff es sich aber im letzten Moment.

Thomas kannte seinen Vater. Er schaute ihm trotzig in die Augen und sah, daß er ihn dieses Mal mit seinen Worten erreicht hatte. Und auch in der Menge erhoben sich einzelne Stimmen, die so klangen wie: „Da ist was dran." oder „Da hat er recht!". Thomas wurde sicherer, wagte aber noch nicht, auch Fräulein Drollich mit ins Spiel zu bringen. Hauptsache, sie tauchte nicht auch noch auf.

Aber da wandte sich sein Vater schon an Magenta und fragte sie direkt: „Was sagst Du dazu, Magenta Zwiebelberg? Willst Du Dich verteidigen? Das sind ja gute Fragen, die mein Sohn da stellt. Wieso konntest ausgerechnet *Du* Mary finden? Und wieso hat *Dich* das Untier nicht verspeist?" Magenta fand die Worte nicht, die sie hätte sagen wollen. Sie kaute auf ein paar von ihnen herum, aber die ganze Geschichte war doch viel zu lang, um sie jetzt und einfach so in kurze Worte zu fassen, die eine gute Antwort ergeben hätten. Und glauben würde sie wahrscheinlich auch niemand. Statt Worten stieg ihr nur Übelkeit in den Mund.

„Ich wußte nicht, wo Mary war," würgte sie schließlich

hervor, „es war nur Zufall."

„Zufall?" erhob sich eine Stimme aus der Menge. „Zufällig findest Du Mary? Zufällig läufst Du alleine durch den Berg, durch ein Labyrinth, das Du anscheinend kennst, wie Deine Rocktasche, zufällig findest Du Mary und zufällig findest Du auch wieder aus dem Berg heraus? Wer soll das eigentlich glauben?"

„Ich hatte ein Wollknäuel", murmelte Magenta müde.

„Was? Was für ein Wollknäuel?"

„Das mir den Weg gezeigt hat."

„Zum Untier?"

„Nein, nein, vom Untier weg, also raus, nach draußen, zu euch."

„Und wie hast du nun Mary gefunden?"

„Ich sag's doch, das war bloß Zufall. Ich hab gar nichts Dolles gemacht, das hätte jeder andere auch gekonnt!" Magenta spürte, daß jedes Wort falscher war als das vorherige. Und das war es ja auch. Sie wußte, warum ausgerechnet sie Sharfeyn gefunden hatte, warum ausgerechnet sie Mary befreien konnte. Vielleicht hatten die Leute ja sogar recht und sie war mit Sharfeyn, den sie ‚das Untier' nannten, im Bunde. Sie war ja selbst auch so etwas wie ein Untier, etwas, das gar nicht zu den echten, den wirklichen, den anständigen Menschen gehörte.

Thomas schüttelte sie. „Hör auf zu heulen, Du Heuchlerin, und sag uns endlich, wo das Viech steckt. Und wo Zobill und Jack sind. Leben sie noch?"

„Zobill?" murmelte Magenta, „Zobill und - Jack? Oh Nein ..."

„Du weißt es ganz genau! Raus mit der Sprache!" Wieder schüttelte er sie. In dem Bild in ihrem Kopf fielen die kleinen Knochen auseinander. Zobill war der kleinere von beiden gewesen? Magentas Kopf tat weh. Der Kreis um sie schloß sich wieder enger. Und das Gemurre wurde lauter.

„Schluß jetzt!" Herr Westermann übertönte alle: „Zuerst einmal bindest Du ihre Hände los." Wahrscheinlich hatten die Leute deshalb nicht mit Steinen nach ihr geworfen, weil sie so hilflos und wehrlos dastand, als Gefangene mit gebundenen Händen. Fast wäre es ihr lieber gewesen, Thomas hätte sie nicht losgebunden. Aber ihr Status als Gefangene änderte sich dadurch nicht.

Dann wandte sich Herr Westermann wieder an die Menschenmenge: „Wer ist sonst noch der Meinung, daß wir es hier mit einer Verräterin, einer Freundin, einer Spionin des Monsters, und nicht mit einem kleinen Mädchen zu tun haben?" Magenta schien es sogar ein wenig ironisch zu klingen, aber unter den Dorfleuten erhob sich ein zustimmendes Gemurmel und nicht wenige hoben ihre Hände. Thomas grinste selbstzufrieden.

„Ich bin geneigt zu glauben, daß Thomas recht hat," sagte Herr Kniebeug, der in der Nähe stand und sich jetzt einen Weg durch die Umstehenden bahnte, „es ist ja wirklich die Frage, wieso ein kleines Mädchen dem Untier entkommen könnte, wenn es nicht über besondere Kräfte verfügen würde."
„Und daß Magenta über ‚besondere Kräfte' verfügt, wissen wir ja alle!" trumpfte Thomas auf. „Immerhin stand sie gestern im See am nächsten beim Ungeheuer, als es aufgetaucht ist und es hat nicht *sie* gefressen!" Das Wort ‚gefressen' senkte sich wie eine

schwarze Wolke auf die Menschen am Seeufer.

„Ist das wahr, Magenta?" Herr Westermann klang fast traurig. Magenta nickte zögernd, denn daß Sharfeyn sie nicht gefressen hatte, weil er sie nicht sehen konnte stimmte ja. Aber wie sollte sie das erklären?

Mehrere Leute waren inzwischen zu Herrn Westermann getreten und flüsterten auf ihn ein, ohne die Blicke von Magenta abzuwenden. Thomas spitzte die Ohren so sehr er konnte, um etwas mitzubekommen, aber er stand zu weit weg und traute sich nicht, sich einfach zu den Erwachsenen zu stellen. Auch wollte er Magenta nicht loslassen, immerhin war sie seine Beute, seine Gefangene.

Herr Westermann winkte noch drei andere herbei, mit denen er reden wollte, aber es wurde immer noch geflüstert. Die, die nicht zu den Flüsternden gehörten, drängten näher heran, um etwas mitzubekommen und Magenta spielte ein paar Sekunden mit dem Gedanken, in dem entstehenden Geschiebe zu fliehen, da die Aufmerksamkeit jetzt von ihr abgelenkt war. Aber das wäre dumm gewesen, man hätte sie sofort festgehalten. Immerhin konnten die Menschen sie ja sehen. Nur Sharfeyn konnte sie nicht sehen.

Die Gruppe der Flüsternden war so groß geworden, daß zu Flüstern nichts mehr brachte und Herr Westermann sich wieder an alle wandte: „Wer noch etwas sagen möchte, der möge jetzt laut sprechen. Hat noch jemand einen Vorschlag, was wir jetzt tun sollen?" Nach einem Moment des Schweigens riefen alle durcheinander, bis Herr Westermann wieder um Ruhe bat.

Diesmal sprach Herr Kniebeug sie an: „Magenta, Kind, wieviel Macht hast Du über das Untier? Du kannst es uns ruhig sagen, denn Leugnen hilft Dir sowieso nicht mehr." Er sprach sehr milde und lächelte. Als Magenta nicht sofort antwortete schüttelte Thomas sie wieder kräftig, aber Herr Kniebeug hob beschwichtigend die Hand und Thomas hörte mit dem Schütteln auf. Magenta murmelte: „Ich habe keine M-M-Macht..."

„Wie ich schon sagte, nützt es nicht, zu leugnen," lächelte Herr Kniebeug erneut, er hatte die Fingerspitzen vor dem Bauch zusammengelegt, wie bei einer seiner Predigten und wirkte sehr vertrauenerweckend, „denn wir wissen ja, woran wir mit Dir sind. Wie wäre es, wenn Du sie uns zeigst, Deine Macht." Magenta verstand seine Worte nicht mehr, sie ergaben einfach keinen Sinn, hinterließen nur Löcher in ihren Gedanken.

„Wie wäre es, wenn Du jetzt uns helfen würdest? Uns einfachen Leuten aus dem Dorf, das Deine Heimat ist. In dem Du geboren wurdest, in dem Deine Eltern leben, die Dich aufziehen und Dir alles geben, was Du brauchst. Siehst Du? Dort drüben stehen sie, Du machst ihnen Kummer. Sie sehen sehr betrübt aus. Du leidest keine Not, jeder ist gut zu Dir. Also wieso willst Du nicht einfach eine von uns sein? Ein einfaches Kind in einem einfachen Dorf. Gehöre zu uns. Rufe das Untier für uns. Wenn wir es gefangen haben, ist alles wieder so wie es vorher war und niemand wird mehr zu Schaden kommen."

Nur zu gerne hätte sich Magenta in seine Worte fallen lassen wie in ein weiches Kissen. Aber etwas hatte sie in ihren Ohren gepiekt: ‚Alles wieder so wie es vorher

136

war ...'

Rufen. Sie sollte nur rufen. ‚Das Untier rufen.' Wie sollte das denn gehen?

Herr Kniebeug schien ihr ihre Gedanken von der Stirn abgelesen zu haben, denn er fuhr fort: „Ich bin sicher, das Ungeheuer hört auf Dich, vielleicht denkt es ja sogar, es gäbe hier noch mehr zu fressen. Aber wir möchten nicht gefressen werden. Und wir sind Deine Familie. Du möchtest doch nicht wirklich im kalten See bei einer schuppigen Seeschlange leben. Oder im Berg im dunklen Labyrinth. Wie könntest Du darüber hinaus sicher sein, daß Dein Freund - denn um Dein Schoßtier zu sein ist es sicherlich zu groß -" er ließ leise lächelnd einen schnellen Blick über die Umstehenden gleiten und erntete bescheiden das ihm zustehende verhaltene Lachen, „Dich nicht auch eines schönen Tages doch noch verspeist?" Sein Lächeln wirkte inzwischen mehr wie das Lächeln eines Hechts.

Magenta wäre gerne vor diesem Lächeln zurückgewichen, doch hinter ihr stand Thomas. Der sie wieder einmal schüttelte. Plötzlich traten drei junge Männer aus der Menge vor, ergriffen sie und zerrten sie unter ‚In den See mit ihr'-Rufen zum Wasser. Herr Westermann und Herr Kniebeug blieben an ihrer Seite. Der See war nun wirklich nicht mehr sehr tief und sie mußten sehr weit hineingehen bis Magenta bis zu den Knien im Wasser stand. Hier ließen die Burschen sie los, traten sogar ein paar Schritte von ihr zurück, aber alle starrten sie erwartungsvoll an. Magenta hatte nicht den blassesten Schimmer, was sie tun sollte. Hilflos schaute sie umher. Als ihr Blick das ‚Fischmaultor' streifte war es ihr kurz, als würde sich dort etwas bewegen, ein kurzes Wackeln im Schatten, aber dann war es auch schon wieder vorbei. ‚Was,' schoß es ihr durch den Kopf, ‚was, wenn Sharfeyn jetzt und hier auftauchen würde!'

Die Leute, die erwarteten, daß sie ihn riefe, wußten nicht seinen Namen. Den hatte Magenta ja von den Zwergen erfahren. Nungut.

„Untier!" rief sie, „zeige Dich!" Oder sollte sie ihn lieber rufen, wie man einen Hund ruft? ‚Hierher, Bello, komm komm, lecker Fressi-Fressi.' nein, wohl lieber nicht. Obwohl ihr das einen Moment sehr verlockend erschien.

„Lauter!" rief jemand von hinten.

„Untier, Bestie! Höre meine Worte und folge meinem Rufen!" rief sie jetzt sehr laut. Sie wußte, daß das nichts bringen würde. Warum in aller Welt sollte Sharfeyn auf ihr Rufen hören? Vor allem, wenn man ihn Untier, Bestie rief. Wer würde auf solche Namen hören? Niemand hielt sich doch selbst für die Bestie. So wurde man immer nur von den anderen genannt …

Gut, dann sollten die Leute ihre Zaubervorstellung haben. Sie hob die Arme zu einer dramatischen Geste, streckte die Hände weit von sich über die spärlichen Reste des Sees und hub mit lauter, fester Stimme an: „Seeschlange, Untier, zei..." - von hinten traf sie ein Klumpen Matsch zwischen den Schultern.

„Das Biest hat einen Namen. Und Du kennst ihn. Ruf es bei seinem Namen!"

‚Mist,' Magenta hatte gehofft, daß niemand auf die Idee käme, daß Sharfeyn einen Namen hatte. Das hätte sie gerne vermieden. Sie wagte nicht, sich vorzustellen, was passieren würde, wenn Sharfeyn auf ihr Rufen hin wirklich auftauchte. Vielleicht mit einem falschen Namen! Aber was für einem? Ein letzter Hoffnungsschimmer: „Gobbelsom!" rief sie so laut sie konnte und von der Menge stieg ein zufriedenes „Aaaahhh!" auf.

„Gobbelsom! Komm zu mir! Hör auf mich! Komm her, Gobbelsom!" Es klang wirklich als würde sie einen Hund rufen. ‚Was für ein unpassender Name für Sharfeyn.' dachte sie, aber den Leuten fiel es nicht auf.

Nichts geschah. Nicht einmal die Wasseroberfläche kräuselte sich. Alle warteten. Nach fünf Minuten rief jemand von hinten: „Nochmal!" Magenta gehorchte und rief noch einmal. Sie war sich jetzt sicher, daß Sharfeyn nicht auftauchen würde, aber wer weiß, wozu es gut wäre! Also rief sie gleich noch mal und noch einmal. Dann fiel es ein paar jungen Leuten ein, ihr beim Rufen zu helfen. „Gobbelsom! Gobbelsom!" brüllten sie über den See in Richtung ‚Fischmaultor' und Magenta dachte, daß Sharfeyn bestimmt nicht nachschauen käme, was der Lärm solle, sondern schlau genug wäre, sich weit in den Berg zurückzuziehen.

Kapitel XVI

Left seufzte. Schon wieder hatten sich die Töne verändert. Das Lied war verklungen, statt dessen hörte er Gebrabbel und Geschrei. Es klang sehr unfreundlich. Aber es war nicht in seiner Nähe. Es kam von ganz woanders. Er legte die Hand an den Fels. Es kam von .... Wieder zog er die Karte hervor. Wieder breitete er sie auf dem Boden aus. Wieder verfolgte er Linien, Gerade und Kurven mit dem Finger. Es mußte doch so etwas wie eine ... wie einen ... Knotenpunkt, eine Zentrale, eine Mitte ... einen Nexus - so etwas geben wie ... ah! Da war es ja! Oder? Left faltete die Karte erneut, ja, jetzt war er sich sicher. Ungelenk brachte er sich wieder auf die Beine, verstaute die Karte umständlich unter seinem Wams und drehte um.

*

Nachdem Magenta eine halbe Stunde lang gerufen hatte und nichts passiert war, wurden es auch die Leute leid und dieselben drei Burschen, die Magenta erst in den See gezogen hatten, zerrten sie jetzt wieder ans Ufer.

Jemand war so umsichtig gewesen ein paar Klappstühle herbeizuschaffen, auf denen Herr Westermann und einige andere jetzt Platz nahmen, von den übrigen Dorfleuten umringt. Thomas und die drei Burschen schoben Magenta genau in die Mitte des Kreises. Jeder, wirklich jeder, starrte sie an. Weit hinten, am Rand der Menschenmenge sah Magenta ihre Eltern stehen. Sie waren blaß, und hielten sich gegenseitig umklammert. Wenn Magenta nicht schon die ganze Zeit weiche Knie gehabt hätte, hätte sie jetzt welche bekommen. Würden die eigenen Nachbarn auch ihren Eltern etwas antun, nur weil sie ihre Eltern waren? Weil sie ein Ungeheuer in die Welt gesetzt hatten? Ihre Eltern hatten sich nie viel um sie gesorgt, Ringe im Wasser hin oder her, das war für sie nicht wichtig gewesen, außer wenn sie die Milch verschüttet hatte. Aber Schuld hatten sie gewiß keine. Genauso wenig wie Magenta schuld an Sharfeyns Auftauchen war. Ihr war hundeelend. Sie konnte nur hoffen, daß die Leute nicht auch noch ihren Eltern etwas antäten. Wieder einmal hing alles nur von ihr ab.

Thomas hatte keinen Stuhl abbekommen, aber er stand hinter seinem Vater, eine Hand voller Besitzerstolz auf dessen Schulter gelegt. Hatte bis jetzt ein ständiges Murmeln über dem Seeufer geschwebt, so wurde es jetzt stiller und stiller. Als man endgültig eine Stecknadel hätte fallen hören können – am Sandstrand gar nicht so einfach – war es Herr Kniebeug, der in andächtigem, leisen Ton sprach: „Wir haben es im Guten versucht. Wir haben Dich gebeten, uns zu helfen. Wir haben Dich gebeten, das Untier zu uns zu rufen, alles im Guten, mit Deiner Hilfe hätten wir es bändigen können, vielleicht könnte es uns nützlich sein, vielleicht ist es gar nicht böse, sondern nur hungrig. Wer weiß das schon? Vielleicht weiß es Magenta. Aber sagt sie es uns?" Er blickte in die Runde, „Und was tut sie? Nichts. Wir sind sehr enttäuscht. Du, Magenta hättest die Situation zum Guten wenden können, wirklich, zum Guten! Alle hätten zufrieden und glücklich - und lebend! - ", seine Augen funkelten und nahmen für einen Moment die Farbe des

Sees an: grün mit Schlamm, „nach Hause gehen können. Aber nein, Fräulein Zwiebelberg hat eigene Pläne. Die sie uns nicht verrät." Er war immer leiser geworden und jetzt ließ er seine Stimme ganz verklingen. Wieder war es still am Seeufer. Das Fallen des Stecknadelkopfes hätte wie Donner geklungen. Die Luft wurde zäh wie Kleister; erst als Magenta das Gefühl hatte, daß die ganze Welt zu Baumharz erstarrt sei, sprach Herr Kniebeug mit sanfter Stimme weiter: „Was sollen wir tun. Was sollen wir tun mit einem Mädchen, das sich anmaßt, mehr zu wissen als alle anderen Menschen? Das sich so sehr für etwas Besseres hält? Magenta, Du hast mich sehr enttäuscht."

Magenta wußte das. Sie hatte alle immer nur enttäuscht. Jetzt wußten es auch alle anderen.

„Sieh mich an, Kind." fuhr Herr Kniebeug milde fort. „Hebe Dein Gesicht und sieh mich an." Magenta hob den Kopf, aber der Blick, den sie auffing, war nicht der von Herrn Kniebeug, sondern der von Thomas. Noch nie in ihrem Leben hatte Magenta in irgendeinem Gesicht soviel haßerfüllte Begeisterung gesehen. Thomas ließ seine Augen keinen Sekundenbruchteil von ihr – und da bemerkte Magenta etwas anderes hinter diesem Haß und dieser Begeisterung. Einen kleinen Splitter nur, ein Fetzlein, etwas, das sich hinter Haß und Begeisterung gut verstecken kann: Magenta erkannte Angst. Thomas hatte Angst vor ihr.

Dem zähen Sirup, in dem sich Magenta schon seit einiger Zeit gefangen fühlte, fügte diese Erkenntnis jetzt noch einiges an Klebrigkeit hinzu und die Klebrigkeit machte sie wehrlos. Doch immer noch drang Herrn Kniebeugs Stimme durch den Sirup: „Was sollen wir bloß mit Dir tun Kind? - Vielleicht sollen wir die Götter um Rat fragen?" wandte er sich unvermittelt an alle Anwesenden. „Lasset uns beten!" erhob er seine Stimme und seine Hände - und Herr Westermann erwachte aus seiner Trance.

„Ich glaube, es genügt, wenn wir nachdenken. Danke, Herr Kniebeug." Klar und scharf zerschnitten seine Worte den Sirup.

Als wäre Magenta nur durch Herrn Kniebeugs Sirup aufrecht gehalten worden, sank sie jetzt in sich zusammen und fiel auf ihre Knie. Herr Kniebeug nahm das als Zeichen ihrer beginnenden Einsicht und begann zu hoffen – alle anderen hingegen fanden es nicht bemerkenswert. Herr Westermann flüsterte erneut mit seinen Beisitzern.

Plötzlich sagte jemand laut: „Wenn sie das Monster nicht rufen kann, muß sie es holen gehen!" Er erntete Gelächter. „Neinnein," beharrte er, „ich meine das ganz ernst."

„Wie soll das denn gehen? Willst du sie in den Berg schicken?" rief ein anderer.

„Aber genau dahin will sie doch!" ein dritter, „Da wird sie nicht wiederkommen!"

„Das wäre dann ja wohl ihre Entscheidung." meinte der erste Sprecher selbstgefällig, die Daumen hinter den Hosenbund gehakt. Magenta erkannte ihn, es war Herr Müller, der Vater der drei kräftigen Burschen. Seine Mühle stand oben auf dem Siehdichum-Hügel, weiter weg vom See als Hammelvest selbst, er war also - wenn man so wollte - von den Ereignissen am weitesten entfernt und am wenigsten betroffen.

„Aber Herr Müller", versuchte Herr Kniebeug einzuwenden, aber Herr Müller steckte nicht in seinem Sirup und fiel ihm ins Wort: „Wenn sie nicht wiederkommt - laßt sie doch laufen. Soll sie doch bei ihrem Schoßtierchen bleiben, wenn es ihr bei uns nicht gefällt. Wenn sie wiederkommt, und uns das Untier ausliefert, - um so besser! Dann machen wir kurzen Prozeß mit ihm. Oder mit Beiden." Er grinste breit. „So oder so - mir wär's recht!" Magenta hätte ihn küssen mögen für so viel Menschenverstand.

„Aber Herr Müller", begann nun auch Herr Westermann, ließ dann aber den schon erhobenen Zeigefinger sinken und schloß den Mund.

Ja. Vielleicht.

„Gut." sagte Herr Westermann, der sich nicht länger mit weiteren Beratungen, weder geflüsterten, noch lauten, aufhalten wollte. „Ich halte das für eine sehr gute Idee, Herr Müller. So machen wir's. Magenta, Du wirst wieder in das Labyrinth gehen und uns das Ungeheuer herausholen. Fühle Dich ruhig als Köder, denn wenn Du nicht wieder herauskommst, und zwar mit dem Untier, darfst Du gerne für immer im Berg bleiben."

„Und dann wird der Eingang zugemauert!" ertönte eine Stimme aus dem Publikum.

„Ja," grinste Herr Müller breit, „keine schlechte Idee!" Magenta hörte von weit her ein Wimmern. Es war ihre Mutter, da war sie sich sicher. Es klang genau so, wie sie selber fühlte. Köder! Nun denn, aber immerhin konnte sie jetzt endlich wieder ins Labyrinth. Hoffentlich kam bloß niemand auf die Idee ...

„Ich gehe mit!" schrie Thomas mit hochrotem Kopf,

„ihr könnt sie doch auf keinen Fall alleine gehen lassen! Das will sie doch bloß!" Auch Herr Kniebeug hatte die Stirn in tiefe, unzufriedene Falten gelegt und starrte Herrn Westermann in die Augen.

„Also Herr Westermann, ich weiß wirklich nicht ..." begann er. Auch ein paar andere Stimmen erhoben sich, hatten Einwände oder boten sich an, mitzugehen.

Thomas schrie wieder: „Ich gehe mit ihr!" Aber sein Vater sah ihn streng an: „Das wirst Du nicht tun. Meinst Du wirklich, ich habe Lust, meinen Sohn in diesem Labyrinth zu verlieren? Oder an das Ungeheuer?"

„Aber Magenta kennt sich im Labyrinth aus, sie wird fliehen! Ich muß sie doch bewachen!"

„Ich hatte ein Wollknäuel." wandte Magenta schwach ein, aber im selben Moment sagte Herr Westermann: „Du willst ihr vertrauen, Dich ihr ausliefern?" Das saß. Thomas fiel nichts mehr ein, außer daß er immer wieder den einen, selben Gedanken hatte: Er durfte Magenta auf keinen Fall alleine ins Labyrinth gehen lassen! Sie war doch diejenige, die an allem Schuld war! Man durfte sie doch nicht davonkommen lassen! Sie mußte bestraft werden! Der Gerechtigkeit unterstellt werden!

Aber Herrn Westermanns Geduld war erschöpft. „Schluß jetzt! Thomas, Du gehst jetzt sofort nach Hause! Und Du, Magenta, betrachtest das als große Chance: Dein Leben gegen das des Ungeheuers! Wie hast Du es gerufen? Kobbelssohn? Merkwürdiger Name. Na, wurscht. Du gehst jetzt in den Berg. Und Du kommst erst wieder raus, wenn Du uns - egal auf welche Weise - das Ungeheuer ausliefern kannst. Wenn Du versuchst, dich davonzustehlen, wird Dir das nicht gut bekommen. Wir werden das Seeufer nicht unbewacht lassen. Und die drei Müllerburschen werden Dich ein Stück in den Berg begleiten." Die drei großen Jungs zuckten zusammen, ihr Vater hob einen Arm, um Einspruch einzulegen.

„Nur so weit, daß sie wieder herausfinden." kam ihm Herr Westermann zuvor. „Nur damit Magenta nicht auf dumme Gedanken kommt. Du, Magenta, bist für ihr Leben verantwortlich! Habt Ihr gehört? Ich will niemanden mehr, kein Kind, keinen Burschen und keinen Erwachsenen in diesen Höhlen verlieren. Nicht mal ein Schaf. Haben wir uns verstanden? Alle?"

Diesmal zögerten die Müllerburschen und brauchten noch ein wenig Ermunterung durch gutgemeinte Zurufe in der Art von: „Nur Mut, Ihr schmeckt dem Drachen sowieso nicht!" oder „Viel Spaß mit der kleinen Hexe …" der anderen Jungs, die sich wohlweislich in sicherer Entfernung hielten, bis der älteste von ihnen Magenta am Ellbogen packte und durch das flache Wasser schob, auf das Fischmaultor zu. Merkwürdigerweise schien es Magenta, als würde das Wasser ansteigen, während sie hindurchwateten, aber als sie sich umblickte, stand es so niedrig wie vorher auch. Magenta kletterte als erste in den Berg. Die ganze Zeit überlegte sie, wie sie die drei Jungs loswerden könne. Sie ging mit ihnen in den Gang, der in einem großen Bogen wieder zum See zurückführte und hoffte bloß, daß ihr unterwegs noch etwas einfiele, aber sie waren nach einer halben Stunde fast schon wieder am inneren Seeufer angelangt und es hatte sich ihr keine Gelegenheit zur Flucht geboten.

*

Der Höllenlärm, der dann losbrach, erschreckte

146

Magenta ebenso sehr wie die Müllerburschen. Es fuhr ihr durch Mark und Bein, die Wände der Höhle bebten, als wolle sie einstürzen, Magenta fiel und schürfte sich Knie und Ellbogen blutig. Die Müllerburschen schrien, aber der Krach verwandelte sich in eine dröhnende Stimme, die die Schreie der Jungs mühelos übertönte und sie wie ein schwächliches Jammern klingen ließ. Dann waren ein paar Worte zu verstehen, die ungefähr lauteten: „Es wird Euch nichts geschehen, aber ihr habt die Falsche gefangen! Sie ist unschuldig!" Im Gegensatz zu Magenta, die sich am Boden festhielt, um nicht noch einmal hinzufallen, ergriffen die Burschen das Hasenpanier und liefen so schnell sie konnten den Weg, den sie gekommen waren, zurück. Magenta wollte ihnen noch hinterherrufen, daß es nach vorne kürzer sei als zurück, aber die Jungs liefen schneller als sie rufen konnte und waren schon außer Hörweite. Ihnen hinterher schallte ein dumpf dröhnendes Hohngelächter, genauso unheimlich wie das Gebrüll davor. Magenta setze sich auf und versuchte, mit Zittern aufzuhören.

Als sie sich nach ein paar Minuten fast wieder gefaßt hatte, trat Ralph um einen kleinen Felsvorsprung.

„Warst DU das etwa?" fragte Magenta völlig verblüfft.

„Nein," antwortete Ralph ruhig, in seinen Händen hielt er ein Strickzeug, „ich habe keine Ahnung, wo das herkam. Das war ganz schön beunruhigend, nicht wahr? Und laut!"

Kapitel XVII

„Schön, daß Du endlich da bist." seufzte Ralph und stopfte das Strickzeug in den Rucksack.

Er hatte in der Zwischenzeit aus einem bunten Woll-knäuel – es enthielt mindestens ein Dutzend Farben, braun, grün, rot, gelb, schwarz, noch mal gelb aber dunkler, noch mal rot aber heller, und zweimal, nein dreimal, blau - einen halben Meter Schal gestrickt.

„Ich befürchtete schon, die lassen dich nie laufen!" Magenta klappte der Unterkiefer runter. „Jetzt aber schnell!" Er drehte sich um und lief in den dritten Gang.

„Aber da geht es doch nicht weiter," rief Magenta im Laufen, „da kommen wir doch nur zu der kleinen Höhle, wo der Gang endet - oder ans entfernte Ufer."

„Bist Du sicher? Hmm, mal sehen ..." Sie hatten die kleine Höhle, in der Sharfeyn gefangen gewesen war, schon fast erreicht. Ralph kramte in den ausgebeulten Taschen seiner braunen Leinenhose und holte gleich ein ganzes Sortiment Wollknäuel hervor. Er wog sie in seinen Händen.

„Mal sehen, hmmm," murmelte er.

*

Magenta war skeptisch. Das rosa Knäuel und seine Aufgabe hatte sie ja schon kennengelernt. Aber was bedeuteten diese Farben? Wofür mochten sie stehen? Das rot-blaue Knäuel, von dem Ralph annahm, daß es die Zwerge symbolisierte, fehlte jetzt. Hatte er das nicht auch in die Hosentasche gesteckt?

„Mieser Trick." knurrte er und warf dem Rucksack einen bösen Blick zu. Die Zwerge wären demnach also im Moment keine Option, vermutete er.

„Vielleicht", überlegte Magenta, „müssen wir die Knäuel einfach ausprobieren." Ralph griff aufs Geratewohl nach dem Schwarzen und warf es, ohne zu zielen, in irgendeine Richtung. Aber anstatt wenigsten ein paar Meter weit zu fliegen, fiel es direkt vor seinen Füßen zu Boden und rührte sich nicht. Es lag wie angenagelt. Ralph runzelte die Stirn. Etwas, das man warf, sollte einem nicht auf die eigenen Zehenspitzen fallen. Er stupste es an, aber es rollte nicht fort. Bewegte sich nicht, rührte sich nicht, lag nur rum. Er versuchte es noch einmal. Mit dem gleichen Ergebnis. Dann versuchte er, es zu rollen, ohne es zu werfen. Wieder nichts. Magenta hob es auf. Betrachtete es von allen Seiten. Rollte ein Meterchen Wolle ab, rollte es wieder auf, rollte es wieder ab, wickelte es sich um den Finger und machte einen Knoten. Sie ließ es los. Es fiel zu Boden. Sie hob es wieder auf, warf es in den Gang. Es fiel zu Boden. Direkt vor ihren Füßen. Ralph und Magenta sahen sich an.

„Blödsinn!" fauchte Magenta und schmetterte das Knäuel gegen die Wand. Zumindest dachte sie, daß sie das täte. Denn mit einem leisen, feuchten Knirschen verschwand das Knäuel in der Wand. Und Magenta stand da mit einem Knoten um den Finger, dessen anderes Ende direkt in den Fels führte. Ihr sträubten sich die Nackenhaare. Sie streckte die Hand aus und berührte den Stein um die Stelle herum, an der der Faden verschwand. Er war so steinhart, wie es sich für Stein gehört. Mit einem einzelnen Fingernagel kratzte sie ein wenig neben dem Faden herum. Auf einmal spürte sie keinen Widerstand mehr und ihr Finger verschwand in der Wand. Sie schrie auf. Sie zog an dem Faden, doch der saß fest. Aber inzwischen verschwand ihre ganze Hand im Fels, dann ihr Arm. Und zuletzt die ganze Magenta. Ralph stand starr und staunte die Wand an. Damit hatte auch er nicht gerechnet. Jetzt waren es seine Nackenhaare, die sich sträubten. Doch dann erschien Magentas Hand wieder, packte ihn am Arm und zog ihn hinterher. Durch die Wand.

*

Auf der anderen Seite war es stockfinster. Ein krasser Gegensatz zu dem bisherigen Licht im Labyrinth, das ja überall gleichmäßig schien und ohne erkennbare Quelle einfach da war. Jetzt wirkte die Finsternis um sie herum um so finsterer. Es war so finster, daß Magenta sich nicht zu bewegen wagte, weil sie fürchtete, daß sie vielleicht noch mitten im Fels steckte. Sie hielt Ralphs Arm umklammert und Ralph bekam langsam an der Stelle einen blauen Fleck.

„Äääh, Hallo?" versuchte Ralph, er räusperte sich, es klang wie durch Watte. „Sind wir hier?"
„Hier schon. Aber wo?" Magenta klang verzagt. Sie versuchte, die Augen aufzumachen, aber die waren schon offen.
„Äääh, hast du das Wollknäuel noch in der Hand?"
„Ja schon, aber ich kann es nicht sehen."
„Verflixt und zugenäht!" fluchte Ralph. Magenta hatte nicht damit gerechnet, Ralph fluchen zu hören. Auch hatte sie nicht damit gerechnet, daß er nicht weiterwußte.
„Hast Du den Rucksack noch?" fiel ihr ein.

„Ja, aber ich weiß nicht ... ich glaub schon. Ich hab etwas in der Hand ..." Magenta nahm all ihren Mut zusammen und bewegte eine Hand. Es ging. Sie streckte sie in die Richtung aus, aus der Ralphs Stimme gekommen war. Und berührte ihn. Ralph quiekte laut auf und sprang einen Meter zurück. Sie hatten beide ganz vergessen, daß Magenta ihn immer noch am Arm gepackt hielt – und rissen sich dadurch nun gegenseitig um. Der Boden war genauso hart wie die Wand.

„Na wenigstens die Schwerkraft funktioniert hier." sagte Ralph, als er wieder Luft bekam.

„Was?" sagte Magenta und sortierte ihre Beine.

„Schon gut." meinte Ralph. „Vielleicht sollten wir, wenn wir wieder aufstehen können", er stöhnte vernehmlich „versuchen, uns einfach an der Wand entlangzutasten."

„Wohin?" Magenta war kläglich zumute.

„Hier sitzenzubleiben ist auch keine ..." Ralph hatte etwas gehört. Magenta schniefte. Aber das war es nicht, was er gehört hatte. „Schht", machte er, „Hör mal." Es war tatsächlich ein Lied. Und es kam näher. Nach einer Weile konnten sie die Worte verstehen: „… warum sollten wir Riesen sein, dann wär' der Berg zu klein ..."

„Die Zwerge!"

„Meinst Du?"

„Wer sonst?"

„Keine Ahnung. Ich kann mir inzwischen hier alles vorstellen. Und im Dunklen sowieso." Das Singen hatte sich in ein Pfeifen verwandelt, und fröhlich vor sich hin pfiffeld erschien ein schwacher Lichtschein in der Dunkelheit, eigentlich wirkte es mehr, als würde ein kleiner, gelblicher Fleck in der Luft herumschwimmen. Aber er wurde größer und auch das fröhliche Pfeifen kam näher.

„Ah, da seid ihr ja!" strahlte Left, „Na los, oder wollt ihr erst noch Tee trinken?" Er marschierte stracks an ihnen vorbei und Magenta und Ralph mußten sich beeilen, sich aufzuraffen und ihm zu folgen, ehe er mitsamt seinem schwachen Lichtschein wieder im Dunkeln verschwunden wäre.

*

Thomas war es nicht im Traume eingefallen, dem Befehl seines Vaters zu folgen und nach Hause zu gehen. Zwar hatte er sich mit hängendem Kopf durch die umstehenden Leute gedrängt und dabei die Richtung zum Dorf eingeschlagen bis er außer Sichtweite war, aber nur um einen günstigen Augenblick abzuwarten und sich dann, von allen unbemerkt, durch das Fischmaultor zu schleichen. Dieser günstige Augenblick bot sich ihm, nachdem die Müllersburschen völlig panisch aus dem Labyrinth gestürzt waren und die Leute draußen dadurch abgelenkt waren.

Er kam gerade noch rechtzeitig, um zu sehen wie Magenta in der Öffnung eines Ganges verschwand, den er vorher noch nie bemerkt hatte. Schnell lief er hin und spähte um die Ecke. Magenta war nicht alleine! Ein Fremder war bei ihr! Er hatte doch gewußt, daß hier etwas nicht stimmte! Magenta führte Böses im Schilde! Und sie hatte einen Komplizen! Oder konnte der Drache womöglich sogar Menschengestalt annehmen?

Vorsichtig folgte er den beiden in den schmalen Gang, der sich in den Fels schlängelte. Kurz fragte er sich, wieso er diesen Tunnel bis jetzt nicht bemerkt hatte. Oder war er gar nicht dagewesen? Aber wie hätte er denn dann jetzt entstehen können? Durch das Getöse vorhin, das die Müllersburschen aus dem Berg gejagt hatte? Hatte das einen neuen, einen anderen Weg tiefer ins Labyrinth hinein öffnen können? Oder war Magenta eine so starke Zauberin, daß sie Felsen bewegen konnte? Der Gedanke übertraf dann aber doch Thomas' wildeste Vermutungen, das traute er ihr nicht zu. Er verhielt sich so leise er konnte und hoffte, daß sie ihn nicht bemerkten. Aber sie sahen sich gar nicht um und gingen zielstrebig voran, als wenn sie genau wüßten, worauf sie hinauswollten. Doch plötzlich blieben sie stehen, vor ihnen zeigte sich eine recht tiefe Senke im Boden, hinter der sich eine kleine Höhle befand. Thomas hatte nicht den Eindruck, daß der Gang noch weiter führte, er schien ihm hier zu enden. Er beobachtete, wie Magenta und der sonderbare Fremde ein schwarzes Wollknäuel aus dem Rucksack, den er bei sich trug, hervorholten und damit ein paar sonderbare Dinge anstellten. Von einem Wollknäuel hatte sie ja vorhin auch schon etwas gefaselt. Aber Magenta schien nicht zufrieden zu sein, denn sie warf es mißmutig an die Wand - um dann anschließend durch die Wand hindurchzutreten und zu verschwinden! Thomas blieb fast das Herz stehen. Dann folgte ihr der Fremde. Und der steinerne Gang vor Thomas war leer.

Thomas traute seinen Augen nicht. Nach wie vor vorsichtig schlich er zu der Stelle, an der Magenta und der Fremde eben noch gestanden hatten. Ratlos starrte er die blanke Wand an. Er brauchte einen Moment bis er sich aufraffen konnte, den Fels zu untersuchen und abzutasten. Nichts. Er lief ein Stück zurück und erforschte jeden Winkel, ließ keine Unebenheit aus, lief wieder nach vorne, bis in die kleine Höhle, hier gab es keinen Ausgang, er lief wieder zu dem Punkt, an dem er Magenta zuletzt gesehen hatte, an dem sie das Wollknäuel an die Wand geworfen hatte. Zentimeter für Zentimeter suchte er die Wand ab – nicht die kleinste Lücke, nicht der kleinste Riß! Nichts! Nur massiver Stein!

Plötzlich bemerkte er eine kleine, schnelle Bewegung neben seinem rechten Fuß. Der Gedanke schoß durch seinen Kopf, das Wollknäuel sei zu seiner Hilfe zurückgekehrt, den er in der gleichen Sekunde auch wieder verwarf. Kein wie auch immer gearteter magischer Firlefanz wäre ihm hilfreich. Aber dann entdeckte er eine Maus, die geduckt unten an der Wand entlanghuschte, schnuppernd und aufmerksam suchend. Sie lief eine gute Strecke den Gang zurück ehe sie durch einen kleinen Riß im Gestein verschwand. Thomas untersuchte daraufhin die Höhlenwand in Bodennähe sowie den Boden selber. Da fand er einen Spalt. Waagerecht und keine Handspanne über dem Boden verlief er und war zwar schmal aber doch hoch und breit genug, daß Thomas sich hindurchwinden konnte. Er mußte auf Händen und Knien kriechen. Nach ein paar Metern weitete sich der Spalt jedoch zu einem echten Gang, dem Thomas aufrecht gehend folgen konnte. Von Magenta und dem Fremden gab es allerdings nicht die kleinste Spur, nun ja, sie waren ja auch nicht durch diesen Riß gekrochen, aber irgendwo mußten sie ja sein. Thomas schritt zügig voran.

*

154

„Wie hast Du uns gefunden?"

„Wo gehen wir hin?" fragten Ralph und Magenta gleichzeitig.

„Wir gehen in den Komm-Raum." sagte Left über die Schulter, als sei es das Selbstverständlichste der Welt. „Naja, eigentlich heißt es ja ‚Kommst-Du-hierhin-dann-kommst-du-überallhin-Raum', aber das ist doch recht lang, findet ihr nicht? Wir sind gleich da."

*

Die Klänge der Orgel waren längst mit den Zwergen zusammen in der Höhle zurückgeblieben. Doch nun war eine andere Art Worte in Sharfeyns Gedanken, nicht die Worte des alten, verklungenen Liedes, mehr eine Art Spruch, den man aufsagt, ein kleiner Reim, um sich etwas zu merken oder zu beschwören, ein Vers, den man den Kleinen beibringt, der es leichter macht, sich etwas einzuprägen ... Sharfeyn blieb stehen. Nicht, daß dieser Gang irgendwie anders gewesen wäre, als die meisten im Labyrinth, aber Sharfeyn wußte jetzt wieder, wo er war, er war wieder tief im Berg. Ganz in der Nähe lag das Gelbe Labyrinth, in dem er Magenta begegnet war. Es konnte von hier aus nicht mehr weit sein. Also, der Kindervers ... ah: „Töne, klein und fein," Sharfeyn summte, „leitet mein Bein." Er setzte einen Fuß vor den anderen. „Töne, stark und laut," seine Beine bewegten sich wie von alleine auf den nächsten Gang zu, er brauchte gar nicht nachzudenken, „auf Euch vertraut!" Die Töne fingen an zu schweben, funkelten vor seiner Nase, in vielen glitzernden Farben, flogen ein Stück weit, ließen sich an den Wänden nieder, bildeten Muster, kleine feine, bunte. Die Muster eilten Sharfeyn voraus, bogen an der nächsten

Weggabelung links ab, und Sharfeyn folgte ihnen, bestrebt, seine Schatzhöhle zu finden, immer noch singend. Immer neue Ton-Funken entstanden vor seiner Nase. Er brauchte ihnen nur zu folgen. Hoffnung beflügelte ihn. Nun waren die Gänge nicht mehr lang und trostlos, sondern Wege voller Verheißungen.

*

Irgend etwas stimmte nicht. Die Gänge, in denen Thomas sich wiederfand waren nicht so, wie die Gänge vorher, die zwar nicht wirklich irgendwohin geführt hatten, aber Thomas irgendwie belebter vorgekommen waren. Benutzter. In diesem Stollen roch es nur nach Staub und Mäusekot, so wie in einer Gruft. Das Licht war zwar das gleiche wie anscheinend überall im Berg, dennoch wirkte dieser Gang auf seltsame Weise abgestorben, wie seit Äonen nicht mehr betreten, obwohl das ja wohl auf das ganze Labyrinth zutraf. Thomas ahnte mehr und mehr, daß er hier nicht richtig war, daß er falsch abgebogen war, daß er sich verlaufen hatte, obwohl das das letzte war, das er sich eingestehen wollte. Er hätte sowieso um nichts auf der Welt umgedreht. Also ging er immer weiter, folgte dem Gang, und wenn der Gang sich gabelte ginge er aufs Geratewohl, links oder rechts, oben oder unten, immer weiter. Es gab kein Ende in diesem Labyrinth. Stunden vergingen. Thomas machte immer größere Schritte, doch immer noch zeigte sich kein Ziel. Dann lief er. Zuletzt rannte er.

Kapitel XVIII

Tatsächlich mußten sie nur noch um ein paar Ecken biegen bis Left eine schmale Tür öffnete - aus Blech, wie Magenta überrascht feststellte - und sie einen Raum betraten, der eigentlich recht groß gewesen wäre, so groß wie das Wohnzimmer von Magentas Eltern, wenn er nicht so vollgestopft gewesen wäre mit - naja - Dingen, Geräten und Apparaten. Ein bißchen erinnerte er Magenta an die Mechanismushöhle, aber dann war er doch ganz anders. Zum Beispiel war er keine Höhle, sondern ein Raum. Viereckig mit glatten Wänden. Auch war er nicht hoch, er war eindeutig für Zwergengröße gemacht. Und an allen Wänden zogen sich Regale und Tische entlang, die voll waren von Zeug, Kram und Gerätschaften, die Magenta noch nie in ihrem Leben gesehen hatte. Dünne Schnüre mit spitzen Enden, manchmal ganze Bündel davon, die von einem Ding zum anderen führten oder lose herabhingen; Teile, die Werzeuge sein konnten, mit Hebeln und Griffen, in allen Größen von grade-mal-fingerdick bis zwergenarmlang, Apparate, die aussahen wie zusammengeschraubte Küchensiebe, kleine oder mittelgroße Kästen aus Metall. An manchen blinkten kleine Punkte, vielleicht Kristalle? Über all dem lag ein Summen in der Luft, von Zeit zu Zeit unterbrochen von einem fast nicht mehr hörbaren Fiepen, das ein wenig in den Ohren wehtat und von innen an der Schädeldecke kratzte. Im Raum war es hell. Eine der Wände war von einer glatten, halbdurchsichtigen Schicht bedeckt, die auf den ersten Blick wie unregelmäßig dickes Eis oder trübes Glas wirkte und von der ein ungleichmäßiges Leuchten ausging, viel heller und farbloser als das Licht, das draußen das Labyrinth erhellt hatte. Dünne, bunte Wellenmuster huschten darüber und bildeten Zickzacklinien. Magenta streckte die Hand aus und berührte sie sanft. Sofort zogen sich die Linien kreisförmig um ihren Handabdruck zusammen, umzingelten ihn und schillerten alarmiert in allen acht Regenbogenfarben. Erschrocken zog Magenta ihre Hand zurück, war aber neugierig genug, gleich eine andere Stelle mit der Fingerspitze anzutippen. Ein bunter Stern entstand dort, um genauso schnell wieder zu vergehen.

„Sei bitte vorsichtig!" mahnte Left über die Schulter gewandt. „Man weiß ja, daß bei euch Menschen immer alles kaputtgeht, was ihr anfasst." Magenta klemmte sich die Hände unter die Achseln.

Left würdigte die Wand weiter keines Blickes. Vielmehr baute er sich in der Mitte des Raumes auf, verschränkte die Hände hinter dem Rücken und wippte stolz auf den Zehenspitzen. Gleich wirkte er zehn Zentimeter größer.

„Nun, Magenta" grinste er selbstgefällig, „fragst du dich nicht, was diese Burschen so geängstigt hat, daß sie davongelaufen sind?" Die Müllerburschen waren vor dem Lärm, dem Beben und der lauten Stimme davongelaufen, gefragt hatte sich Magenta höchstens, was das alles verursacht haben mochte, aber Left wartete ihre Antwort gar nicht ab, sondern wandte sich einem der Tische zu.

„Was ihr hier seht", mit großer Geste schwenkte er seinen Arm, präsentierte so den Raum als Ganzes, stolz, als hätte er ihn grade selbst geschaffen - aber vielleicht hatte er das ja auch - „ist unser Kommst-du-hierhin-dann-kommst-du-überall-hin-Raum. Aber das Dahinkommen ist nicht alles, was man von hier aus kann, man kann auch überallhin sprechen!" Wieder wippte er. „Und alles hören." Ein endgültiges Wippen.

„Denn dies hier ist unser ‚Echognom'." Er trat dicht an den Tisch, aus dem ein gebogenes, kupfernes Rohr mit trichterförmiger Öffnung ragte, so verschnörkelt gestaltet, daß sie einem Ohr ähnelte. Rechts und links davon standen zwei Schachteln aus Holz, die mit Gittern aus Metall abgedeckt waren und in denen es leicht knisterte. Es klang, als würden die Metallgitter kleine Insekten an der Flucht hindern. „Und so spricht man hinein - obwohl ihr ja hier seid und den Effekt gar nicht mitbekommt ..." Magenta und Ralph hatten den Effekt, den die Stimme aus dem Nichts auf die Burschen gehabt hatte, durchaus mitbekommen. Trotzdem beugte sich Left über das Rohr und rief „Hi-Hi-Ha-HA-HO-HO!" hinein und aus den Kästchen tönte ein schwaches Echo.

„Sehr schön", lobte Ralph höflich und Magenta war sich nicht sicher, ob sie nicht auch noch etwas anderes gehört hatte, eine andere Reaktion auf Lefts Rufen, eine, die aus den Kästchen selbst gekommen war, also aus dem Labyrinth. Aber jetzt war es schon wieder vorbei. Es hatte möglicherweise so geklungen, als hätte jemand angstvoll nach Luft geschnappt.

Ehe Magenta etwas sagen konnte fuhr Left mit seiner Vorführung fort. Er trat an ein Regal, griff nach oben, zog an einer Schnur und entrollte ein Stück Leinwand. „Schaut her, was ich hier gefunden habe," sagte er und wieder schwang Stolz in seiner Stimme, „das hier kann uns wirklich weiterhelfen." Dabei zog er unter seiner Jacke eine Rolle hervor, er rollte sie auf einem der Tische aus und beschwerte die Ecken mit einigen kleineren Gegenständen. Magenta erkannte Linien und Quadrate und gestrichelte Linien, alle weiß auf blau fein säuberlich gezeichnet. Auch die herabgezogene Leinwand wies jede Menge Linien auf, allerdings sah sie eher wie eine Landkarte aus. Aber auch wiederum nicht ganz. Sie zeigte nicht eine Abbildung, sondern mehrere kleinere, manche davon schienen Magenta dasselbe Bild zu zeigen; wenn man sie lange genug betrachtete fand man jedoch kleine Unterschiede. Magenta hatte kurz den Eindruck, man könne die einzelnen Bilder vielleicht aufeinanderstapeln, dann hätte man ein räumliches Bild gehabt, so wie man einen Würfel aus mehreren Quadraten zusammensetzen kann ... aber ihre Augen verirrten sich sofort bei dem Versuch, sich das vorzustellen. Trotzdem war sie sich sicher: der Plan zeigte die Gänge des Labyrinths.

An manchen Stellen bemerkte Magenta farbige Punkte oder kleine bunte Dreiecke, genau in der Mitte des Plans befand sich ein Rechteck, das einen roten Kreis enthielt. Unten an der Kante der Leinwand waren diese Punkte und Kreise aufgelistet und Magenta bückte sich, um die Schrift hinter dem Rechteck mit dem roten Kreis zu entziffern. Auf zwei verschiedene Sorten Zeichen, die Magenta nicht kannte, folgte ein kurzer Satz in altmodischer, aber lesbarer Schrift:

GENAU SICH HIER SIE BEFINDEN

Σιε βεφινδεν σιχη γεναυ ηιερ

Sie befinden sich genau hier

‚Aha.' dachte Magenta, ‚Wie gut zu wissen, daß ich genau hier bin. Sonst hätte ich womöglich gedacht, ich sei ungefähr woanders.' Aber ein Plan, eine Landkarte des Labyrinths, wäre natürlich noch sehr viel besser, als das gescheiteste Wollknäuel. Sie folgte den verschlungenen Linien mit den Augen, versuchte den Weg zu finden, auf dem sie hergekommen waren und den, durch den sie ins Labyrinth hineingekommen war, aber es war recht verwirrend, die Gänge waren zahlreicher, als sie gedacht hatte und sie verliefen auch nicht so, wie sie sie in Erinnerung zu haben glaubte. Auch Ralphs Augen irrten auf der Landkarte umher, ohne einen festen Halt zu finden. Left stand grinsend hinter ihnen.

„Schaut", sagte er und wies auf eine bestimmte Stelle der Karte, „Und wenn man jetzt hier zum Vergleich ...", er streckte den anderen Arm aus und wies auf den Plan auf dem Tisch, als ein jähes Pfeifen ertönte. „Was zum ..." rief er aus. Er eilte zum Tisch mit den Hebeln.

„Wart ihr nicht alleine?"

„Wieso?" auch Ralph war verblüfft. „Wer sollte ...?"

„Ich empfange hier Signale von noch einer Lebensform." Magenta konnte ihm nicht folgen und Ralph machte: „Hä?"

„Einer *menschlichen* Lebensform!" betonte Left. Er sah die beiden an - und bemerkte ihre leeren Gesichtsausdrücke. Er verdrehte die Augen ein wenig: „Herrje. Es ist noch jemand im Labyrinth." sagte er betont langsam.

„Ach du meine Güte!" entfuhr es Ralph.

„Kannst du nicht das Pfeifen abstellen?" keuchte Magenta, die sich die Ohren zuhielt.

„Ja, nun … Moment." Left drückte einen Knopf. Zum Glück hatte er sofort den richtigen erwischt und Magenta ließ erleichtert die Hände sinken.

Jetzt wandte sich Left der leuchtenden Wand zu und wischte sacht mit der Hand darüber. Die regenbogenfarbenen Zick-Zack-Wellen breiteten sich über die ganze Wand aus. An manchen Stellen zuckten kleine Blitze. Magenta und Ralph blinzelten geblendet.

Als die Wand sich wieder beruhigt hatte zeigten sich auf ihr viele Rechtecke, jedes enthielt ein Auge. Und alle Augen sahen das gleiche Bild, so schien es Magenta, das Stück eines Ganges. Aber nein, es waren verschieden Gänge aus unterschiedlichen Blickwinkeln, manchmal schaute man von oben, manchmal von der Seite, aber alle Gänge waren gleich leer. Es waren die Gänge des Labyrinths.

„Soll das heißen, du kannst vor hier aus in das ganze Labyrinth schauen!?" Magenta war verblüfft.

„Genau deshalb konnte ich vorhin Deinen Wächtern mittels des Echognoms den Befehl erteilen, zu verschwinden. Ich hatte Euch gesehen und wir mußten sie loswerden. Und jetzt ist da schon wieder jemand unterwegs."

„Natürlich ist noch jemand im Labyrinth!" rief Magenta, „Sharfeyn ist hier und er hat noch ein Kind, er hat Zobill! Kannst Du von hier aus sehen wo er ist?"

„Ich sagte ‚eine' Lebensform. Eine *menschliche* Lebensform. Also Sharfeyn ist es schon mal nicht." Left blickte sich um, er schien nicht genau zu wissen, was er suchte.

„Dann muß es Zobill sein! Wir können ihn finden! Ich muß ihn finden!" Fast hätte Magenta ihn zur Seite gestoßen aber Left drückte unbeirrt ein paar Knöpfe, zog ein paar Hebel - nichts geschah.

„Vielleicht konnte er sich befreien! Als ich Sharfeyn begegnet bin, war er nicht bei ihm."

„Oder Du hast ihn nicht gesehen." gab Ralph zu bedenken.

„Aber wir können von hier aus Sharfeyn finden! Und Zobill! Nicht wahr? Nicht wahr?"

„Joaah" murmelte Left gedämpft und strich sich über den Bart, „das sollte wohl geh'n." Es klang ein wenig unsicher und von den zwanzig Zentimetern Stolz schmolzen zehn.

„Nicht wahr?! Das geht doch! Sag schon!" Magentas Müdigkeit war wie weggeblasen. Statt dessen hüpfte sie aufgeregt von einem Bein aufs andere. „Du hast doch uns gefunden, was muß ich tun?"

„Ja, ähm", weitere fünf Zentimeter schmolzen, „also hier sind die Hebel ..." er zog an dreien gleichzeitig und in drei Bild-Augen rutschten die Gänge außer Sichtweite. Magenta wäre fast hingefallen, die plötzliche Bewegung hatte sie aus dem Gleichgewicht gebracht. Sie konnte sich gerade noch an der Tischkante festhalten. Left bediente die Hebel jetzt vorsichtiger und die Bilder bewegten sich langsamer, aber dennoch konnte

Magenta nicht alle Bild-Augen gleichzeitig im Blick behalten.

„Such Sharfeyn!" rief Magenta, „Und Zobill! Wo sind sie? Wir können sie finden!"

„Nur die Ruhe", Left bewegte die Hebel noch langsamer und er hatte einen Knopf gefunden mit dem man die Bild-Augen so lenken konnte, als würde man in den Tunnel hineingehen. Allerdings nicht sehr weit, dann mußte man den entsprechenden anknüpfenden Abschnitt in einem anderen Auge suchen.

Nach einer Weile bekam Magenta das Gefühl, sie hätten schon mindestens alle Gänge des Labyrinths durchforscht, ohne etwas zu entdecken, als Ralph plötzlich: „Da!" rief und auf ein Rechteck zeigte, in dem er eine Bewegung gesehen hatte, aber die Bewegung war schon wieder aus dem Bild verschwunden.„Was war das? Hast Du das gesehen? Kannst Du das nochmal ranholen?"

Left hantierte eifrig an allen Hebeln zugleich und die leuchtenden Bilder an der Wand tanzten im Takt seiner Bewegungen. Magenta wurde schwindelig davon, trotzdem war sie es, die ihn als erste entdeckte - und erkannte: „Thomas!" schrie sie. Ihr Arm schnellte hoch und ihr Finger zeigte auf das Bild, in dem sie ihn gesehen hatte. Aber da war er schon wieder verschwunden. Left schaute auf und fuhrwerkte hektisch mit den Hebeln herum. „Da! Da ist er! Planquadrat B7!" Thomas' Abbild rannte taumelnd und wild mit den Armen rudernd durch das Augenfenster.

„So, ein Mist" fluchte Left, „den können wir hier gar nicht gebrauchen." und Ralph biß die Zähne zusammen: „Wie blöd ist der Kerl eigentlich."

„Wie ist der Junge denn da hineingekommen?" Left sah Magenta vorwurfsvoll an.

„Ich habe keine Ahnung. Er muß mir gefolgt sein."

„Bis ins Planquadrat B7? Da warst Du gar nicht!" Ratlosigkeit machte sich breit.

„Wo ist er hin!" Thomas war aus dem Augenwinkel verschwunden – und nirgendwo mehr zu entdecken.

„Kannst Du von hier aus das ganze Labyrinth sehen?" Ralph dachte angestrengt nach.

„Nu-uu-uun ..." machte Left. ‚Aha.' dachte Magenta.

„Also ... alle Hebel habe ich noch nicht ausprobiert ... oder alle Knöpfe ..." Left zuckte mit den Schultern und hob entschuldigend die Hände. Magenta starrte auf die Bilderwand.

„Wo *ist* Thomas?" fragte sie.

„Na eben war er noch in Planquadrat B7"

„Und wo ist *das*?"

„Na dort!" Left zeigte auf das entsprechende Rechteck an der Wand.

„Nein, ich meine - in Wirklichkeit, äh, draußen?"

Left beugte sich über den Tisch mit dem Plan. Er suchte einen Moment und tippte dann mit dem Finger auf einen Punkt, an dem sich mehrere Linie kreuzten. „Hier. Ungefähr." Magenta schaute ihn an. „Und *wo* ist das?" Left gab den Blick zurück. Dann nahm er den Plan vom Tisch, baute sich vor der Wand mit der Landkarte auf und verglich umständlich die Linien und Kreise.

Magenta riß der Geduldsfaden. Sie ging zur Augenwand und bewegte mehrere Hebel. „Ich muß Sharfeyn finden, ich muß Zobill finden und jetzt muß ich auch noch Thomas finden! Wollt ihr mir jetzt dabei helfen oder nicht!"

„Da war nur *ein* Lebenszeichen. Möglicherweise kann
man Sharfeyn gar nicht sehen, weil er so anders ist als
Menschen - und wenn er das Kind bei sich verbirgt ..."
Left sprach über seine Schulter, ohne sich umzudrehen. Er faltete weiterhin am blauen Plan herum, probierte verschiedene Knickmethoden aus und folgte mit
den Augen den Linien der Karte an der Wand und als
das nicht mehr reichte klemmte er sich eine Ecke des
Planes zwischen die Zähne, damit er eine Hand freibe-
kam, um die Entfernungen zwischen den Punkten auf
der Karte zu messen. Er sagte: „Wrr misssnn schnurch
dni Wyrrrmlöchrr." Aber Magenta wollte nirgendwo
mehr hin- oder durchmüssen, was auch immer
,Wyrrrmmmlöchrr' waren. Noch einmal zerrte sie an den
Hebeln, ohne daß in den Bild-Augen einer der Gesuch-
ten auftauchte. Ralph trat hinter Magenta, wollte ihr be-
ruhigend die Hand auf die Schulter legen, aber nichts
regte Magenta gerade mehr auf, als sich beruhigen zu
sollen. Sie hatte endgültig die Nase voll von diesem
Theater. Und diesen Apparaten. Und diesen gleichgülti-
gen, angeberischen Zwergen. Und von Ralph mit seinem unerschütterlichen Nettsein. Sie wollte nur noch
Zobill finden und nach Hause. Vor allem nach Hause.
Eigentlich wollte sie nur nach Hause. Und jetzt auch
noch Thomas! Sie mußte hier raus. Aus dem vermale-
deiten Berg raus. An die Luft. Ans Licht. Sie rannte los,
riß die Tür auf und stürmte in den Gang hinaus. Die Tür
schlug selbsttätig hinter ihr zu.

Um gleich danach wieder aufzufliegen. „Licht!" schrie
Magenta, „Ich brauche eine Lampe!" Automatisch griff
Left in ein Regal hinter sich und streckte ihr eine

Laterne entgegen. Magenta riß sie ihm aus der Hand und die Tür knallte wieder zu.

„Warte, Magenta! Die Karte! Ich kann Dich doch dahin falten!"

Kapitel XIX

Beschwingt bog Sharfeyn um eine Ecke als etwas schmerzhaft gegen seine Brust prallte. Es war ein Mensch. Ein junger Bursche, nach menschlichen Maßstäben. Der stürzte zu Boden und schrie. Sharfeyn tat es in den Ohren weh. Er setzte seinen Fuß auf ihn, damit ihm die Luft ausginge und er zu schreien aufhöre. Er beugte seinen Kopf über ihn und sah ihm in die Augen. Das Bürschlein war gelähmt vor Furcht.

"Ihr Menschen! Immer neugierig Euch einmischend und gleichzeitig so voller Angst. Dummheit ist Eure hervorragendste Eigenschaft." Er hob den Fuß ein wenig an, nur so viel, daß der Junge Atem schöpfen konnte. Gut, er würde ihn als Picknick mitnehmen, wahrscheinlich wäre der Weg noch lang. Und für das Ritual bräuchte er seine Kräfte, und das andere Kind, das Mädchen, das süße, durfte er nicht essen. An diesem hier war richtig was dran. "Gut, daß Du so dumm bist," schnaubte er ihm ins Gesicht, "wenigstens als Speise kannst Du mir dienen." Thomas versuchte zitternd und mit weichen Knochen rückwärts davon zu kriechen, konnte sich aber nicht befreien. Wieder atmete ihm der Drache seinen üblen Atem ins Gesicht und schnaubte wieder: *"Sei still und ruhig, Menschen kind,"* sprach Sharfeyn den uralten Bannspruch über ihn, *"die Kraft der Welt ist nicht Dein, bist bloß Bein und Schleim, wie es alle Wesen sind!"* Er klemmte sich den hilflosen Thomas unter den Arm und folgte wieder den funkelnden Tönen, die ihn zur nächsten Abzweigung führten.

*

168

„Der Plan!" - "Warte Magenta!" riefen Left und Ralph sinnloserweise der Tür zu. Left warf die Arme in die Luft. „Jaja, die Liebe.", grummelte er. Ralph, schon fast an der Tür, blickte Left verwundert an. „Ach, was soll's. Die finden wir ganz schnell wieder." Left wandte sich den Bildaugen zu.

„Nicht solange sie im Dunklen ist." bemerkte Ralph trocken. Left zuckte kaum merklich zusammen.

„Aber den Burschen haben wir." warf er schnippisch über die Schulter und schaltete von einem Auge zum anderen, aber Thomas war nirgendwo mehr zu finden.

„Ich sag' doch, B7!"

„Aber wo ist er denn? Eben war er doch noch da!"

„Wie will Magenta ihn denn jetzt finden?"

„Will sie das? Ich denke, sie will Sharfeyn finden!"

„Und wie finden wir Magenta wieder?"

„Können wir von hier aus Sharfeyn finden?"

„Ich sagte doch schon, Sharfeyn ist anders als die Leute von hier. Er ist ein Geschöpf des Landes-jen-seits-der-Berge, seine *Emanationen* sind hier nicht zu messen."

„Seine was?" Manchmal fand Ralph die Zwerge anstrengend.

„Seine Schwingungen, seine Ausstrahlung. Allerdings ist er wässrig und von daher passen eigentlich beide Begriffe nicht gut. Aber von Wellen zu reden wäre auch nicht zutreffend ..."

Ralph kniff die Augen zusammen und massierte sich die Nasenwurzel mit zwei Fingern. „Also." Er schob die bildhafte Vorstellung von wässrigen Schwingungen beiseite und konzentrierte sich darauf, klare Gedanken zu fassen. „Jetzt mal eins nach dem anderen. Was können wir jetzt konkret tun?"

„Konkret? Konkret könnten wir Magenta folgen. Wir könnten aber auch konkret etwas anderes tun. Wir könnten ganz konkret in die Mechanismushöhle gehen und schauen, ob Gobbelsom und Vingt etwas herausgefunden haben. Oder wir könnten konkret Sharfeyn suchen ..."

Ralph knirschte mit den Zähnen. „Schongut, schongut."

„Du hast gefragt, was wir tun *könnten*!"

„Ja, stimmt." Ralph rieb sich wieder die Nasenwurzel. „Und was wäre das Klügste? Komm schon, Du kennst Dich hier wesentlich besser aus als ich."

„Oh, Du willst mir schmeicheln, hmhm, ... aber das macht nichts. Vielleicht sollten wir zwei Dinge tun, da wir ja auch zwei Leute sind."

„Wo sind eigentlich Deine - äh - Kameraden geblieben?"

„Die sind immer noch in der Mechanismushöhle. Forschen, improvisieren, schrauben und probieren, basteln und konstruieren."

„Und wieso bist Du hier?" Endlich bekam Left Gelegenheit, Ralph die Sache mit dem Faltplan und dem Dunklen Labyrinth zu erklären. Und das tat er gerne. Beiläufig erwähnte er auch den Hubraum.

Es dauerte eine Weile bis er der Meinung war, Ralph hätte jetzt genug verstanden von Plänen, Rückseiten der Realität und Wyrrmlöchern und er strahlend und vor Stolz wieder einmal auf den Zehen wippend innehalten konnte. Ralph war schon wesentlich früher an diesem Punkt angekommen und machte sich ernstliche Gedanken um Magenta - und Thomas. Er fürchtete, daß ihnen nicht nur die beiden, sondern auch die Zeit langsam davonliefen. Einmal war Magenta Sharfeyn schon zufällig begegnet, und was Thomas, den Dummkopf, anging ...

Er wühlte das landgrüne Wollknäuel aus dem Rucksack und ließ es ungeduldig in seiner Hand auf und ab hüpfen: „Wir machen es so: ich folge Magenta", er half Left, die Landkarte von der Wand abzunehmen, „und Du holst Deine Gefährten. Wenn ich Dich richtig verstanden habe, dürfte das fast keine Zeit in Anspruch nehmen." Left nickte, „Dann kommt ihr auf schnellstem Wege ..."

„Auf gefaltetem Wege!" unterbrach ihn Left mit erhobenem Zeigefinger.

„- wie auch immer – zu dem Ort, an dem ihr Magenta und mich und hoffentlich den Dummbart, - oder wen auch immer von uns dreien - ausmachen könnt. Wo auch immer das ist. Funktioniert das?"

Left nickte ein Nicken, das Ralph zwar sehr zuversichtlich aber zugleich auch zutiefst unsicher vorkam. Doch es mußte für den Moment genügen.

Left nahm den Blauen Plan vom Tisch, nahm zwei Laternen aus einem Regal, eine für sich und eine für Ralph. Gemeinsam traten sie durch die Blechtür ins Labyrinth, wo Left den Plan faltete und durch die Wand verschwand.

Ralph schauderte ein wenig aber er schüttelte das Gefühl ab und machte sich seinerseits auf den Weg. Er ließ das Wollknäuel auf den Boden fallen und folgte ihm, als es dienstbeflissen davonrollte.

*

Hier waren die Gänge sehr viel gerader als auf der hellen Seite des Labyrinths und kurven-, ja geradezu phantasielos führten sie in immer nur noch mehr Dunkelheit. Es gab kaum Abzweigungen - und wenn, dann zweigten sie im rechten Winkel voneinander ab - und auch der Boden wies kaum Unebenheiten auf, über die man in der Dunkelheit hätte stolpern können. Trotzdem schien auch hier alles natürlich entstanden und nicht künstlich geschaffen zu sein. Magenta fragte sich kurz, ob sie schon einmal eine künstlich geschaffene Dunkelheit gesehen hätte, kam aber zu keinem Ergebnis.

Die Laterne warf ihr flackerndes Licht nur ein paar Zentimeter weit, ehe es von der Schwärze verschluckt wurde. Es dauerte nicht lang, bis die Dunkelheit so nahe herangerückt war, daß Magenta nicht mehr wußte, ob das, was sie meinte sehen zu können, noch Felswände waren oder nur Dunkelheit.

Aber es machte keinen Unterschied, denn es ging immer nur geradeaus. Magenta zappelte der Gedanke durch den Kopf, daß der Weg zum Komm-Raum, den sie mit Left gegangen waren, nicht so gerade und endlos gewesen war wie dieser. Das Licht der Laterne wurde immer schwächer und diffuser. Eigentlich war die Laterne nur noch ein gelber Fleck am Ende ihres Arms. Die Schwärze um sie herum waberte und seltsame Formen nahmen in ihr Gestalt an. Oder waren es Wesen? Die um sie herumschwebten, mit seltsamen Gesichtern und Fratzen? Wie konnte es sein, daß man im Dunklen Schatten sah? Was konnte in der Finsternis Schatten werfen?

Magenta spürte nicht mehr, wo ihre Füße den Boden

berührten. Sie streckte den Arm aus, aber sie fand keine Wand, keinen Fels, keinen Stein, nichts Festes. Sie wollte ihr Kleid berühren, aber auch das schien fort zu sein, genau wie ihre Hände und ihr Haar. Sie schrie auf, aber es war nichts zu hören. Nur die Stille erzeugte Echos im Nichts.

*

Aus Magentas Davonstürmen war längst ein schleppendes Schlurfen geworden. Aber auch das spürte Magenta nicht, irgendein Automat bewegte ihre Beine, funktionierte wie die Zahnräder in der Mechanismushöhle, als Ralph sie am Ellenbogen erwischte und zum Anhalten zwang. Plötzlich flammte ihre Lampe wieder auf und brannte hell wie zuvor.

„Magenta," wie immer war Ralphs Stimme sanft, „laß uns eine Pause machen."

„Kann nicht," murmelte Magenta, „muß ..."

„Du mußt gar nichts. Left holt seine Kollegen - oder Brüder oder was auch immer. Laß uns auf sie warten."

„Damit Sharfeyn genug Zeit hat, alle zu fressen? Kaum." Magenta riß sich von ihm los und wollte wieder davonstürmen, aber die Knie gaben unter ihr nach.

„Na komm", sagte Ralph, er nahm den Rucksack von der Schulter, „laß uns ganz kurz. Ich muß grad was essen." Magenta rutschte an der Wand runter, an die sie sich wie zufällig angelehnt hatte und Ralph setzte sich neben sie. Er hatte eine kleine, silberne Kanne aus dem Rucksack geholt und daraus ein pechschwarzes Getränk in einen Becher gegossen. Das flößte er Magenta jetzt ein. Es roch und schmeckte fürchterlich, bitter und auch ein wenig sauer. Magenta war sofort überzeugt, daß es Medizin sein mußte. Nichts anderes durfte so abscheulich schmecken. In dem kleinen Päckchen, das der Rucksack ihnen außerdem gab, war Schwarzbrot mit Leberwurst. Aber was das Auf-die-Beine-Bringen anging war die Medizin wirksamer. Nach ein paar Minuten fühlte sie sich sehr viel munterer.

„Hast Du einen Plan?" fragte Ralph. Magenta schüttelte den Kopf. „Kannst Du Sharfeyn eigentlich spüren oder irgendwie wahrnehmen?" Wieder schüttelte Magenta den Kopf. Ralph schüttelte den Rucksack. Das grün-goldene Wollknäuel, daß er schon einmal gesehen hatte, rollte vor ihre Füße. Magenta starrte es an. „Ja, das sind seine Farben."

Ralph sah Magenta nachdenklich an: „Wie hast Du Sharfeyn eigentlich bei eurer ersten Begegnung gefunden? Und wie konntest Du ihm das Kind abringen? Wie konntest Du ihn besiegen?"

„Das war purer Zufall", stotterte Magenta, „er war einfach plötzlich da, direkt vor mir."

„Aber wie hast Du ihm Mary wegnehmen können?" Magenta kaute, aber wohl eher auf den Worten als auf dem Leberwurstbrot. Nach einer ganzen Weile kam: „Ich habe ihn gebissen ..." so leise, daß Ralph es nicht verstand und er nachfragen mußte. Da sah Magenta ihm direkt in die Augen und wiederholte es laut und deutlich: „Ich habe ihn gebissen."

„Du hast ihn gebissen???" Ralph prustete los.

Magenta wäre am liebsten im Boden versunken. Doch dann meldete sich ihr Trotz: „Was sollte ich denn machen? Du hast mir ja kein Schwert gegeben, *um ihn in den Hintern zu pieken!*" zitierte sie ihn.

„Und da hast Du ihn in den Hintern gebissen!? Den Kampf hätte ich gerne geseh'n!" Ralph hätte sich am liebsten am Boden gerollt vor Lachen. Er wischte sich die Tränen aus den Augen. „Ach herrje", seufzte er kichernd und rang nach Luft, „aber offensichtlich hat es ja funktioniert. Und Du bist nicht nur unverletzt, sondern sogar siegreich aus diesem Kampf hervorgegangen." Er schlug ihr lachend auf die Schulter.

„Naja," Magenta wußte nicht, ob sie beleidigt oder geschmeichelt sein sollte. Tatsächlich war ja dieser schmachvolle Kampf überraschend gut ausgegangen. „Ich hatte doch nur Glück! Ich glaube, er kann mich nicht sehen." sagte sie. „Ich mache keine Wellen im Wasser, deshalb sieht er mich nicht." Sie war selbst überrascht, daß das traurig klang. Ralph wurde hellhörig, er sah sie aufmerksam an. „Auch hier nicht, im Trockenen? Zwischen all diesem Gestein? Wo kein Mensch Wellen machen kann?" Lefts ‚wäßrige Emanationen' schossen ihm durch den Kopf.

„Anscheinend nicht." Magenta ließ das Kinn auf die Brust sinken. „Ich bin die einzige, die er nicht sehen kann ..." Der Satz blieb in der leeren Luft hängen.

„*Nur* Glück?" meinte Ralph, „Manch einer wäre froh, wenn er soviel Glück hätte."

Magenta rieb sich gedankenverloren das Knie, in dem sich wahrscheinlich ein prachtvoller Bluterguss entwickelt hatte, der sich jetzt langsam zu melden begann. Ralph stutzte. Er runzelte die Stirn. „Zeig mal her."

„Was?"

„Na, Dein Knie." Magenta streckte ihm das Bein entgegen, das Ralph im Licht der Lampe kurz inspizierte, um dann einen Tiegel mit Salbe aus dem Rucksack zu kramen und Magentas Knie damit zu verarzten. „Wie dumm von mir, daß ich das erst nicht bemerkt habe." schalt er sich selbst ein wenig.

„Wann, erst?" fragte Magenta zögerlich.

„Na vorhin! Früher halt." Ralph wedelte alle Überlegungen mit einer kleinen, eleganten Handbewegung beiseite und warf die Salbe in den Rucksack.

„Bis jetzt hat es ja auch noch nicht wehgetan." murmelte Magenta. „Die Salbe riecht gut, was ist denn da drin?"

„Arnika und Giftsumach."

„Giftsumach!?!" kreischte Magenta und wollte aufspringen, aber das klappte noch nicht.

„Keine Angst, diese Magie wirkt." versprach ihr Ralph. „Auf!" kommandierte er und half Magenta auf die Beine.

*

„Na denn!" Ralph hob das grün-goldene Wollknäuel auf und warf es vor sich, es beschrieb einen Bogen in der Luft und blieb zitternd vor der Wand hängen, Magenta stupste es vorsichtig an. Es glitt zur Wand, schmiegte sich an sie, rutschte ein wenig an ihr rauf und runter, links und rechts und blieb dann einfach dort kleben.

„Klar, wir müssen wieder auf die andere Seite."

„Aber wie?"

Ralph starrte mit gerunzelten Augenbrauen auf das Wollknäuel und streckte die Hand nach ihm aus. Das Wollknäuel wickelte ein paar lose Fäden ab und krallte sich damit an der Wand fest. Wenn Ralph noch ein paar Augenbrauen mehr gehabt hätte, hätte er die jetzt auch noch gerunzelt. Er wölbte seine Hände über das Knäuel und schloß für einen Moment die Augen. Im schwachen Licht der Laternen schienen seine Hände grün-golden zu leuchten. Erschrocken zog er sie zurück. Er zählte die Beine des Wollknäuels. Es waren acht.

„Na gut," murmelte er, „ich muß jetzt etwas tun, daß man eigentlich nicht machen sollte: Dinge ausprobieren. Aber wir nennen es jetzt mal ‚Improvisieren'." Er heftete seinen Blick auf das Wollknäuel und befahl: „'Ariachne spinn' den Faden - bring mich raus aus diesem Laden'."

„Laden?" meinte Magenta, Ralph zuckte die Schultern: „Ich tue auch nur mein Bestes." Es klang ein klein wenig schnippisch. Drüber hinaus passierte nichts. Nach einer Weile fragte Ralph: „Was reimt sich denn auf Faden?"

„Euer Gnaden?" schlug Magenta vor. Ralph zog eine Schnute. „Euer Gnaden! ‚Euer Gnaden Wollknäulio das Erste'? Na hör mal!"

„Versuchs!"

„Haach, na gut: ‚Ariachne spinn den Faden, hilf mir weiter, Euer Gnaden!'" Der Erfolg war genauso umwerfend wie beim ersten Versuch.

„Muß es sich denn unbedingt reimen?"

„Ich weiß nicht. Ich hasse dieses Herumprobieren, man weiß nie, wie das endet! Vielleicht muß man eine Geste machen. Dies eigenwillige Verhalten von Wollknäulen ist auch für mich Neuland."

Magenta seufzte innerlich, sie hatte immer schon gewußt, daß Magie ihr auf die Nerven ging. Konnten die Dinge nicht einfach so funktionieren, wie sie sollten?

„Genau das wäre wirklich Magie."

„Hm? Was?"

„Wenn die Dinge immer genau das täten, was wir von ihnen verlangen, das wäre Magie."

Magenta beschloß, ab sofort wesentlich leiser zu denken.

Ralphs nächster Versuch lautete: „'Ariachne spinn' den Faden - bring mich raus aus der Gefahr, dorthin wo ich vorher war'." Magenta sah sich um: „Hier ist grad keine Gefahr." Das Wollknäuel verschränkte zwei Fäden vor der Brust - naja, vor seiner Wölbung - und schaute sie beleidigt an. Ohne das Wollknäuel aus den Augen zu lassen, flüsterte Magenta Ralph aus dem Mundwinkel zu: „Ich glaube, das war nichts. Vielleicht solltest Du Dir mehr Mühe geben." Ralph bedachte sie mit einem skeptischen Blick, allerdings eher so, als wäre sie ein interessantes Insekt und nicht bloß ein verärgertes Mädchen.

„Vielleicht steckt doch mehr Hexe in Dir als alle denken." meinte er süffisant. Dann starrte er das Wollknäuel noch eindringlicher an und legte seine Hände neben ihm an die Wand.

„'Ariachne spinn' den Faden – führ mich auf den Weg, den graden'." Das Wollknäuel streckte vier Fäden von sich, aber alle in dieselbe Richtung, sie krochen ein Stückchen am Fels entlang, um dann wieder innezuhalten. „Aha, wohl zu gerade der Pfad. Aber möglicherweise kommen wir der Sache näher... ,Ariachne spinn' den Faden – laß mich fort vom Weg, dem graden!'."

Nun streckte das Wollknäuel seine acht Arme aus und die Fäden krochen in alle Richtungen davon, bogen ab, zeichneten - mit dem Wollknäuel als Mittelpunkt - Spiralen und Kreise auf den Fels, überschnitten sich, schufen Knotenpunkte, fuhren hin und her, auf und ab, webten ein Netz, ein Spinnennetz, grün-golden schimmernd. Und annähernd achteckig.

Die Luft um sie herum wurde schaler und schien irgendwie zu ermüden, als ob die Arbeit des Wollknäuels ihr Kraft und Lebendigkeit entzöge, und bei Magenta stellte sich das Gefühl ein, durch die Ohren zu atmen, aber bald wies die ganze Felswand ein Spinnennetzmuster auf und zwischen den Schnittpunkten der Fäden lösten sich kleine Bröckchen aus dem Fels und fielen heraus, eins nach dem anderen, immer mehr, alle, bis die ganze Wand löchrig war und nur noch aus dem Spinnennetz bestand. Die Struktur des Felses war nun so filigran wie die eines Spitzendeckchens auf Omas Sofa.

Durch die Maschen des Spinnennetzes konnten sie das bronzene Licht des Hellen Labyrinths sehen, es blieb strikt auf seiner Seite der Felswand. Auf ihrer Seite blieb es stockfinster. Magenta streckte die Hand aus, das Spinnennetz gab unter ihrer Berührung nach. Magenta schob die Hand weiter, dehnte das Netz. Bis ihre Hand auf der anderen Seite im Hellen war. Magenta stieg in das Netz, konnte durch seine Maschen hindurchtreten, ohne es zu beschädigen, stand dann im Hellen Labyrinth. Ralph folgte ihr. Das Wollknäuel hüpfte ihnen hinterher und die Wand schloß sich mit einem feinen Knistern. Zurück blieb im Stein die Zeichnung eines großen Spinnennetzes.

*

Sie löschten die Laternen und folgten dem Wollknäuel, das erneut wie selbstverständlich die Führung übernahm.

Magenta sah sich kurz um, noch in Gedanken bei dem Spinnennetz, das den Fels geöffnet hatte. „Wenn Magie so einfach ist, warum benutzen wir sie nicht immer? Warum zaubern wir uns nicht direkt zu Sharfeyn? Oder warum zauberst Du nicht einfach Zobill hierher oder zu seinen Eltern?"

Ralph seufzte: „Leider ist Magie nicht so leicht wie sie aussieht." Demonstrativ wischte er sich mit einem Taschentuch den Schweiß von der Stirn. „Erstens weiß ich nicht wo Zobill ist, also kann auch meine Magie ihn nicht finden. Und zweitens soll ich Dir doch keine Almanachweisheiten auftischen, von der Balance im Universum und so weiter." Magenta zog verächtlich die Mundwinkel nach unten. Sie fühlte sich nicht ernstgenommen. Ralph sprach weiter: „Andererseits besteht Magie zum Glück nicht nur aus Almanach-Weisheiten, das würde bei weitem nicht ausreichen. Und Sachen auszuprobieren ist immer mit einem großen Risiko verbunden ..."

„Weil es vielleicht nicht funktioniert?"

„Nein, weil dabei sehr viel mehr schiefgehen kann als nur, daß es nicht klappt oder wirkt. Du hast doch auch gespürt, wie sich die Luft verändert hat, als Ariachne ihre Arbeit tat. Eine deutliche Nebenwirkung. Wir betrachten Magie immer als etwas Selbstverständliches, so wie, daß Dinge nach unten fallen, oder wie Sommer und Winter, oder so, wie es für Left selbstverständlich scheint, einen Knopf zu drücken oder an einem Hebel zu ziehen und wir können Bilder durch ferne Augen hier bei uns in einem kleinem Fenster sehen. Dabei ist daran gar nichts selbstverständlich, weder mit Magie noch durch Lefts Hebel."

„Ist das denn keine Magie?" unterbrach ihn Magenta, „diese ganzen Apparate und die Bilder aus dem

Nichts?"

„Doch, schon. Möglicherweise steckt in Lefts Hebeln, Knöpfen und Drähten sogar sehr viel mehr Magie, als in einem unserer einfacheren Zauber, aber Zwergenmagie beruht auf anderen Wirkmechanismen. Was sich hinter einem kleinen Schalter verbirgt, ist das Ergebnis jahrhundertelanger Forschung und Arbeit mit kleinen und kleinsten Teilchen, manche Forscher ließen dabei ihr Leben, damit diese Dinge jetzt einfach nur benutzt werden können. Im Grunde war wohl sogar die Erfindung eines so einfachen Dinges, wie eines Hammers eine schwierige Sache und ich wette, der Erfinder hatte einige blaugehauene Daumennägel, bis er einen perfekten Hammer erfunden hatte. Aber das ist es nicht einmal, was die Zwergenmagie von unserer unterscheidet. Auch unsere Magie hat sich über die Jahrhunderte verändert, auch hier ist sehr viel Forschung betrieben worden, sehr vieles hat sich weiterentwickelt, ständig arbeiten die besten Zauberer und Hexen an neuen Erkenntnissen und besseren Methoden."

„Nicht umsonst dauert eine magische Ausbildung acht Jahre." fuhr er nach einer kleinen Weile fort. „Ein Ungeübter sollte damit nicht herumspielen." Ralph tat so, als würde er sich ein Schwarzbrotkorn aus den Zähnen pulen, dabei suchte er in Wirklichkeit nach Worten „Du weißt schon, wegen des Gleichgewichts." Er plinkerte verschwörerisch mit den Augenliedern. Mit beiden. „Die meisten Zauberunfälle entstehen durch Ausprobieren von Dingen, von denen der Betreffende keine Ahnung hat. Und dann sitzen sie nachher bei ihren Lehrern und müssen sich zum Beispiel die Eselsohren wieder vom Kopf entfernen lassen. Wobei das noch einer der harmloseren Zwischenfälle beim Umgang mit nicht beherrschter Magie ist." Ralph kicherte.

„Hast Du mir deshalb keinen Zauberspruch gegen Sharfeyn geben wollen?"

„Ein Zauberspruch hätte Dir gar nichts genützt, Du bist keine Hexe, Du hast noch nicht gelernt mit Magie umzugehen. Und mal eben so auf die Schnelle kann man Wahres Wissen und Wahre Weisheit nicht erklären, die kann man nur langsam und mühsam erringen."

„Du sollst mir ja auch nicht die Weisheit erklären, sondern nur sagen, wie es funktioniert; also was ich tun muß!"

„Ach Du meinst den Trick? Du meinst es gäbe einen Trick? Du meinst Magie wäre so etwas wie ein Trick? Man muß nur dieses tun und dann passiert das? So wie die Sache mit der Wippe und den Hebeln? Weit gefehlt! Man muß es nur RICHTIG machen? Das eine richtige Wort, die eine richtige Handdrehung? Und dann funktioniert es auch und es passiert das, was man sich wünscht? Käsekuchen! Die Wippe und die Hebel sind nur unzulängliche Beispiele für Gleichgewicht. Im Grunde passen sie viel besser zu Lefts Art von Magie. Das ist viel eher ‚Hebelmagie'."

Magenta schwieg verwirrt. Hatte er nicht vorhin noch das Gegenteil behauptet?

„Na, Du wirst es bald lernen, wenn Du Deine Ausbildung bei Fräulein Drollich antrittst. Du wirst viel von ihr lernen können."

„Fräulein Drollich wollte mich nicht als Lehrling annehmen."

„Bist Du da sicher?"

„Sie hat es gesagt; ich hätte kein Talent zur Hexe."

„Na, wir werden ja sehen." murmelte Ralph vage. Magenta erinnerte sich an das Gespräch mit Fräulein

Drollich, an das herrische rosa Wollknäuel und an das hellbraun-rosa Pferd.

Doch da sprach Ralph schon wieder: „Was für einen Plan hast Du jetzt, das Ungeheuer zu bekämpfen? Meinst Du ein Schwert würde Dir diesmal weiterhelfen?"

„Gestern", sagte Magenta gedehnt, „habe ich Sharfeyn alleine getroffen, heute sind alle möglichen Leute bei mir." Das Grinsen dazu geriet ihr ein bißchen schief.

Kapitel XX

In der funkelnden Schatzhöhle thronte Sharfeyns Schatz: Gekleidet in smaragdenen Samt, geschmückt mit Perlen und Perlmutt, begrüßte ihn beinern lächelnd seine Geliebte, die Schöne Jägerin. Hieß ihn willkommen im Reich der Ewigkeit. Nichts hatte sich verändert, alles war noch so, wie er es verlassen hatte. Unberührt, unangetastet, makellos.

Die Wände schimmerten in den Farben des Sees, das Licht zeichnete Wellen in den Edelstein, die Krümmungen des Felses warfen das Licht in Wellen zurück, grün und blau und golden, funkelnd wie das Land-jenseits-der-Berge. Dazwischen Spritzer von hellem Weiß, wie gefroren, jähe Gischt im Gletscher erstarrt.

Das Glänzen und Leuchten tauchte Sharfeyn in grüne Geborgenheit und von Glück erfüllt trat er zu seiner Geliebten.

Für seine Augen war ihr knöcherner Schädel kein totes Gerippe, kein bloßes, totes Bein, sondern sowohl Nachhall als auch Verheißung, Projektionsfläche und Widerspiegelung ihres edlen Antlitzes, die Augen keine leeren Höhlen, sondern glänzend und schimmernd ihr tiefer, seelenvoller Blick, lebendiges Leuchten, Prophezeiung von Leben und Freude.

Den immer noch saft- und kraftlosen Thomas hatte Sharfeyn direkt am Eingang achtlos fallenlassen, das hübsche Kind aber sanft in den Armen gewiegt, nun legte er es frohen Herzens seiner Schönen in die Arme. Zufrieden tat er ein paar Schritte zurück und schaute sich in der kleinen Höhle um. Endlich! Die Erinnerungen durchfluteten ihn in warmen Schauern.

Er berührte die Höhlenwand an verschiedenen Stellen, über die er nun wieder Kenntnis besaß, und das Licht änderte sich. Aus dem bronzenen Leuchten, wie es sonst überall das Labyrinth erhellte, wurde ein samtgrünes Glühen.

Im neuen Licht wandte er sich der erhöhten Steinplattform in der Mitte des Raumes zu, bereitete er den Altar, säuberte er den Stein, richtete er die Artefakte, die seit Jahrhunderten unberührten. Die heiligen Gefäße, uralt, tausende von Jahren, gefüllt mit dem Staub der Ersten Felsen und der ersten Flechten, die darauf wuchsen, gemahlenen Farnen und Saat des Baumes Ygdrasyl, gesegnet von den ersten Meistern der Materie und des Wortes. Das Messer des Antithetos, die schärfste Klinge, die je geschmiedet wurde, von Angus dem Meisterschmied – auch seine Asche in einem ehernen Kelch – scharf genug, einen Gedanken zu zerteilen, ehe er das Ohr des Zuhörers erreichte. Der Kelch Kedraighs des Ganz Kurzen, des ersten Königs der mächtigen Zwerge, gefüllt mit ewig flüssigem Gold. Und das Mächtigste der Artefakte, die größte Schöpfungskraft von allen: Wanda, die Zauberstäbin der ersten Mütter. All diese Heiligtümer befanden sich in dieser Höhle, in Sharfeyns Besitz. Waren ihm anvertraut worden, in seine Obhut gegeben. Und mit ihm, der ihr Wächter und Hüter sein sollte, gefangen gewesen über die Jahre und vergessen wie er. Nun würden sie gehoben werden. Er würde sie wieder an den Platz bringen, der ihnen zustand und gebührte, ihnen wieder zu Macht und Ruhm verhelfen.

Sharfeyn ordnete alle Gerätschaften so, wie das Ritual es verlangte. Das Ritual, das die Macht des Lebens beschwor, die Macht, die allem, das existierte, innewohnt, wenn auch zuweilen verborgen, nicht sichtbar für das Auge, nur sichtbar für die Liebe: die Macht des Entstehenlassens und Erzeugens, des Schöpfens und des Werdens. Diese Macht galt es zu beschwören, zu rufen, freundlich zu stimmen, auf daß sie sich ihm und seiner Geliebten zuwenden möge, ihnen ein weiteres Stückchen der Ewigkeit zuteil werden zu lassen, über die einst zugemessene weltlichen Zeit hinaus. Er schloß seine Geliebte in die Arme und Freude erfüllte sein Herz. Er bettete sie auf dem grünen Samt. Grüner Samt, die Farbe wie tiefes Wasser - aber so trocken wie lange Zeit die Wüste in Sharfeyns Herz. Zuletzt legte er das Kind sanft auf den Stein, neben das friedlich ausgestreckte Skelett, er legte das Kind so, daß es dicht an das Skelett geschmiegt lag, den Kopf seitlich so gedreht, als würde es zu ihm aufblicken, ihm ins breit lächelnde Knochenantlitz schauen. Es sah fast glücklich aus, in seinem tiefen Schlaf.

„Schau", sagte Sharfeyn zu seiner Liebsten, „ich habe Dir ein neues Leben gebracht." Er betrachtete sie, die seit tausend Jahren hier schlief, so wie er, weit von ihr, in seinem Gefängnis geschlafen hatte. Er sah ihr fließendes langes Haar, wie es sich bewegte wenn sie schwamm, er sah ihre kleine, anmutige Gestalt, die kraftvoll das Wasser durchschnitt, er sah ihr lachendes Gesicht, die spitze Nase, die sie aus dem Wasser recken mußte, um zu atmen. Atmen. Menschen mußten atmen! *Über* dem Wasser! Das war sein Fehler, sein Irrtum gewesen. Sharfeyn wischte die Verwirrung beiseite.

„Ich habe Dir ein neues Leben gebracht", wiederholte er. „möchtest Du es nicht annehmen?"

Er schritt im Kreis um den Altar. So groß war er, daß er den ganzen Altar mit seiner Gestalt umschließen konnte.

„Du bist in Sicherheit", sprach er, „denn ich bin bei Dir. Ich halte Dich, ich berge Dich, ich tröste Dich." Seine Bewegungen wurden fließender, als er den Stein wieder und wieder umkreiste. Mehr und mehr wie eine Welle strömte er, floß er und die Freude darüber ließ ihn innerlich jubeln. Der Stein um ihn verschwamm, wurde Bernstein, nur noch blau und grün das Licht, mit goldenen Luftblasen, darin eingeschlossen. Sharfeyn spürte tief in sich die ewige Gegenwart des alten, fernen Landes-Jenseits-der-Berge.

Doch die Trockenheit kehrte zurück, drängte und zwängte sich gewaltsam sogar durch das ferne Land, vergiftete selbst die fernsten Gestade, und ließ ihn innehalten. Etwas stimmte noch nicht. Vielleicht mußte er auch nur ein wenig verschnaufen, ausruhen. Der lange Schlaf und die lange Gefangenschaft hatten ihn geschwächt. Und die Jagd und die vielen Menschen, die eingedrungen waren in seinen Berg, seinen See - und dieses schreckliche Mädchen, das gar kein richtiger Mensch war und ihn verwirrte, ihm fast Furcht einflößte. Und deren Einsamkeit er zwar spüren konnte, beinahe, als hätte sie einen eigenen Geruch, aber sonst nichts von ihr wahrnahm, nicht, wo sie stand, nicht, was sie plante, nicht, was sie dachte, keine Furcht. Sie fürchtete sich nicht vor ihm! Plötzlich wurde ihm klar, wie sehr sie ihn beeindruckte. Kein Mensch hatte ihn je beeindruckt!

Kein Mensch, außer seiner Schönen, seiner Liebe.

Er mußte kurz ruhen, seine Gedanken sammeln. Er rollte sich um den Altar zusammen, einen Moment nur, das Lied wiederzufinden. Und die Worte, die richtigen Worte. Die, die die Welt wieder zurechtrücken würden, so wie sie gehörte, wie sie sein sollte, sein mußte. So, wie sie war, als die Dinge noch richtig waren. Und um über das Mädchen nachzudenken. Vielleicht könnte sie ihm ja sogar nützlich sein – wenn er sie in seine Macht bekäme.

Er war müde. Er schloß die Augen, nur für einen kleinen Moment.

Viel zu bald mußte er sie wieder öffnen. Es näherten sich Leute, er konnte zwar nicht erkennen, welche Art Leute und wie viele und sie waren auch noch weit genug entfernt, aber sie waren auf seiner Fährte. Wenn er doch auch nur dieses Mädchen wahrnehmen könnte! Nun gut, dann mußte es also jetzt sein.

Wieder umrundete er den Altar, fand wieder die fließenden Bewegungen, was im Stein unendlich schwieriger war als im Wasser, aber die Worte ließen auch jetzt noch auf sich warten. Wieder und wieder spitzte er die Ohren und lauschte, suchte in der Luft nach Tönen ... doch vergeblich. Er versuchte ein Lied, an das er sich erinnerte:

„Dewch ataf fi mo ghra, drwyddo tri am agus spas, Beir hyn oedd yn weddill, nad oes dim yn rhannu ein."[*]

Aber nichts geschah. Die Worte, die Worte! Er konnte sich nicht an die Worte erinnern!

Schließlich hielt er inne und betrachtete seine Geliebte und das Kind auf dem Altar. Plötzlich wollte es ihm nicht mehr richtig erscheinen.

Denn zwischen der Reinheit seiner beinernen Geliebten und des smaragdenen Samtes, dem Leuchten der Edelsteine und der goldenen Artefakte, wirkte der schmutzige Kittel, in dem das Kind noch steckte, so wie er es gefangen hatte, störend, unangemessen. ‚Wie dumm von mir!' schallt er sich angewidert und begann, den Kittel des Kindes aufzuknöpfen. Und als er ihn ihm auszog traf es ihn wie ein Schlag: Das Kind war ein Junge! Das zierliche blonde hübsche kleine Kind mit den langen, weichen, blonden Locken war ein Junge! Ein nutzloser, dummer Junge! Wie hatte er sich nur so täuschen lassen können!

Er schrie auf. Nutzlos sein ganzes Unterfangen! Wütend und verzweifelt warf er den zerrissenen Kittel und etliche der goldenen Gefäße und Werkzeuge gegen die Wand, wo sie aufsprangen und ihre magischen Inhalte in der ganzen Höhle verteilten. Vom

---

[*] „Komm zu mir mein Lieb, ganz durch Raum und Zeit. Bringe, was noch blieb, das nichts mehr uns entzweit."

umherfliegenden magischen Staub mußte Sharfeyn ganz unmagisch husten und niesen. Aber er achtete nicht darauf. Und auch nicht darauf, daß die Pulver und Aschen, die nun in der Luft der Höhle hingen, ihre Wirkungen in alle Richtungen zerstreuten, vermischten, gegenseitig aufhoben. Und auch nicht darauf, wohin sie trieben und was - oder wen - sie womöglich trafen.

Das Kind, das ihm diese kleine Hexe, dieses merkwürdige Wesen, mit der Stimme in der Farbe von Beeren, das er nicht sehen konnte, dieses unheimliche Mädchen, geraubt hatte, war ausgerechnet das einzige Mädchen gewesen! Ausgerechnet das einzige Mädchen! Wie sollte der Körper eines Jungen, und sei er auch noch so fein und zierlich, jemals geeignet sein, die Seele einer schönen Frau aufzunehmen! Seiner schönen Frau, seiner schönen Jägerin, der schönsten Menschenfrau, die er je gesehen hatte! Die es je gegeben hatte! Die je gelebt hatte, jemals dieses Tal durchstreifte! Des einzigen menschlichen Wesens, das es je wert gewesen war ...

Mit ausgestreckten Klauen stürzte sich Sharfeyn über den Altar, riß das Kind von der Seite seiner geliebten Gefährtin – nein! nicht einen Augenblick länger durfte dieser Popanz seine Liebste berühren, auch nur in ihrer Nähe sein! - und fuhr herum, um den kleinen Körper an der Wand zu zerschmettern, als vom Eingang her ein lautes Scheppern ertönte. Ha! Da war ja auch noch dieser gräßliche Bursche! Aber der gräßliche Bursche lag noch genauso da, wie ihn Sharfeyn hatte fallen lassen, nur daß jetzt quer über ihm ein Mann lag, ein menschlicher Mann!

Sharfeyn stürzte auf ihn zu, das Kind hinter sich her schleifend.

„Was!" fauchte er Ralph an. „Noch mehr von Euch!?" Er blies ihm seinen Atem ins Gesicht. „Haltet Ihr meinen Berg jetzt für einen Jahrmarkt, daß Ihr ihn durchstreifen könnt, wie es Euch paßt? Wie viele von Euch stecken denn noch in den Gängen? Amüsiert Ihr Euch gut? Ihr schwärmt hier ja nur so rum, wie die Ameisen, mir kribbeln bei Eurem Anblick schon die Füße." Er stellte seinen Fuß auf Ralph, der vergeblich versuchte zurückzuweichen.

„Sharfeyn! Nein!" schrie eine beerenfarbene Stimme. Das Mädchen! Sie mußte direkt neben ihm stehen! Sharfeyn versuchte angestrengt, sie zu entdecken, aber bis auf eine verblaßte Stelle neben den beiden Hingestreckten, ohne Kontur, wo die Luft noch weniger Farbe hatte als es sich sonst für Luft gehörte, konnte er nichts sehen, das irgendwie auf die Anwesenheit eines Menschen hätte schließen lassen. Er reckte und beugte seinen Hals, ohne den Fuß von Ralph zu nehmen und schnüffelte an dem konturlosen Schemen.

„Sssoooo" zischelte er, „da bist du ja. Vielleicht kommst Du mir ja sogar ganz gelegen." Er preßte seinen Fuß etwas stärker auf Ralph, der keuchte und nach Atem rang und mühsam versuchte, sich freizustrampeln.

„Laß ihn los!" befahl die beerenfarbene Stimme und Sharfeyn antwortete: "Wie Du befiehlst, Herrin!" Sharfeyn verbeugte sich geziert in ihre Richtung, schloß aber gleichzeitig seine Krallen fester um Ralphs Rippen.

„Du sollst ihn loslassen!" Die beerenfarbene Stimme wurde noch herrischer und der verschwommene Fleck verschwamm noch mehr und bewegte sich zur Seite, so daß Sharfeyn nicht mehr gleichzeitig ihn und den Mann am Boden im Auge behalten konnte. Er folgte dem Schemen und zog Ralph mit dem Fuß zu sich herum, so daß er genau zwischen ihm und dem Schatten lag. Ohne den Fleck in der Luft aus den Augen zu lassen, beugte er sich über Ralph und sprach seinen Bannspruch über ihn: *„Cael dinerth – fel yn y nos – a ddygwyd o gwsg i'r diwrnod."*

Doch anstatt ohnmächtig zu werden und reglos liegen zu bleiben, verlor Ralphs Gestalt alle Farbe, seine Umrisse schmolzen. Er fing an zu flackern, zu wabern und zu verblassen. Dann plötzlich sah er aus wie ein Gemälde, so flach, und im nächsten Moment schien er zweimal da zu sein - um sich dann ganz aufzulösen und zu verschwinden.

Sharfeyn riß seinen Fuß hoch. „Zauberei!" quiekte er mit seiner Schweinchenstimme. „Üble Täuschung! Hexenwerk! Ihr tut, als wärt ihr Menschen, aber doch seid ihr Hexen! ..." Er drehte sich ein paarmal suchend um sich selbst, aber Ralph war nicht mehr in der Höhle.

Auch Magenta rang um Fassung. Wohin war Ralph verschwunden und wieso? Und wie? Sie starrte auf die Stelle, an der er eben noch gelegen hatte, aber so sehr sie ihre Augen auch bemühte, Ralph erschien nicht wieder.

Während Sharfeyn weiterzeterte fand Magenta langsam ihre Geistesgegenwart wieder. Nungut, dann war es eben doch nur wieder sie alleine gegen Sharfeyn. Fast war es ihr so lieber. Es war ihre Aufgabe, Sharfeyn zu besiegen, nicht Ralphs - oder die der Zwerge.

Sharfeyn hielt Zobill immer noch an den Füßen und ließ ihn in der Luft hin und herschwingen. Magenta überlegte, ob sie es schaffen könne, um Sharfeyn herumzuschleichen und ihm Zobill irgendwie aus den Händen zu winden. Oder Pfoten. Oder Pranken, oder Klauen. Flossen? Sharfeyns ,Hände' waren tatsächlich eine Mischung aus allem. Und sie hatte keine Chance, ihnen auch nur irgendetwas zu entwinden. Ihr graute bei dem Gedanken, daß sie hilflos würde zusehen müssen, wie Sharfeyn Zobill tötete und verschlang. Und doch bewegte sie sich vorsichtig um Sharfeyn herum, um auf die Seite zu kommen, auf der er Zobill hielt. Es war allemal besser als einfach nur wie angenagelt herumzustehen. Sharfeyn bemerkte die Bewegung, einen Luftzug, und versuchte, ihm mit dem Kopf zu folgen. Er hatte nur die leichte Lufttrübung und Magentas Stimme als Anhaltspunkte. Ganz knapp nur verfehlte seine Schnauze Magenta. Sie roch seinen tranigen Atem. Und wich drei Schritte zurück. Sein Blick folgte ihr. Kurz hoffte sie, er würde Zobill irgendwohin ablegen, um sich ihr besser widmen zu können.

Nun erklang Sharfeyns goldenen Stimme in ihrem Kopf: „Du möchtest das Kind? Du willst es retten? Was auch immer Du unter ,retten' verstehst. Es hätte es so gut gehabt bei mir. Ein Leben, wie es kein anderer von Euch Menschlein sich vorstellen kann. Ein Leben voller Jagd und Futter und Wasser und Sonnenschein – und Liebe. Aber was versteht ihr schon davon. Nichts. Von nichts von alledem. Nicht von der Jagd und nicht von der Liebe. Ihr wißt gar nichts." Er drehte sich um, wieder in Magentas Richtung und sein suchender Blick tastete weiterhin die Luft nach ungewöhnlichen Reflexen, nach einem Schimmern ab. „Aber leider ist dieses Kind ein Knabe und so werde ich es wohl verspeisen müssen!" Er hob den Arm, an dem Zobill baumelte, über seinen Rachen und tat, als wolle er ihn verschlingen, gleichzeitig lauerte er darauf, ob ihn nicht wieder etwas in den Schwanz bisse. Diesmal wäre er darauf vorbereitet und diesmal würde er auch das Mädchen greifen können, auch wenn er sie nicht sähe.

Doch nichts dergleichen geschah. Wo steckte sie, die Beerenfarbene?

„Verdammt!" quiekte er, und Magenta fuhr ein goldener Fluch durch Mark und Bein. „Warum kann ich Dich nicht sehen! Wo bist Du, Hexe!"

Magenta schlug wieder einen Bogen um ihn. Wenigstens konnte sie so seine Aufmerksamkeit auf sich ziehen und ihn eine Weile ablenken. Vielleicht wären ja doch die Zwerge ...

„Du kannst mich nicht sehen, weil ich unsichtbar bin." Logisch, dachte sie. Na egal. Mach Worte, Magenta, alles, was diese Bestie hindert, Zobill zu töten, ist gut. „Weil ich ein besonderes Wesen bin, eine Hexe mit großen Gaben ..." Sharfeyn prustete los: „Ohooo, ja eine mächtige Hexe, alles fürchtet sich vor Dir!" Wenn Sharfeyn ein Mensch gewesen wäre, hätte er sich vermutlich vor Lachen auf dem Fußboden gekugelt. So klang sein Prusten ziemlich unheimlich und hohl. Sharfeyns Worte trafen Magenta, ja, verletzten sie. Aber zum Glück konnte Sharfeyn ihre herabgezogenen Mundwinkel nicht sehen.

„Oh ja!" wollte sie auftrumpfen, aber es klang eher wie

ein Keifen, „Ich habe sehr ungewöhnliche Kräfte. Ich mache keine Wellen im Wasser und deshalb kannst Du mich nicht sehen!" Magenta überkreuzte die Arme vor der Brust. Und Sharfeyn hörte abrupt auf zu kichern. Das war interessant. Darüber konnte er noch eine Weile nachdenken.

Er legte das Kind auf dem Altar ab, diesmal ein Stück entfernt von seiner Geliebten, nicht ohne dieser versonnen über das nicht mehr vorhandene Haar zu streichen. Dann rollte er sich um den Altar zusammen, so daß Magenta Zobill keinesfalls erreichen konnte, ohne über ihn drüberklettern zu müssen, legte seinen Kopf auf den Boden, direkt vor Magenta und sah ihr in die Augen. Ohne es zu wissen hatte er sehr gut gezielt. Magenta kroch Gänsehaut den Rücken herauf.

„Soooo", grinste Sharfeyn, „Du möchtest dieses Kind unbedingt lebend zu seinen Eltern und Euren Leuten zurückbringen. Es ‚retten', wie man so sagt." Er machte eine kleine Pause, und Magenta nutzte die Gelegenheit, um nur für sich selbst zu nicken.

„Ich würde wirklich gerne wissen, warum Du das tun willst." Die Pause, die er nun machte, war viel zu kurz für eine Antwort. „Weil Du so besonders bist? Bist Du auserwählt? Bist Du die Sendbotin des Guten? Oder liebst Du dieses Kind? Liebst Du seine Eltern? Warum willst Du es beschützen? Hast Du es bisher beschützt? Dein ganzes kleines Leben lang? Oder seines? Ist es gar dein Brüderchen? Aber vielleicht hast Du auch ganz andere Gründe. Denn vielleicht bist Du gar nicht so ‚gut', wie Du vielleicht meinen möchtest. Bist Du vielleicht so besonders, daß Dich die Leute eher fürchten als mögen?" Er lauschte. „Hm? Ist es so? Möchtest Du diesen kümmerlichen Knaben retten, damit Du etwas beweisen kannst? Den Leuten? Daß Du ‚nett' bist? Und brav? Jemand, der an Andere denkt und deren Leben über das eigene stellt. Ein guter Mensch? Den auch die Leute dann endlich schätzen und lieben müssen? Und kein Ungeheuer, so wie ich eines bin? Möchtest Du vielleicht gar nicht das Knäblein retten, das nutzlose, sondern nur Dich selbst? Vor Deiner eigenen Ungeheuerlichkeit?" Magenta zuckte zurück. Der letzte Satz hallte in ihren Ohren und das Gold von Sharfeyns Stimme trug schwarze, scharfe Spitzen.

„Eitel bist Du, und selbstgefällig." fuhr Sharfeyn fort. „Dein Mitleid mit Dir selbst ist größer als jedes andere Gefühl, das aufzubringen Du in der Lage bist, als alles Mitleid mit irgend jemand anderem. Nur um Dich selbst geht es Dir. ‚Gemocht' willst Du werden. ‚Geliebt' von allen und anerkannt. Für etwas, das Du NICHT bist." Er machte eine Pause, und seine Worte echoten in Magentas Kopf umher. „Du bist nicht wie sie. Sie werden Dich NIE lieben! Egal, was Du tust ... Du gehörst nicht zu ihnen!"

„Vielleicht gehörst Du ganz woanders hin." flüsterte Sharfeyn direkt neben ihrem Kopf und mitten in ihren Gedanken.

Die schwarzen Spitzen näherten sich bedrohlich Magentas Gesicht und sie wich vor ihnen zurück – bis sie mit dem Rücken an der Felswand stand und nicht weiter konnte.

„Du denkst doch, es ginge hier die ganze Zeit nur um Dich! Um Deine Heldenhaftigkeit, Deine Heldentat!

Aber möglicherweise geht es um etwas ganz anderes. Vielleicht geht es um mehr! Um die Rettung eines ganz anderen Wesens, eines, das viel wertvoller ist als Du. Vielleicht wäre auch eines dieser nutzlosen Kinder später ein guter König geworden oder auch ein ganz böser? Einer, der die Geschichte lenkt und das Schicksal von Tausenden von Menschen verantwortet. Oder aber ein genialer Erfinder von Flugmaschinen, die die Menschen endlich von der Schwerkraft lösen und sie fliegen lassen wie die Vögelchen," er kicherte, offensichtlich amüsierte ihn diese Vorstellung, „ja, so etwas in der Art, ganz besondere Individuen, wichtig und unverzichtbar und nicht nur irgendein nutzloses Knäblein." Er kostete den Gedanken ein Weilchen aus. „Denkst Du etwa, nur Du kannst diese Kinder retten, weil Du so einzigartig bist?"

Ja, genau das hatte Magenta gedacht, seit sie das erste Mal alleine in diesem Labyrinth unterwegs gewesen war. Genau das war genau *ihre* Aufgabe, weil sie anders war als die anderen, weil Sharfeyn sie nicht sehen konnte. Sie mußte diese Aufgabe lösen, weil nur *sie* sie lösen konnte. Niemand sonst. Und sie mußte sie offensichtlich allein lösen. Ohne Hilfe.

Wo blieben nur diese dreimal verflixten Zwerge? Die hatten ihr doch Hilfe versprochen! Hatten sie das? Das hatten sie doch! Left hatte doch den Plan! Im Gegensatz zu ihr. Sie hatten doch gesagt, sie wollten wieder zu ihnen stoßen, zu ihr und Ralph, oder waren sie etwa doch schon auf dem Weg zu diesem ominösen ‚Hubraum', was und wo auch immer das sein sollte? War Ralph bei ihnen?

Magenta kannte es, alleine zu sein, sie kannte sich aus mit Einsamkeit. Im Grunde hatte sie nie etwas anderes erlebt. Sie war es gewohnt, alles alleine zu machen, sie war es gewohnt, daß niemand wirklich ihre Gesellschaft suchte, daß die anderen Kinder weggingen, wenn sie auf sie zuging. Doch noch nie in ihrem Leben hatte sie sich so allein gefühlt wie jetzt.

Doch sie hatte keine Wahl, wenn sie nicht endlich handelte, würde es niemand tun. Es blieb ihr nichts anderes übrig, als es weiter zu versuchen. Sie wischte die spitzen schwarzen Dinger, die immer noch ihre Bahnen um ihren Kopf zogen und auf ihre Schläfen zielten, beiseite: „Nein, Du hast Unrecht." sagte sie, obwohl sie sich da weit weniger sicher war, als es klingen sollte. „Ich weiß, daß es meine Aufgabe ist, und daß niemand anderes hier ist, um sie auszuführen."

„Da hast Du recht, es ist niemand anderes hier." Natürlich hörte Sharfeyn, wie sehr ihre Stimme schwankte, hörte, daß sie so unsicher war, daß sie beinahe log. Aber vielleicht genügte es ja, vielleicht konnten bloße Worte ihn ... irgendwie ... beeinflussen. Bloße Worte - oder magische Worte. Streng dich an Magenta, was für Worte könnten stark, mächtig genug sein, Sharfeyn zu behexen. Naja, oder wenigstens zu beeindrucken. Oder hinzuhalten, allerwenigstens.

Magenta bewegte sich an der Wand entlang, so daß Sharfeyn wieder nicht genau wußte, wo sie war.

Ihr fiel das Wollknäuel ein, das das Loch in die Wand gewebt hatte und sie dachte scharf nach. Das war doch erst, mit Ralph zusammen, so einfach gewesen, so schwierig konnte es also nicht sein, die Worte zu finden. Schließlich warf sie sich in Positur und deklamierte:

„Durch das Labyrinth
Fliegt das geraubte Kind
Wie der Wind
Heim
Wirkt dieser Reim!"

Sharfeyn wartete ein wenig. Ungefähr so lange wie man braucht um langsam bis drei zu zählen und sah sich höflich und erwartungsvoll in der Höhle um. „Im Labyrinth - Magenta spinnt!" kicherte er, „Ganz offensicht*lich* - wirkt dieser Reim *nich'.*" Er prustete noch ein bißchen. „Na los, versuchs noch mal, ich bin ganz Ohr." Magenta lief bis an ihre Ohren rot an. Sie legte ihren ganzen Zorn in den nächsten Vers: „Macht das Böse auch Getöse, nutzt ihm nichts der ganze Lärm - … äh", zu blöd, ihr fiel nichts ein, das sich auf 'Lärm' gereimt hätte. Sharfeyn lachte laut los. „Der Reim ist nur zu einem gut: Den Wyrm zwickts im Gedärm!" half er aus. Er hielt sich die Seiten vor Lachen.

„Mach weiter! Du wirst besser!" gröhlte er. Magentas Wut fing an, Blasen zu schlagen; es zischte in ihren Ohren.

„Stein und Bein, seid mir zu Willen..." sang Magenta versuchsweise …
„Denn da helfen keine Pillen!" unterbrach Sharfeyn sie johlend. Allerdings krümelten in diesem Moment ein paar kleinere Steine von der Decke, was Sharfeyn doch dazu veranlaßte, innezuhalten und einen

argwöhnischen Blick nach oben zu werfen.

Vielleicht sollte er dieser Sache besser ein Ende bereiten ehe durch bloßen Zufall irgendetwas sich ereignen würde, das irgendwelche Ergebnisse hervorbringen würde, die dann wieder in Betracht gezogen werden müßten ... nur mußte auch er sich etwas einfallen lassen und improvisieren, denn bei der anderen, der männlichen Hexe, hatte sein Bannspruch ja auch nicht funktioniert.

Er antwortete Magenta mit einem Gegenreim:

„Höre Hexlein, schlaues Kind,
mit meinen Worten ich dich bind.
Knüpfe! – Fessle! – starkes Band,
denn Du bist in meinem Land
und in meiner Hand.
Dein eigner Wille ist Dir unbekannt."

Magenta wurde zwar etwas flau im Magen, aber sonst passierte nichts weiter. Womöglich verlieh ihr ihre Unsichtbarkeit auch eine Art Immunität gegen seine Zauber. Vielleicht konnten die sie auch nicht sehen, nicht finden. „Hexenkram, blöder!" zischte Sharfeyn. Dasselbe wie erst bei der anderen, der älteren Hexe.

Magenta fand neuen Mut:

„Mein Wille ist mir sehr bekannt
und ich bin in meinem Land.
Ich nehm' das Kind aus Deiner Hand
soll nicht länger sein Dein Pfand!"

„Hm, nicht schlecht gereimt." lobte Sharfeyn aufrichtig.

„Aber wirken tun sie nicht
Deine Worte
haben kein Gewicht."

Ein paar der verstreuten Artefakte erhoben sich vom Boden und schwebten ein wenig umher bis Sharfeyn sie mürrisch anschnaubte und sie verschämt wieder herabsanken.

Magenta war enttäuscht, daß ihre Worte so wirkungslos verpufften. Aber das Wollknäuel ... die Sache mit dem Wollknäuel hatte doch funktioniert ... wie war das doch gleich?

„Ariachne hör mich an, zeig dem Bösen was ich kann..."
„Jaja, reimen kannst du gar fein." kicherte Sharfeyn. Die Sache schien ihm wirklich Spaß zu machen. Er unterhielt sich prächtig.

„Ariachne schick mir Truppen ..."
„Denn ich spiel nicht mehr mit Puppen!"
„Ariachne sei mir gut ..."
„Schau! Jetzt platzt sie gleich vor Wut!"
„Ariachnes Beine acht haben mir schon einmal Glück gebracht!"

Sharfeyns staunte nicht schlecht, als auf einmal hunderte und aberhunderte kleiner und auch recht großer Spinnen, Spinnen in allen Größen und Farben, aus allen Ecken und Winkeln der Höhle gelaufen kamen - ein paar von ihnen niesten ein wenig, da sie die Luft in der Höhle eingeatmet hatten - und sich um Magenta oder vielmehr um den Schemen, den Sharfeyn sehen konnte, versammelten. Erwartungsvoll blickten sie zu Magenta auf.

Jetzt rollte sich Sharfeyn tatsächlich vor Lachen auf dem Boden, seine Flossenpranken patschten auf den Stein und die Tränen liefen über sein Gesicht. "Du bist gewiß eine kleine Hexe! Aber eben nur eine KLEINE, damit kannst Du mich nicht besiegen, ich habe gewiß keine Angst vor Spinnen. Und um richtige, wahre Magie zu wirken, brauchst Du die richtigen, die wahren Worte. Nicht Deine selbsterdachten kleinen Kinderverse. Nur die *Wahren Worte* können eine neue, echte Wahrheit schaffen, eine andere *Wahre Welt*. Soviel solltest Du allerdings schon wissen."

Er schüttelte sich die Tränen von der Schnauze, ein paar davon trafen Magentas Gesicht und Haare und es war, als hätte jemand einen großen Becher Wasser über sie geschüttet. Ihr Haar war naß und das Wasser rann an ihrem Gesicht herunter und tropfte von ihrem Kinn. Wie konnten ein paar Tränen – auch wenn sie die Tränen einer Seeschlange, eines Wasserungeheuers, waren – so groß und so naß sein?

Sharfeyn bemerkte, daß ein vager Nebel von dem Fleck, der Magentas Gegenwart andeutete, aufstieg und der Fleck als solcher plötzlich feucht wirkte, aber der Augenblick der Irritation ging vorüber und er wandte seine Aufmerksamkeit wieder den Spinnen zu.

„Spinnen, ach ja? Fleißig, fleißig. Wohin laufen sie denn, die lieben kleinen Tierchen? Worauf warten sie denn? Auf den Befehl ihrer Herrin? Schauen sie vielleicht ihre Herrin an? Die Herrin, die ich nicht sehen kann - die Spinnen, die ich sehen kann? - Und die Spinnen sehen Dich - und ich sehe Dich!" Er grapschte nach ihr – Magenta sprang mit knapper Not zur Seite.

Geduld war noch nie eine von Magentas Stärken gewesen und jetzt ging sie ihr mehr oder weniger schnell aus.

Sie stand jetzt hinter Sharfeyn. „Mir reicht's jetzt. Laß mich jetzt endlich mit Zobill nach Hause gehen!" schrie sie ihn an. „Laß ihn frei, er ist doch ganz nutzlos für Dich!" Sharfeyn fuhr herum, aller Spaß war verflogen und auch er wurde langsam sehr ungehalten und war kurz davor, ihr Zobill vor die Füße zu schleudern, als er sich eines besseren besann.
„Was bekomme ich dafür?" zischte es gedehnt direkt neben Magentas Kopf
„Mich!" antwortete sofort die beerenfarbene Stimme - zu ihrer eigenen Überraschung.
„Oooohh!" höhnte Sharfeyn, „Oh, es will sich opfern! Was für eine noble Geste! Warum solltest Du mir besser nützen?" Er ließ es verächtlich klingen: „Du bist nicht normal! Dich kann man nicht sehen." Er stieß eine einzelne Klaue aufs Geratewohl in die Mitte des Nebelflecks und traf Magenta fast genau am Brustbein. „Was soll ich mit einem Mädchen, das ich nicht sehen kann. Meine Liebe braucht einen Körper aus Fleisch und Blut. Oder sinnst Du auf weitere Hexenkunststückchen?"
„Nimm mich!" Magenta meinte es sehr ernst. „Ich

biete Dir mein Leben im Tausch gegen seines."

Gelangweilt betrachtete er die Klaue, mit der er Magenta gepiekt hatte. „Ich müßte Dich zuerst von Deiner Eigenheit befreien, damit du mir nützt. Deine Person wird erlöschen. Willst Du das wirklich?"
„Meine Eigenschaft hat mir immer mehr geschadet als genützt"
„Du wirst nicht mehr existieren, um das zu genießen."
„Ich will es nicht genießen, ich will daß Zobill lebt!" Als sie es aussprach wußte sie, daß es die Wahrheit war.

„Du wirst nicht mehr existieren, nicht zu Deiner Familie zurückkehren, nicht zu Deinen Leuten. Du wirst dieses Kind nicht heimbringen. Niemand wird wissen, daß Du es gerettet hast. Du bist ganz allein hier, wer wird von Deiner Heldentat wissen?" Da hatte er recht! Jeder, der Zobill hätte nach Hause tragen können, war fort. Außer Thomas, der nach wie vor ohne Bewußtsein neben der Tür lag. Sharfeyn mußte zuerst Thomas wecken und mit Zobill fortschicken - doch dieser Gedanke gefiel ihr wenig. Jeder hätte Zobill nach Hause bringen dürfen, wirklich jeder, nur nicht Thomas. Sie sah ihn schon mit triumphalem Grinsen ins Dorf marschieren und verkünden, daß er Zobill gerettet habe und Magenta die Freundin des Drachen sei. Was dann ja auch tatsächlich Wahrheit geworden wäre. Aber Zobill würde leben.
„Du wirst es mir schwören müssen! Bei deinem Leben und allem, was Dir heilig ist, daß Du Zobill nichts antust. Daß Du ihn, wenn Du von mir bekommen hast, was Du willst, nach Hause gehen läßt, wohlbehalten und gesund. Daß Du ihm nichts tust!" Wieder schnüffelte Sharfeyn, fast berührte er ihr Gesicht. „Ich

schwöre Dir, Menschlein, bei allem, was einem *Neidrymhör* im Angesichte eines Menschen heilig sein kann."

„Du mußt schwören, daß Du Thomas aufweckst und ihn mit Zobill nach Hause schickst!" Sharfeyn wandte den Kopf zu dem gräßlichen Burschen und schnaubte verächtlich. Er würde wohl kaum sein Abendbrot hergeben, seinen Proviant für den Nachhauseweg. Obwohl ihn irgend etwas an diesem Gedanken juckte, an der Schädeldecke kitzelte. Nachhauseweg. Den nur die Zwerge kannten. Mit ihrem Zwergenkram, ihrem ‚Heinzelwerk'. Und dem Gerede von einer ‚tiefen Schleuse'.

„Ich schwöre es Dir." sagte er und Magenta bemerkte nicht, daß das Gold seiner Stimme diesmal nur Talmi war.

Sharfeyn streckte seine Pranke aus und griff Magenta um die Taille. Seine Berührung war sanft und vorsichtig. Sacht ging er mit ihr um, als er sie auf den Altar bettete, neben seiner Liebsten. Das Kind Zobill ließ er genauso achtsam auf den Boden gleiten. Er wollte jetzt niemanden mehr verletzen, nichts mehr zerstören. Endlich hatte er gefunden, was er gesucht hatte.

Magenta war gebannt von der Sanftheit des großen Wesens. Nie hatte sie gedacht, daß sich eine Berührung so freundlich anfühlen könnte. Eine Berührung, die doch nur auf Zerstörung aus war. Auf ihre Zerstörung. Und doch fühlte es sich nicht an, als solle sie zerstört werden, eher wie etwas, das sie endlich ganz machen würde, ganz sie selbst. Als solle sie endlich geheilt werden. Sharfeyn würde sie heilen.

Endlich könnte sie sein, ohne geschmäht zu werden. Endlich würde sie leben können.

Sharfeyn bettete sie so, wie er erst das falsche Kind gebettet hatte, an der Seite seiner Liebsten. So, daß sie zum Gesicht der Schönsten Jägerin aufblicken konnte, das Magenta nun auch deutlich vor sich sah. Oh ja! Ein so viel wertvolleres Wesen als sie selbst es je hätte sein können, mußte hier gerettet werden! Magenta versank in diesem Gefühl von Schönheit und Erfüllung wie in einem Bett aus Federn und Baumwolle. Noch nie in ihrem Leben hatte sie sich wohler gefühlt.

Jetzt endlich spürte sie, wie müde sie war: sie hätte vor Müdigkeit durch den Stein sinken können.

Statt dessen schwamm sie durch ein Labyrinth aus Wasser, aus Grün und Blau und Glas. Luftblasen stiegen um sie herum auf: Das Erstaunen darüber, daß sie unter Wasser atmen konnte, währte nur einen Moment, dann wich es einer vollkommenen Selbstverständlichkeit.

Sharfeyn band sie mit smaragdenen und goldenen Bändern aus reiner Seide aus dem Land-Jenseits-der-Berge. Alt, kostbar und wirkungsvoll. Als er sich den magischen Gerätschaften, die es zu benutzen galt, zuwenden wollte, stoben vor seinem Schritt hunderte Spinnen davon, nur um sich gleich darauf wieder mit erhobenen Köpfen um den Altar zu versammeln und erwartungsvoll zu Magenta aufzublicken. Sharfeyn achtete darauf, keine zu zertreten, warum sollte er die Spinnengöttin erzürnen! Aber die Spinnen wichen seinen Füßen von selbst geschickt aus.

Nun brauchte er den Kelch-Kedraighs-des-Ganz-Kurzen und den Staub-der-Ersten-Felsen-und-der-ersten-Flechten-die-darauf-wuchsen und wandte sich den Heiligen Regalen mit den Heiligen Gefäßen zu. Aber was war das! Die Regale waren heruntergerissen, die Gefäße lagen achtlos am Boden, zerbeult, geöffnet! Ihr Inhalt in alle Ecken der großen Höhle zerstreut! Zerstört! Alle Magie zerstört! Aller Zauber verloren! Verweht! Vorbei!

Jammernd sank Sharfeyn auf seine Knie. Er selbst hatte ja in seiner Wut alles zunichte gemacht! In seiner Wut über den unnützen Knaben! Oh, aber diese Verschwendung! All diese wertvollen Ingredienzien! Vertan! Verweht! Zusammen mit seiner Hoffnung, seinem Streben! Wie sollte er denn jetzt – nie würde er den Zauber bewerkstelligen können! Alles war verloren!

Mühsam versuchte er, etwas von dem Staub auf dem Höhlenfußboden zusammenzukratzen, wohl bewußt, daß sich hier alles Mögliche miteinander vermischt hatte und er die Stäube, die wertvollen Ingredienzien, die heiligen Substanzen niemals wieder würde voneinander trennen können! Oh, dieser unselige Knabe! Er allein war schuld. Er allein verleitete ihn dazu, seine Zeit mit ihm zu vertun, mit seinen blöden blonden Locken! Er allein hatte ihn so wütend gemacht, daß er sich so vergessen hatte!

Magentas wohliges Schweben im grüngoldenen Seidenband verlor an Farbe und geriet zu einem schiefen Hängen. Etwas stimmte nicht. Etwas war falsch. Grundfalsch. So falsch und schief, daß es sie zwang, ihre Augen zu öffnen, damit ihr nicht schwindelig und übel wurde, und zu erwachen. Sie lag auf hartem, kaltem Stein und Sharfeyns Jammern und Klagen quiekte in ihren Ohren: „Vertan! Vertan! Alles ist verloren! Und so kurz vor dem Ziel! Ach, wie konnte ich nur! Mich so zu vergessen!" Magenta drehte den Kopf. Keine Spur mehr von Sharfeyns Sanftheit und Achtsamkeit. Grün vor Jammer und rot vor Wut grapschte er nach Zobills Füßen und wollte ihn durch den Raum schleudern. Magenta schrie auf: „Nein! Ariachne! Hilf!" und Dutzende und Hunderte von Spinnen, die auf dieses Kommando nur gewartet zu haben schienen, rannten los und schwärmten auf Sharfeyn und Zobill zu, überrannten beide. Es waren so viele, daß sie Zobill ganz bedecken, sie zwängten sich zwischen seine Füße und Sharfeyns Pranken, so daß Sharfeyn plötzlich nur noch Spinnen in der Hand hatte und Zobill ihm entglitt, den die Spinnen mit sich nahmen. Sie ließen ihn zu Boden sinken, so achtsam wie zuvor Sharfeyn mit ihm gewesen war, schoben sich unter ihn und trugen ihn fort, schwärmten zum Ausgang, wo Ralph in diesem Moment aus einem achtfarbigen Regenbogen stieg. Sie strömten über seine Füße und Ralph sprang mit einem schrillen „Jieks!" einen Meter in die Höhe. Als alle Spinnen mit Zobill im Gang verschwunden waren schüttelte Ralph sich einmal kurz, strich sich süffisant mit dem Ringfinger über die Augenbraue, klappte seinen Taschenspiegel zu und bemerkte betont trocken: „Ich glaube, ich habe etwas verpasst."

*

„Ralph!" schrie Magenta, „Nein!" Ralph hatte sich den denkbar schlechtesten Zeitpunkt für sein

Wiederauftauchen ausgesucht. Sie zerrte an ihren Fesseln. Gleichzeitig schoß auch schon Sharfeyn auf ihn zu und fauchte: „Wenigstens wirst Du Deinen eigenen Tod nicht verpassen! *Damn tú, Wrach! Gwahardd ar am ar fad!* Verdammt seyest Du, Hexe! Auf alle Zeit verbannt!" Ralph riß geistesgegenwärtig seinen Taschenspiegel hoch und der Fluch traf nur auf das glänzende Silber, das ihn auffing, brach und zurückwarf. Zurück auf Sharfeyn, der sich, mitten auf die Stirn getroffen, fauchend, jaulend und wimmernd hinter dem Altar wiederfand, in seinen Augen ein Dröhnen und in seinen Ohren zuckende Blitze.

Mühsam wand sich Sharfeyn wie ein verletzter Regenwurm in dem Haufen der zertrümmerten, verstreuten Artefakte, bis er seine Beine wieder unter sich spürte und er wieder in der Lage war, seinen Kopf oben zu halten. Sein ganzer Körper schmerzte, einzelne Teile in ihm kämpften gegeneinander. An mehreren Stellen seiner Gliedmaßen, und in seinen Gedanken und vor seinen Augen brannten Feuer. Schwer wie Fels wollte er sich über den Altar und Magenta stürzen, aber auch seine Bewegungen waren so langsam wie Stein. Fauchend und spuckend richtete er sich zu voller Größe auf und für einen Moment sah Magenta das Bild eines feuerspeienden Drachen vor sich und Sharfeyn hätte sicherlich viel dafür gegeben, einer zu sein, denn das Feuer der Wut, das in ihm brannte, hätte gerne einen Weg nach draußen gefunden und gerne alles um ihn herum zerstört – gründlich und für immer.

Magentas Fesseln gaben nicht nach, so sehr sie auch zerrte und sich wand. Im Gegenteil, sie zogen sich immer fester zusammen.

„Ralph!" ihre Stimme klang schrill und fast wie Sharfeyns Schweinchenquieken, doch zum Räuspern war keine Zeit. „Lauf weg! Nimm die Jungs! Mach! Renn! Bitte!" Und Ralph rannte. Allerdings nicht zu Thomas oder Magenta, sondern an der Höhlenwand entlang so schnell er konnte und hinter Sharfeyn durch. Der drehte sich um sich selbst, um Ralph zu greifen – verlor wieder das Gleichgewicht und landete auf seinem Hinterteil.

„Hör auf! Das hat keinen Sinn!" kreischte Magenta, „Du sollst fliehen!" doch Sharfeyn übertönte sie mit einem Gebrüll, daß die Höhle erbebte und Magenta befürchtete, sie sei für immer taub. Wieder lösten sich einige Steine aus der Decke und prasselten herab, eine kleine Abordnung der Spinnen tauchte im Höhleneingang auf, lief zum Altar auf dem Magenta lag und an ihm hoch.

Sie wuselten über Magenta hinweg - die das irgendwo halbwegs zwischen spannend, interessant und gruselig fand und gleichzeitig in einem entlegenen, für Absurdes zuständigem Winkel ihrer Gedanken hoffte, sie würden irgendwie ihre Fesseln lösen - versammelten sich dann unter ihrem rechten Schlüsselbein, wo sie sie gerade noch sehen konnte, wenn sie den Kopf und die Augen sehr verbog und führten einen kleinen, strukturierten Tanz auf. Leider verstand Magenta kein Wort, oder genaugenommen keine Geste. Denn es waren Gesten, so wie die, die Magenta beim durchreisenden Zirkus gesehen hatte, bei den Pantomimen. Die Spinnen knickten ihre Arme und Beine in verschiedene Richtungen, winkten, hopsten auf der Stelle und taten so, als würden sie um eine Ecke laufen und verschwinden oder eine Treppe hinuntergehen, allerdings trugen sie keine kleinen, runden Hüte. Magenta schaute Ihnen höflich zu, blieb aber ratlos. Nach einer Weile gaben die Spinnen auf, zuckten mit den Schultern und eilten wieder davon.

Sharfeyn und Ralph hatten davon nichts mitbekommen. Sie lieferten sich immer noch ein kleines Rennen an der Höhlenwand entlang. Wobei Ralph langsam ein wenig außer Puste geriet und Sharfeyn, weil er so groß war, daß es ihm nicht immer gelang, richtig um die Kurven zu kommen, schon mehrmals über seine Füße gestolpert war.

Plötzlich gesellte sich ein neues Geräusch zu dem Tumult in der Höhle: ein feines aber durchdringendes, hohes Sirren, das immer lauter wurde, und dann abrupt in einem Knall endete.

Das Licht in der Höhle flackerte, verblaßte für einen Moment, um dann um so stärker aufzuleuchten und die Farben zu wechseln. Alles schimmerte. Für den Bruchteil eines Moments steckte die Höhle im Ende eines achtfarbigen Regenbogens und in ihrer Mitte stand ein riesiger Kessel voller strahlender Goldmünzen.

„Genug gespielt, Kinder!" rief Gobbelsom und klatschte in die Hände. „Was ist denn das hier für eine Unordnung!" Hinter ihm traten auch Vingt und Left um eine Kante in der Luft mitten in der Höhle. Left faltete die Karte umständlich zusammen und gleichzeitig damit auch Regenbogen und Topf voll Gold, die spurlos verschwanden.

Sharfeyn erstarrte so plötzlich mitten in der Bewegung, als wäre die Zeit stehen geblieben. Sein Zorn und seine Enttäuschung jedoch ließen sich nicht so schnell bremsen, selbst nicht von den Gebietern der Alten Welt. Als feurige Woge stiegen sie in ihm hoch, erreichten schließlich seine Augen und schoben sich wie eine Wand aus Flammen zwischen ihn und die Welt.

Das Feuer fand nicht genug Platz in ihm, obwohl er so groß war, wie er war, und wollte sich einen Weg bahnen durch seine Kehle, doch das Ergebnis davon war, daß kochender Wasserdampf ihm aus Maul und Nase strömte, und was wieder als ohrenbetäubendes Gebrüll geplant gewesen, nur mehr ein heißes Gurgeln war, das Gobbelsom, der sich mit erhobenen Händen vor ihm aufgebaut hatte, leicht übertönte.

Gebieterisch funkelte er ihn an: „Sharfeyn!" donnerte er ihm in der alten Sprache entgegen, „Sharfeyn, Wesen der alten Welt, *Neidrymhör* des Landes-Jenseits-der-Berge, halte ein. Ein Ende der Zerstörung! Du wirst niemanden mehr töten!"

„Erinnere Dich, Sharfeyn!" Gobbelsom hielt seine Arme jetzt beschwörend ausgestreckt „Du bist ein Wesen des Wassers! Das Feuer wird Dich nur selber löschen!" Left und Vingt flankierten ihn links und rechts.
„Jawohl!" bestätigte Vingt eilfertig mit einem Nicken, „und Dein Wasser wird Dich verdampfen!"

Verwirrung biß Löcher in die Feuerwand, besser als jeder Wasserschwall es gekonnt hätte, und Sharfeyn war wehrlos vor dem Wort der Zwerge, Feuer und

Wasser kämpften um ihn und keins von beiden konnte einen Sieg erringen. Doch Sharfeyns Zorn ergab sich und kapitulierte vor den Befehlen der Herren des Landes-Jenseits-der-Berge und die Wolke aus Wasserdampf und Feuer, die eben noch seinen Blick getrübt hatte, begann langsam auszufransen und sich aufzulösen. Sie stieg nach oben und klarer konnte er nun die Zwerge erkennen.

„Ihr Herren", murmelte er unterwürfig. Die Etikette des alten Landes schrieb ihm auch eine Verbeugung vor, seine plötzlich schmerzenden Muskeln, noch kalt vom Feuer und heiß vom Wasser, verweigerten jedoch den Dienst und er taumelte ein wenig, als er bloß den Kopf senkte.

„Ihr Herren," wiederholte er und beugte mühsam ein Knie, was ihn zwar nicht wirklich kleiner machte, die Zwerge aber als Geste gelten ließen, „Ihr findet mich zornig, hungrig und verwirrt. Verzeiht." Immer noch rang er um jedes Wort.

„Zornig, hungrig und verwirrt zu sein ist verzeihlich, aus Deinem Gefängnis zu entfliehen und unter den Menschen Unglück zu sähen, nicht. Was hast Du Dir dabei gedacht?"

„Wenig, Ihr Herren, ich gestehe. Wie ich sagte, ich war hungrig."

„Hrmpf", machte Gobbelsom und verzog abfällig das Gesicht, „groß, dumm und gefräßig, das bist Du." Sharfeyns langes grüngoldenes Gesicht drückte pure Betretenheit aus.

„Nicht mehr als jeder andere meiner Art, Herr." versuchte er sich zu rechtfertigen.

„Aaah! Sooo! Und was meinst Du, warum

ausgerechnet Du zu Gefangenschaft verurteilt warst? Hm? Kannst Du Dich nicht erinnern? Hm?"

Natürlich konnte Sharfeyn sich erinnern. All die tausend Jahre hatte er sich erinnert. An seine Familie im Land-Jenseits-der-Berge, an das Schwimmen und das Jagen und das Glück. An die Liebe. Auch sein zweites Knie beugte sich. Nun wurde er wirklich kleiner. Die Erinnerung machte ihn klein, drückte ihn zu Boden.

„Sind das Tränen? Nachdem Du es wagtest, Dich dem Urteil der Herren über Dein Leben zu widersetzen? Du, der Du zum Tode verurteilt warst und nur durch unsere Gnade weiterleben durftest!" Gobbelsoms Stimme bebte und donnerte.

„Herr", wandte Sharfeyn dennoch vorsichtig ein, „Ein todesähnlicher Schlaf in einer steinernen Höhle, nicht größer als ich selbst, ist kein Leben."

„Was wir Dir gaben, war viel weniger eine Strafe, als die Chance zur Besinnung und zur Einsicht. Und die Chance auf ein neues, ein zweites Leben, wie man so sagt ... pipapo ... versteht sich von selbst. Hast Du nicht gelernt, sie zu nutzen? Du hattest wahrlich genug Zeit, Dir Gedanken darüber zu machen."

Sharfeyn war wenig beeindruckt. Eine Chance auf ein zweites Leben. Er hatte sie ja nutzen wollen. Sharfeyn spähte unauffällig zum Altar, zu seiner Geliebten - und zu Magenta. Da lag seine Hoffnung, seine Vorstellung von einem zweiten, einem neuen Leben Das wäre sein neues Leben gewesen. Da lag sein Wunsch.

„Und was soll dieser Firlefanz hier? Dieser ganze faule Zauber?" fuhr Gobbelsom erbarmungslos fort und machte eine ausladende Geste, die die ganze

Schatzhöhle einschloß.

„Was sollte das werden? Hmpf? Wißt Ihr, wonach das aussieht? Wißt Ihr, woran mich das erinnert?", wandte er sich an seine Mitzwerge. „Das sieht aus wie Mächtignase Rhosterwaiss' Wiederherstellungszauber! Seit wann beherrschst Du Zwergenzauber? Und noch dazu einen der schwersten? Einen, der so schwer ist, daß er unmöglich ist? Hrmf? Nicht einmal Mächtignase Rhosterwaiss konnte ihn erfolgreich durchführen! Und der hatte ihn schließlich erfunden!"

„Und was hast Du mit den Wertvollsten Aller Ingredienzien und den Ewigen Artefakten gemacht?" Gobbelsom besah sich den Trümmerhaufen. „Solltest Du sie nicht hüten und bewachen? Jetzt finden wir sie hier zerstört, zerstreut, verwüstet, verdingst auf immer und ewig?"

„Rhosterwaiss Wiederherstellungszauber?" wunderte sich Magenta.

„Mach mal einer das Mädchen los." befahl Gobbelsom beiläufig und schnippte lässig mit den Fingern in ihre Richtung. Vingt eilte zu ihr und band sie los.

Sie setzte sich auf und rieb sich die Handgelenke, die sie schmerzten, dort, wo Sharfeyn sie mit dem seidenen Band gebunden hatte. Sie fühlte sich benommen. Sie sah herüber zu Sharfeyn, der besiegt und machtlos die Schnauze an den Boden presste, und dann zu den Zwergen, den Herren des Land-Jenseits-der-Berge - und über ein so starkes Wesen wie Sharfeyn.

„Und wo ist nun das andere Kind? Das noch fehlt?

Sollte das nicht auch hier sein?" Die Zwerge sahen sich an, sahen Ralph an, sahen Sharfeyn an, Gobbelsom sah tadelnd zu Left hinüber, der verlegen die Karte hin- und her drehte, sah Magenta an, die endlich reagierte: „Oh, Zobill haben Ariachnes Spinnen mitgenommen. Sie haben ihn fortgetragen, drei Gänge nach links und sieben Ecken weit, eine Treppe nach unten und drei Winkel herum." hörte sie sich verblüfft sagen. Wieso wußte sie das denn? Aber Gobbelsom zeigte nur wieder mit dem Finger zum Tor und Vingt eilte aus der Höhle.

Neben dem Tor lag Thomas, immer noch bewußtlos wie ein nasser Sack. Magenta kletterte vom Altar und ging zu ihm. Sie war erstaunlich froh, als sie feststellte, daß er noch lebte. Plötzlich fühlte sie sich leer. Leer wie eine ausgeschüttete Milchkanne. Als hätte jemand sie auf den Kopf gestellt und alles bis zur Neige aus ihr herausfließen lassen.

Das war alles nicht richtig. So sollte es nicht sein. Das war alles grundfalsch.

Nicht sie hatte Zobill gerettet, das waren die Spinnen gewesen, nicht sie hatte Sharfeyn besiegt, er hatte *sie* besiegt. Und gerettet worden war sie letztlich von den Zwergen. Und Sharfeyn war den Zwergen untertan.

Und dabei hätte *sie* Zobill retten müssen. *Sie* hätte Sharfeyn, das Untier, besiegen sollen. Sie hätte Thomas beweisen müssen, daß sie keine Hexe war, sondern ein ganz normales Mädchen, wie alle anderen, das kein Unheil stiftete, sondern Gutes tat! Doch nun stand sie so da, wie sie aufgebrochen war, ohne Sieg, ohne Mut, ohne alles - und war schon wieder nur Magenta Zwiebelberg, das Mädchen, das nichts zuwege brachte. Sie bedauerte, daß sie nicht mit Sharfeyn in das Land-Jenseits-der-Berge gegangen war. Was sollte sie unter den Menschen. Was für einen Grund konnte es für sie geben, zurückzugehen?

Aber andererseits ... Zobill war gerettet, Sharfeyn war besiegt. Was darüber hinaus hätte sie sich noch wünschen, was sonst noch hätte sie erreichen können?

Sie sah wieder zu Sharfeyn herüber und auf einmal tat er ihr leid. Ein so großes, goldenes Wesen, niedergeworfen vom bloßen Wort der Zwerge. Sie wollte zu ihm gehen, doch Ralph stand neben ihr und legte ihr die Hand auf die Schulter und schüttelte leicht den Kopf. Magenta wandte sich zu den Zwergen: „So einfach war es für Euch, ihn zu besiegen? Ihr geht nur her und *befehlt* ihm?"

„Du vergißt, daß wir ihn schon vor tausend Jahren ‚besiegt' haben. Er war rechtmäßig verurteilt." Es war Gobbelsom, der sprach.

„Und ihr wußtet die ganze Zeit, wo er war? Und was er vorhatte? Und laßt mich hier umherirren in diesem - *Labyrinth*? Es wäre Euch doch ein leichtes gewesen, ihn wieder einzufangen. Und die Kinder zu retten ..." Magenta konnte nicht weiterreden.

„Du irrst, Magenta. Und wie Du Dich erinnerst, haben auch wir ihn suchen müssen. Und was er vorhatte, wußte nicht einmal er selber. Und es war nicht unsere Aufgabe. Unsere Aufgabe war, den Mechanismus wieder herzustellen."

„Euer *Schnrfz*-Mechanismus ist Euch wichtiger als das Leben dreier Kinder?" zischte Magenta, ‚Und als meines? Zählt mein Leben nicht?' meldete sich eine kleine, traurige Stimme in ihrem Hinterkopf. Magenta horchte auf. Eben noch war sie bereit gewesen, ihr Leben selbst wegzugeben. Und nun kam ihr diese Stimme sehr unbekannt vor. Ungewohnt und sehr neu. So hatte sie bisher noch nie geklungen.

‚Ohne Dich wäre Zobill nicht mehr am Leben', sagte diese Stimme jetzt etwas weniger traurig, ‚Du hast Ariachne gerufen und sie hat Dir geholfen! Und was wäre aus Mary geworden?'

Gobbelsom blieb allerdings ungerührt. „Magenta, wir sind Leute des Landes-Jenseits-der-Berge, wir ebenso wie Sharfeyn. Ihr Menschen lebt hier in Eurem Land. Wenn wir hier nicht gefangen gewesen wären, gingen wir Euch gar nichts an. Und ihr geht uns nichts an. Deshalb hat jeder seine Aufgabe: Wir den Mechanismus, Du die Kinder. Eine Aufgabe übrigens, die Du Dir selbst gestellt hast." Magenta hatte die Zwerge ja schon die ganze Zeit über für etwas merkwürdig gehalten, jetzt gruselte ihr vor ihrer Kaltherzigkeit und ihrer Überheblichkeit.

„Offensichtlich habt ihr meine Aufgabe gelöst!" Sie zeigte auf den Eingang der Höhle, wo sich etwas regte. Ein paar Zentimeter über dem Boden schwebte Zobill, wie es aussah, aber es waren die Spinnen, die ihn wieder hereintrugen. Hinter ihnen kam Vingt hereinspaziert, die Brust stolz geschwellt, die Hände hinter dem Rücken verschränkt, das Haupt erhoben. Die Spinnen verharrten und auf einen Wink Gobbelsoms hob Vingt Zobill, der größer war als er selbst, auf und legte ihn sich über die Schulter. Eine kleine Hundertschaft Spinnen half ihm dabei und schwärmte über seine Füße und Hosenbeine.

„Dann kann ich ja jetzt gehen." Magenta ging auf Vingt zu und wollte ihm Zobill abnehmen, aber Vingt wich vor ihr zurück.

„So einfach ist das nicht." Wieder sprach Gobbelsom. „Wie Du sagtest, haben wir Dir geholfen, Deine Aufgabe zu lösen, jetzt mußt Du mit uns kommen."

Was sollte das heißen? "Wohin mitkommen? Euer blöder Mechanismus geht mich gar nichts an, das hast Du grade eben selber gesagt!"

„Er geht Dich nichts an." seufzte Gobbelsom, „Aber, Magenta, jetzt sind wir bis hierher zusammen gegangen, jetzt müssen wir hier auch noch herauskommen. Wir müssen ins Land-Jenseits-der-Berge zurück."

Magenta wurde es eiskalt. Wollten die Zwerge sie etwa mitnehmen in ihr Land-Jenseits-der-Berge? Das war keine gute Idee! Sie mußte nach Hause! Und zwar schnellstens! Am liebsten hätte sie sich einfach umgedreht und wäre losgerannt. Aber wahrscheinlich würde sie ohne die Zwerge nie wieder aus dem Labyrinth herauskommen, wohl selbst nicht mit Ralphs Hilfe samt seinem wunderbaren Rucksack und allen Wollknäueln dieser Erde. Sollte sie es drauf ankommen lassen? Und wer würde Thomas und Zobill - und Ralph - nach Hause bringen? Doch da sagte Gobbelsom: „Und, Magenta, vielleicht brauchen wir dazu sogar noch Deine Hilfe."

„Meine Hilfe? Wobei?" staunte Magenta.

„Ich sag ja nur: ‚vielleicht'." brummte Gobbelsom.

„Wr msn nämlch noch zm Hbraum. Wr wissn jetzt wiedr wodr ist. Habnihnwiedrgfundn. Aum Plan." meldete sich Vingt und zeigte mit einem Finger, den er noch frei hatte, zu Left hinüber. Es klang ein bißchen dumpf, da ein großer Teil von Zobill vor Vingts Gesicht hing.

Ralph ging zu ihm und nahm ihm Zobill ab. Als er nach seinem Rucksack griff, hatte Magenta für einen Moment den seltsamen Eindruck, er wolle Zobill hineinstopfen, aber er holte nur ein großes, festes Tuch heraus, faltete es geschickt und band sich Zobill damit auf den Rücken.

Gobbelsom begutachtete den Trümmerhaufen aus dem, was einmal wertvolle Artefakte gewesen waren, hob das ein oder andere Teil auf, drehte es in den Händen, warf es wieder fort.

„AchdumeineGüte," murmelte er, „damit kann man wirklich nichts mehr anfangen ... unwiederbringlich ... wertvoll ... was ein Verlust ... vielleicht sollten wir Sharfeyn ob seiner Unbotmäßigkeit hierlassen und wieder einsperren ..." aber Sharfeyn gab ihm keine Gelegenheit, lange darüber nachzudenken, er fing sofort ganz grauslich zu jammern und zu quieken an: „Ihr werdet mich doch mitnehmen! Ihr werdet mich doch nicht hierlassen! Das könnt ihr doch nicht tun, Ihr Herren!"

„Oh, natürlich könnten wir das tun, und das weißt Du auch, immerhin bist Du rechtmäßig verurteilt!" Er runzelte die Stirn. „Andererseits bist Du zuhause wohl doch besser aufgehoben – und leichter im Auge zu behalten. Und die hiesigen Menschen sind ohne Dich auch besser dran. Aber zuerst müssen wir hier sowieso erst mal ..." Gobbelsom sah sich mißvergnügt um – und winkte die anderen herbei: „Aufräumen!"

Er ging zu Thomas herüber und beugte sich über ihn:

„*Cyfod! Bod yn iach! Dewch gyda ni!*" Thomas fuhr hoch, fiel wieder zurück, warf sich herum wie durchgeschüttelt und wachte auf. Benommen blickte er sich um – um gleich wieder ohnmächtig zu werden, als er Sharfeyn sah. Diesmal weckte Magenta ihn eigenhändig und sie gab sich keine Mühe, dabei sehr sanft mit ihm umzugehen.

*

Hatte Magenta bis jetzt gedacht, sie wären tief im Labyrinth und weit in den Berg eingedrungen, und es könne gar nicht mehr viel weiter gehen, ohne daß sie am anderen Ende wieder herauskämen, so sollte sie der Weg, den sie jetzt einschlugen, eines Besseren belehren.

Kapitel XXI

Tiefer und tiefer in den Berg führte der Weg, den die Zwerge eingeschlagen hatten, von denen jetzt zwei vorausgingen, ihnen folgte Thomas. Ralph ging langsam und gebeugt unter der Last des schlafenden Zobill, sein Blick glitt nur stumpf und müde über den Boden vor ihm. Durch sein unscheinbares Äußeres ließ sich sein Alter schwer schätzen, doch jetzt wirkte er viel älter, als Magenta, die neben ihm ging, bisher gedacht hatte. Den Abschluß des sonderbaren Trupps bildeten Sharfeyn, der friedlich und fügsam wie ein großer Hund hinter ihnen hertrottete und Vingt, der an seiner Seite blieb.

Es war still. Jeder ging jetzt für sich, sie sprachen kaum. Kein Echo irrte durch die Gänge, es umgab sie bloßer Stein, und nur von Zeit zu Zeit rief einer der Zwerge mit angestrengter Munterkeit: „Ihr werdet schon sehen, jetzt ist es nicht mehr weit!" oder „Wenn wir erst einmal den Hubraum erreicht haben …!"

Der Rucksack hatte ihnen noch eine große, schön geschnitzte Holzkiste spendiert, bei der sich Magenta weniger darüber gewundert hatte, daß sie in dem kleinen Rucksack Platz gefunden hatte, als darüber, wie Ralph sie aus der engen Öffnung hatte herausziehen können. Für einen Moment nahmen Truhe und Rucksack den selben Raum ein, überlagerten sich, als würden sie sich an ein und der selben Stelle befinden und Magentas Augen hatten sich geweigert, das zu verstehen, was sie sahen. Sie fühlten sich jetzt noch verdreht an.

Diese Kiste beinhaltete nun die Knochen der Schönen Jägerin, einige Artefakte, die Sharfeyns Wutanfall mehr oder weniger unbeschadet überstanden hatten, vor allem, zur großen Freude der Zwerge, die, vermutlich aufgrund ihrer eigenen starken Schadenabwehrmagie, unversehrt gebliebene Zauberstäbin Wanda, und ein paar Kelche und Dosen mit dem, was an Zauber noch hatte zusammengekehrt werden können, zudem ein hübsches silbernes Kästlein, ausgeschlagen mit blauem Samt und gefüllt mit Smaragden. Sharfeyn trug diese Truhe. Er drückte sie behutsam an seine Brust und summte zufrieden vor sich hin. Es klang eigentlich gar nicht schlecht, Magenta erkannte ein paar der goldenen Töne wieder, aber die Worte blieben ihr fremd und unverständlich. Zwischen den goldenen Tönen schimmerten auch smaragdene und fühlten sich an wie Sehnsucht.

*

Nachdem sie drei Wyrmlöcher und die dazwischen liegenden Distanzen durchquert hatten – Left erklärte wort- und gestenreich, daß die Wyrmlöcher nicht zu nah beieinander liegen dürften, da sie sich sonst gegenseitig verschlängen - befahl Gobbelsom eine Rast. Keinen Moment zu früh, fand Magenta. Sie spürte ihre Beine schon seit einer ganzen Weile nicht mehr.

Sie hatte keine Ahnung, wie lange sie jetzt schon im Labyrinth unterwegs waren; ob Stunde, Tage oder sogar Wochen seit ihrer Verurteilung am See vergangen waren. Es verschwamm alles, vor ihren Augen und in ihrem Gehirn.

Sie ließen sich nieder und der hilfreiche Rucksack gab für jeden Butterbrote, Honigkuchen und Wasser, Schwarze Medizin und Milch heraus. Wenn man die Schwarze Medizin mit Milch mischte wurde sie sogar ganz erträglich, fand Magenta und tunkte ein Stück Honigkuchen darin ein. Auch die Zwerge konnten noch einen Beitrag leisten und spendierten jedem einen kleinen Schluck vom Johannisbeerwein, den Gobbelsom und Vingt aus der Mechanismushöhle mitgenommen hatten. Vingt bedauerte noch, die gefrorenen Eintopfzutaten nicht mitgenommen zu haben, aber da war Magenta bereits eingeschlafen und bekam Gobbelsoms Antwort nicht mehr mit.

*

Als sie erwachte, hatten wohl auch alle anderen geschlafen, denn sie reckten sich jetzt und gähnten. Vingt beugte sich gerade über den hingestreckten Sharfeyn und sprach ein Wort über ihn - ein ähnliches wie das, das Gobbelsom in Sharfeyns Schatzhöhle über Thomas gesprochen hatte, um ihn aufzuwecken - und auch Sharfeyn öffnete die Augen und rappelte sich auf. Offenbar hatten die Zwerge wirklich alles unter Kontrolle.

Als sie aufbrachen nahm Thomas Ralph, der Zobill wieder in das Tragetuch setzen wollte, den schlafenden Jungen ab. „Laß mich das machen, bitte." sagte er und sah dabei Magenta an. Magenta zögerte, erhob aber keinen Einspruch, als sie Ralphs müde hängende Schultern sah und so trug Thomas jetzt das dritte und letzte der verschleppten Kinder.

Je tiefer sie in den Berg herabstiegen, desto wärmer wurde es und den Menschen begann der Schweiß den Rücken herabzurinnen. Wieder durchquerten sie Höhlen, die wie Käse aussahen, manche waren voller geschnitzter Säulen, manche waren sogar aus Metall, andere voller Steingebilde, die allein von der Macht des Wassers geformt worden sein konnten. Sie folgten gewundenen Gängen, manche groß und breit, wie Prachtstraßen, die zu einem Schloß führen mochten, andere so eng und schmal, daß Sharfeyn ein paar mal Schwierigkeiten hatte, nicht darin steckenzubleiben. Das einzige, das immer gleich blieb, war das bronzene Leuchten, das stetig glomm und kein Gefühl für Tag oder Nacht zuließ.

Doch dann - endlich - öffnete sich ein Gang vor ihnen, der so eindeutig von Menschen- oder vielmehr wohl eher von Zwergenhand geschaffen worden war wie die Mechanismushöhle oder der Komm-Raum. Auch dieser Gang führte unbeirrt weiter in die Tiefe, war aber so breit und glatt, daß man ihn sogar leicht mit einem Wagen hätte befahren können, oder mit zweien.

*

Fünf Wagen nebeneinander hätten das große, zweiflügelige, weit geöffnete Tor passieren können, das sie an seinem Ende erwartete, mit Torflügeln aus dickem, glänzend poliertem Metall, schimmernd und so hoch wie viereinhalb aufrecht stehende Sharfeyns, einladend und freundlich, begrüßte es sie, lud sie mit seiner Großzügigkeit ein, es unbefangen zu durchschreiten und sie mußten sich die Hälse verrenken, um sein oberes Ende auszumachen, das in diffusem bronzefarbenen Dämmer verschwand.

Sie fanden sich in einer gewaltigen, gemauerten Halle, nach oben hin so hoch, daß sie die Decke nicht sehen konnten, auch sie verschwamm in vager Düsternis.

Doch war es in der Halle hell genug, um zu erkennen, daß sie leer war. Und nicht nur leer, sondern so leer, daß der Raum vor Leere überzuquellen schien, soviel Leere konnte gar nicht in einen Raum hineinpassen, nicht einmal in eine so riesige Halle wie diese hier. Magenta hatte sich den Hubraum anders vorgestellt, etwa so, wie den Komm-Raum oder die Mechanismushöhle und damit gerechnet, daß er vollgestopft sei mit weiterem mechanischen Kram, Klapperatismen und Automaten, Hebeln und Geräten. Aber entgegen jede Erwartung war der riesige Raum so leer, daß die Leere geradezu auf die Ohren drückte und bei Magenta das Gefühl auslöste, daß hier etwas fehlte, etwas entfernt worden war, ausgeräumt, mitgenommen, weggeräumt. Gestohlen. Geplündert?

Sie wandte sich an die Zwerge: „Seid Ihr sicher, daß das hier der Hubraum ist? Daß wir hier richtig sind? Hier ist doch nichts." Die Zwerge hatten die Halle schon fast durchquert und inspizierten bereits die Wände und die Fugen und Ritzen zwischen den Backsteinen. Sharfeyn stand aufrecht, die Schnauze weit nach oben gereckt und schien zu schnüffeln. Magenta war dem Tor noch am nächsten, als sie ein zuerst recht leises, schlürfendes Geräusch hörte und sich umdrehte. Die riesigen Torflügel bewegten sich. Sehr langsam zwar, aber deutlich - und sie bewegten sich aufeinander zu:

Das Tor war im Begriff, sich zu schließen und wenn sich das Tor ganz schloß - in ein paar Augenblicken - wären sie in dieser Halle gefangen! Von Türklinken war nichts zu sehen gewesen! Magenta rannte los. Jemand bemerkte es und rief „He!", alle schraken zusammen, drehten sich nach Magenta und dem Tor um - auch Left lief los. Doch so langsam sich die Tore auch bewegten, in dem Moment, in dem Magenta und Left sie erreichten, fielen sie zu, dröhnend wie ein großer Gong.

„Eingesperrt!" quiekte Sharfeyn. Und auch Magenta war nach Quieken zumute. Das sollte jetzt das Ende ihrer Reise sein? Ein leerer Raum?

„Was soll das?" rief Thomas aus, „Ist das eine Falle? Habt Ihr uns jetzt da, wo Ihr uns haben wolltet? Ihr und Euer feiner Drache? Gefangen? Eingesperrt? Werden wir jetzt alle Drachenfutter?"

„Ich bin kein Drache ..." quengelte Sharfeyn, „ich bin ein *Neidrymhör* ... und ich will nicht mehr eingesperrt sein ..." es klang so kläglich, daß es Thomas die Sprache verschlug und er dreimal durchatmen mußte.

„Wär ich doch bloß nie in diese blöde Höhle gestiegen!" würgte er. „Das ist alles deine Schuld!" Wütend starrte er Magenta an, dann wieder die Zwerge: „Hier ist nichts. NICHTS! Warum habt Ihr uns hierher gelotst?"

„Nu-un," machte Gobbelsom. Left trat von einem Fuß auf den anderen und Vingt versuchte anscheinend, seine Ärmel miteinander zu verknoten während seine Arme noch drinsteckten.

„Nu-un," machte Gobbelsom noch einmal, „also es ist undenkbar, daß jemand hier etwas verändert hat, nachdem es gebaut war, es hatte ja niemand Zugang. Und verlaufen haben wir uns ganz gewiß nicht."

„Niemand Zugang?" tobte Thomas, Ralph kam herbei und stellte sich wie zufällig zwischen ihn und die Zwerge, doch Thomas drückte ihm Zobill in die Arme, drängte sich an ihm vorbei und ging auf die Zwerge los: „Das Tor stand sperrangelweit offen, hier hätte eine ganze Kohorte einmarschieren können! Und verlaufen habt Ihr Euch nicht, das steht fest, Ihr habt uns mit Absicht hierhergelockt!"

Gobbelsom machte „Nun, nun..." und hoffte, daß es beschwichtigend klang. Er zerrte Left am Ärmel zu sich heran und raunzte ihm aus dem Mundwinkel: "Die Karte!" zu.

„Was?" meinte Left.

„Die Karte!" blaffte ihn Gobbelsom an und zog sie ihm schon selbst aus der Tasche. Automatisch griff Left nach der Karte und wollte sie festhalten, doch Gobbelsom hatte sie schon erwischt und zog die Karte mitsamt Left von den anderen weg. Vingt folgte ihnen zögernd und ohne Thomas aus den Augen zu lassen, der ihnen, die Hände zu Fäusten geballt, flammendwütende Blicke hinterherwarf.

Magenta ging ihnen nach, die Frage, ob die Halle möglicherweise geplündert worden sei, brannte ihr nach wie vor auf der Zunge, doch die Zwerge hatten in einer Ecke ein kleines Gedränge gebildet, die Köpfe zusammen gesteckt und tuschelten und Magenta konnte sich nicht zwischen sie schieben oder ihre Aufmerksamkeit erheischen, sie sah nur ihre Rücken und die wirkten recht ratlos, so ratlos, daß Magenta gar nicht mehr wissen wollte, wie ihre Gesichter aussahen.

Als die Zwerge zu ende getuschelt hatten, gingen sie schweigend an den anderen vorbei und widmeten sich dem Tor. Sie starrten es gründlich an, versuchten, es mit Blicken zu durchdringen und tasteten es mit den Händen ab, soweit sie reichen konnten. Doch sie bekamen nur weitere Ratlosigkeit zu fassen. Offensichtlich hatten auch sie sich den Hubraum anders vorgestellt.

Lang, schmal und feuerrot stachen plötzlich Lichtstrahlen von oben durch das vage Licht der Halle, scharf zerschnitten sie sowohl die glimmende Düsternis als auch die Ratlosigkeit, glitten von links nach rechts, durchstreiften den Raum, von Seite zu Seite, von hinten nach vorn und diagonal. Dann krochen sie über alle Anwesenden hinweg, paßten sich ihren Körpern an, tasteten sie zudringlich mit Fingern aus blankem, bloßem Licht ab. Magenta wagte nicht, sich zu bewegen, aber sie spürte nichts. Die Lichtstrahlen, so messerscharf sie auch aussahen, verursachen keinerlei Empfindung auf ihrer Haut, und keinen Druck auf ihren Kleidern. Und sie besaßen nicht einmal einen Hauch von Wärme.

Dann, genauso plötzlich, wie sie gekommen waren, erloschen die Lichtstrahlen. Sie verschwanden nicht, sie waren einfach fort.

Von der linken großen Seitenwand her ertönte ein leises, mehrstimmiges Klimpern, das Magenta und die anderen aufmerksam werden ließ. An der Wand hatte sich etwas verändert.

Auf der eben noch glatten und unauffälligen Wand war eine metallene Tafel erschienen, ebenso schimmernd wie das große Tor und mit einer langen, eingravierten Inschrift versehen. Um die Tafel herum lag ein leichtes Glitzern in der Luft und neben ihr waren Handabdrücke an der Wand zu sehen, insgesamt sieben, an einer Seite drei, auf der anderen vier. Bei genauerer Betrachtung waren es keine Abdrücke, sondern Vertiefungen, Aussparungen in einzelnen Mauersteinen. Sie waren unterschiedlich groß, von recht klein bis ziemlich groß – und flossig? Magenta schaute sich ihre Gefährten an. Der flossige Handabdruck paßte gut zu Sharfeyn, die zwei rein menschlichen, nächstgroßen gehörten wohl Ralph und Thomas, der schmalere war unzweideutig der Abdruck ihrer eigenen Hand, dann drei Zwergenhände, gedrungen und kräftig. Während Magenta noch die Handabdrücke bestaunte, begann Gobbelsom die Inschrift vorzulesen.

"Yma fyddwch yn sefyll yn awr, alluogmar a rinneadh cheana

An geata mór filleadhtá dúnta ar do shon.

O'r fan seo go bhfuil sé ach ag tnúth

Tá an todhchaí bheartaigh

Rydych chi, yr wyf yn gweld saith bodau

yn eich dwylo Rwyf eisiau darllen.

Ach amháin má tú tú i ndáiríre amháin

a chaffwyd cyflwyniad ganag caoineadh galonnog

níl aon drochamhrasach an easaontais níos mó a bh

fuil tú

ac nid an luíochán deyrnfradwriaeth

os ar ôl edifeirwch daw'r chwerthin,
ac yn gwneud i cairde fiú y Ddraig,
ach ansin seasamh mé ar fáil duit."

Die Sprache des Alten Landes klang genauso wie sie aussah. Dann übersetzte Gobbelsom:

„Hier steht Ihr nun, klug wie zuvor.
Das Große Tor des Zurück
hat sich für euch verschlossen.
Von hier aus geht es nur nach vorn
die Zukunft ist gegossen."

„Ganz schön pathetisch!"
„Lies weiter!"
„'Beschlossen' hätte auch gereicht."
„Und wo soll bitteschön 'vorn' sein?"
„Psssst!

„Ihr seid, wie ich sehe, sieben Wesen
in euren Händen will ich lesen.
Denn nur wenn ihr Euch wirklich eint
und eins ums andere herzhaft weint
kein Arg und Zwist mehr mit Euch ist
und keine hinterhält'ge List
wenn nach der Reue kommt das Lachen,
und macht zum Freunde selbst den Drachen,
nur dann steh ich Euch offen."

„Na, Bratwurst!" rief Left, „das wir ja immer pathetischer!"

„Was für ein Mumpitz ist das denn!"

„Ja, das ist in der Tat eine angemessene Frage ..." sinnierte Gobbelsom.

„Ich bin kein Drache!" nölte Sharfeyn.

„*Neidrymhör*' reimt sich nun mal nicht auf ‚Lachen'" stellte Gobbelsom zerstreut fest.

„Daß das Tor verschlossen ist, haben wir auch schon bemerkt", meinte er grimmig, „und daß ich so klug bin wie zuvor, muß mir auch niemand sagen."

Left warf ihm einen skeptischen Blick zu, aber Gobbelsom weigerte sich, ihn aufzufangen.

„Also was haben sich die Kollegen hierbei bloß gedacht", mäkelte er weiter, „das ergibt doch hinten und vorne keinen Sinn!"

„Und warum muß sich eigentlich immer alles reimen?" sprach Magenta einen Gedanken aus, der in einer ihrer Gehirnecken kleben geblieben war.

„Hmm? - wegen der Magie. Wegen des Klanges. Klänge sind doch magisch, Worte bewegen die Realität ..."

„Und dann reimt sich die Realität?" spottete Thomas, der drei Meter entfernt stand.

„Worte bewegen die Realität wie Hebel", dozierte Gobbelsom ungerührt weiter „und mit den richtigen Worten kannst Du so ziemlich alles aushebeln." Er warf Thomas einen Blick über den Rand seiner Brille zu, der Thomas beinahe von den Füßen hebelte.

„Aber hier sind keine Hebel!" betonte Magenta erneut, „und wo können wir hier Worte ansetzen?"

Dann redeten auf einmal alle gleichzeitig, jedem schien eine Bemerkung dazu einzufallen – aber keine Lösung, und keines der Worte entfaltete auch nur im mindesten Hebelwirkung. Sharfeyn lehnte sich amüsiert zurück und betrachtete das Spektakel zufrieden. Nachdem Thomas ergebnislos versucht hatte, wenigstens ein Echo hervorzurufen war sein Beitrag zur Lage, daß er mit aller Kraft gegen die gemauerte Wand trat, was außer schmerzenden Zehen weiter keinen Effekt hatte.

Magenta wanderte in der Halle umher und stand schließlich wieder vor der Inschrift. Nachdenklich legte sie ihre Hand in die mittlere Aussparung. Sie paßte genau.

Sie drückte ihre Handfläche ein wenig fester ins Gestein, es kam ihr vor, als würde etwas unter ihrer Hand nachgeben, als wäre der Stein hier weicher als es sich für Stein üblicherweise gehörte.
„Kommt mal her!" rief sie, „Ich glaube, die Inschrift hat uns schon gesagt, was wir tun sollen. Es will unsere Hände lesen!" Gobbelsom kam zu ihr und legt seine Hand mürrisch in die Aussparung. Aber nichts geschah.
„Ganz schön mutig von Dir," grinste er, „es hätte ja auch beißen können!" Geistesgegenwärtig verbot Magenta ihrer Hand, zurückzuzucken und bedachte Gobbelsom mit einem leicht gekränkten Blick.
Left kam dazu: „Vielleicht müssen wir das alle gleichzeitig tun, damit es einen Effekt hat." Die Anderen schauten skeptisch, legten aber einer nach dem anderen ihre Hände in die passenden Aussparungen. Auch Sharfeyn schlurfte heran und legte mißmutig seine Pranke in die passende Vertiefung.

Nichts geschah. Sie sahen sich an.
„Acht!", schnaubte Thomas abfällig, „wir sind acht!"

233

und hob Zobills kleine Hand hoch. Es erklang ein kleines, klimperiges Geräusch, das ein wenig an ein verlegenes Hüsteln erinnerte, dann erschien ein weiterer kleinerer Abdruck an der Wand: Zobills. Seine Hand paßte genau hinein.

„Auf drei!" sagte Gobbelsom und Sharfeyn zählte „Drei!" wobei er nur ein klein wenig gehässig grinste und alle drückten gleichzeitig.

Doch immer noch geschah nichts.

„Wie unerfreulich! Angesichts des großen mechanomagischen Fortschritts der letzten Jahrhunderte hätte ich erwartet, daß man inzwischen wenigstens in der Lage sei, eine vernünftige Gebrauchsanleitung zu verfassen." sagte Gobbelsom. Er war noch nicht ganz fertig damit, als hinter der Wand etwas zu klappern begann und zu rattern und die Steine anfingen zu zittern.

Die fein säuberlichen Fugen rissen, als die Steine sich verschoben, geräuschlos auseinanderglitten, sich drehten, zappelten, wie Fische am Haken, bevor sie majestätisch schwebend nach hinten verschwanden. In der Wand blieb ein großes Loch zurück, dahinter nichts als finsterste Schwärze.

Niemand wagte, sich zu bewegen und nach einer kurzen Pause erfolgte ein weiterer Ruck, der die Halle vibrieren ließ.

Aus der Schwärze schob sich etwas in die Halle, das große Ähnlichkeit mit einer Badewanne hatte. Ein steinernes Becken, geschwungen und auf bronzenen Löwenfüßen ruhend, so groß, daß mehrere Menschen gemütlich darin würden stehen können, wenn sie es drauf anlegten - oder ein gemeinsames Duschbad nehmen wollten - , der äußere Rand mit Stuck verziert. Es glitt zur Seite und vor die Wand, um dort mit einem lauten 'Klong' in einer neu entstandenen Vertiefung einzurasten. Über ihm begannen sich wieder Steine zu bewegen, sich selbsttätig beiseite zu schieben, sich, während sie ins Schwarz glitten, aufeinander zu stapeln und sich gleichzeitig aufzulösen, als stapelten sie sich ins Nichts.

Diesmal entstand in der Wand ein senkrechter Riss, der sich eilig nach oben zog und sich dort, wie alles andere, als Teil der Wand im Diffusen verlor. Außer Sichtweite angekommen, schoben sich seine Ränder ein Stück auseinander und der Spalt erweiterte sich, bis er ungefähr zwei große Handspannen breit war. In dieser schmalen Nische rollte sich nun von oben kommend ein Band ab, schmiegte sich nahtlos in sie hinein. An seinen Innenseiten liefen zwei Zahnreihen, zwischen ihnen wiederum eine Lücke, an deren Rückseite sich eine Rille nach oben zog, fast wie ein Gleis.

Die Wand hatte sich nicht wieder geschlossen und vorsichtig pirschten sich Magenta und die anderen heran und spähten in das Loch hinter dem Becken, in die Dunkelheit, wo sie die ersten Meter eines riesigen Hebelarmes erkennen konnten, aber weiter leider gar nichts, alles andere verschwand in einem Schwarz, das so schwarz war, als wäre gar nichts da. Nicht einmal Luft. Und auch keine Sterne, wie sie der Rucksack enthalten hatte, als er Magenta das Weltalles gezeigt hatte. Schwarz in Schwarz zeichnete sich gerade noch ein riesiges zylindrisches Objekt ab, metallen schimmernd und umgeben von einer Aura aus purem Gewicht, fast konnte man die von ihm ausgehende Schwerkraft spüren, sie zerrte geradezu an Haaren und Nasen. Der Drehpunkt einer Wippe, stellten die Zwerge fachmännisch fest. Schätzungsweise eine Tonne schwer. Oder mehr.

An der Wand neben dem Becken glitzerte es erneut und eine weitere Inschrift erschien.

„Ah, es geht weiter." stellte Gobbelsom fachmännisch fest. Wieder las er vor:

"Dylai unrhyw un sydd am agor y clo,
ddod â dwr cryn dipyn.
Ei fod yn walled ei fod yn llifo
ac yn tywallt y gwlithod eu hunain.

Also:

Wer die Schleuse öffnen will,
braucht vom Wasser ganz schön viel.
Daß es walle, daß es fließe
und im Schwalle sich ergieße."

Er fuhr fort:

„Daß durch Raum und Zeit es rinnt
schafft nur ein besond'res Kind
und so wird auf einmal wahr/klar
was unvorhersehbar war.

236

Reicht zuerst ein kleiner Guß,
der benetzet Deinen Fuß
schon geschieht's – ganz ohne Hoffen
stehen alle Tore offen.

Entrinnen mußt Du nun den Fluten
darfst nicht zögern, mußt Dich sputen!
Findest Du den Weg nach oben
wird man für dein Tun Dich loben."

„Bewundernswerte Logik," spottete Ralph, „daß man, um Wasser zum Fließen zu bringen, Wasser braucht." Er zog eine Augenbraue hoch. „Und dann auch noch gleich *Fluten!*"

„Äääääh - ja, wie ich bereits sagte, sehr erstaunlich und beeindruckend diese neue Magotechnologie."

„Sollte es nicht vielmehr ‚Mechanomagik' heißen" flüsterte Vingt ihm zu.

„Wie?" räusperte sich Gobbelsom.

„Mechanoma..." Vingt beendete das Wort nicht, zu sehr bebte Gobbelsoms Bart.

Gobbelsom jedoch nahm neuen Anlauf: „Also was hier geschaffen worden ist, übersteigt jegliches Verständnis, menschliches gar sowieso," er warf einen Blick zu Ralph, der ergeben schmunzelte, „aber selbst zwergisches, ich muß es sagen. Was wir hier sehen erhebt sich in seiner Erhabenheit und künstlichen Kunstfertigkeit über jegliche – ich wiederhole: *jegliche!* Kritik!" Diesmal schloß sein Blick alle in der Halle anwesenden ein. „Denn nachdem, was wir hier heute gesehen haben – diese phantastischen Lichtmesser, die erkennen konnten, wie viele wir sind … - "

„Acht." sagteThomas finster.

Gobbelsoms Blicke und Tonfall wurden fast so scharf wie die Lichtmesser, „… dieser ganz erstaunlich riesige Hebel, eingebettet in Dunkle Materie ... Ihr werdet doch nicht allen ernstes behaupten, dies alles wüßte nicht, was es täte!? Es handelt sich hier um ein *SÜSTHEM*!!"

Sein Bart sträubte sich in alle Richtungen und sprühte Funken.

Die anderen waren während Gobbelsoms Ausführungen verstummt und traten verlegen von einem Fuß auf den anderen. Gobbelsom hingegen stand mit stolz geschwellter Brust, verbot sich selbst wacker jegliches von-einem-Fuß-auf-den-anderen-Getrete – seine Pflicht war es, Überzeugung auszustrahlen.

Denn eins lag nun einmal auf der Hand: es gab kein Wasser in der Höhle. Keinen Tropfen und keine Fluten.

*

Magenta untersuchte die steinerne ‚Badewanne' genauer. Im Stuck am oberen Rand waren kleine Zeichen eingelassen, die sie allerdings nicht lesen konnte, sie waren in der kritzeligen Sprache der Inschriften geschrieben. Aber an mehreren Stellen waren zwischen den Zeichen, die wie Buchstaben aussahen, andere, die wie kleine Pfeile nach unten wiesen: Auf eine Rille, die sich ungefähr 5cm unter der Oberkante einmal um das Becken zog. Die Rille war schmal, schmaler als jeder ihrer Finger, aber sehr tief. Sie rief die Zwerge und zeigte ihnen die Kritzelbuchstaben.

„Max-min Füllhöhe," übersetzte Gobbelsom. „Überlauf notwendig. Hm."

„Bis hierhin soll man das Becken voll Wasser kriegen und dann soll es überlaufen?" mutmaßte Magenta. „Seltsam."

„Ja," stimmte Gobbelsom zu, „so ist es gemeint."

„Und dann setzt es einen Mechanismus in Gang?" fragte Magenta nach.

„Ja, deshalb heißt es Hubraum."

„Und was soll sich heben?"

„Irgendwo muß ja die Tiefe Schleuse sein ..."

„Irgendwo?"

„Ja, und natürlich wird sie von hier aus geöffnet."

„Geöffnet?? Von hier aus?"

„Selbstverständlich! Wir haben hier einen Hebel, wir haben ein Becken, wir haben Zahnräder und eine Schiene ... das einzige, das wir nicht haben, ist Wasser ..."

Gobbelsom verstummte mit erhobenem Zeigefinger.

*

Es gab kein Wasser in der Höhle, nicht einmal Luftfeuchtigkeit; die gemauerten Wände waren die trockenst gemauerten Wände, die sie je gesehen hatten. Ralph nahm noch einmal den Rucksack zur Hand, schaute hinein, schüttelte ihn ein wenig, aber der Rucksack war leer, Ralph steckte seine Hand hinein, dann krempelte er die Innenseite nach außen – auch diese war komplett trocken. Noch einmal schüttelte Ralph den Rucksack, dann sprach er mit ihm, bat ihn, so wie

Magenta ihn vor langer Zeit, wie es ihr vorkam, gerne um ein Schwert gebeten hätte, Ralph klang fast flehentlich, dann ließ er sich zu Boden sinken und verstummte. Die Zwerge hatten noch die leere Flasche vom Johannisbeerwein. Sie taten sie versuchshalber in den Rucksack, aber der blieb stur und rückte die Flasche nicht wieder raus. Nicht einmal leer.

Noch einmal untersuchten sie die ganze Halle. Ohne etwas Neues zu finden Auch von selbst passierte in der Halle nun nichts mehr.

Gobbelsom las wieder und wieder die Inschriften, probierte verschiedene Übersetzungsmöglichkeiten, ohne daß sich ihm eine neue Erkenntnis geboten hätte.

Die trübgrüne Ratlosigkeit verwandelte sich langsam in graueste Hoffnungslosigkeit und selbst die Zeit wurde zäh und schwer und schien durch das Loch in der Mauer auf die dahinterliegende schwarze Schwere zuzufließen.

Seit ihnen klar geworden war, daß sie so keinen Ausweg finden würden, waren sie alle verstummt. Sie standen und schauten vor sich hin, oder starrten in das Loch voller Dunkelheit in der Wand, in dem man außer der Schwärze des Nichts nur den Mittelpunkt der Wippe erahnen konnte, bronzen und tonnenschwer und bewegungslos. Ralph stützte sich auf den Rand des Lochs und spähte in die Schwärze. Er wollte eine Hand ausstrecken, um in das Loch zu greifen, vielleicht wäre es ja möglich, dort irgendwo hinaus und hinabzuklettern – doch Left stieß einen lauten Warnruf aus.

„Wenn Du da hineinfällst oder gar freiwillig hineinkletterst, ist Dir nicht mehr zu helfen: Du fällst direkt durch bis ins Große Nichts, aus dem es kein Zurück mehr gibt! Selbst wenn Du sehr viel Glück hättest, würdest Du im Dunklen Labyrinth landen, von dem ihr nur den harmlosen Teil gesehen habt," Magenta schüttelte es bei dem Gedanken an diesen harmlosen Teil, „und es wäre sehr ungewiß, wohin und wannhin es Dich brächte. Wir würden Dich wahrscheinlich erst nirgendwann wiederfinden." Ralph wich zurück. Er verspürte nicht die mindeste Lust, herauszufinden, wann 'wannhin' sei. Und er konnte sich sonst immerhin einiges vorstellen.

Den sonst so langmütigen Ralph packte die Wut. Er riß den Rucksack vom Fußboden hoch, ließ ihn fallen und trat auf halbem Weg nach unten nach ihm, er kickte ihn gegen die Wand, wo der Rucksack mit einem krachenden Geräusch aufprallte, um dann schwer auf den Boden zu plumpsen. Ralph ging hin, hob ihn auf und schüttete ihn aus. Heraus kam ein Backstein. Der genau auf Ralphs Zehen landete.

„Wasser brauchen wir, Wasser! Keine Backsteine!" schrie er den Rucksack auf einem Bein hüpfend und seine Zehen massierend an, doch anscheinend glaubte der Rucksack, es besser zu wissen, denn er spie einen zweiten Backstein auf Ralphs anderen Fuß.

Zähneknirschend ließ sich Ralph zu Boden sinken, jetzt beide Füße mit je einer Hand reibend. Als er sich die Stiefel ausziehen wollte, warnte ihn wieder Left: „Tu das nicht, wenn Deine Zehen anschwellen, kriegst Du die Stiefel nie wieder an."

„Achtmal vermaledeiter Rucksack!" knirschte Ralph - und befolgte Lefts Rat. Der Rucksack zuckelte ein wenig und spie nochmal auf Ralphs rechten Fuß, doch diesmal war es nur ein kleines braunes Tütchen, wie man es vom Apotheker bekommt. Ralph las die Aufschrift, schüttelte sich den Inhalt auf die Hand und leckte ihn – in Ermangelung von Wasser, in dem er ihn hätte auflösen können – ab.

„Arnika, hm? Danke." knurrte er den Rucksack an. Der Rucksack kräuselte seine Lasche und schenkte ihm ein selbstgefälliges Grinsen.

*

„Gut," dachte Ralph nach einer Weile laut, „der Rucksack gibt uns also Backsteine, normalerweise weiß er, was er tut. Was will er uns also sagen?" Er nahm einen der Backsteine, trat damit an das Loch in der Wand und ließ ihn hineinfallen. Dachte er. Aber der Stein fiel nicht, er war in dem Moment verschwunden, in dem Ralph ihn losließ. Als hätte er ihn überhaupt nicht in der Hand gehabt.

„Verstehe," murmelte er und zog seine Hand umsichtig aus der Reichweite des Lochs. Left nickte klug.

Am anderen Ende der Halle polterte es leise und ein Backstein lag vor der nach wie vor makellosen Mauer.

Fasziniert griff Ralph nach dem zweiten Stein und wollte das Experiment sofort wiederholen. Doch Left fiel ihm in den Arm: „Nicht! Du willst doch nicht, daß der Stein vielleicht in ein paar Stunden einem von uns auf den Kopf fällt!!"

„Oder vielleicht sogar gestern!" sekundierte ihm Vingt.

„Ach! Aber mir dürfen sie auf die Zehen fallen!" schmollte Ralph.

„Seid ihr denn alle völlig verrückt geworden!" kreischte da Thomas. „Das ist ja das reinste Narrentheater!! Wir sind hier eingeschlossen und werden verschmachten und verderben und ihr treibt Scherze! Wäre ich doch bloß nie in diese Höhle gegangen! Wäre ich doch …"

„Fängst Du jetzt wieder mit der Leier an, daß es alles Magentas Schuld sei?" unterbrach ihn Gobbelsom unwirsch. „Ist es ihre Schuld, daß Du ihr hinterhergerannt bist? Hm?"

„Aber …" muckte Thomas auf doch Gobbelsom schnitt ihm das Wort ab: „Mir scheint, Du liebst es nicht, nachzudenken. Gebrauch endlich mal Deinen Grips, Junge!"

Magenta, die eine Weile ziellos umhergewandert war, starrte jetzt wieder auf die Inschriften und meinte: „Aber stand hier nicht was von ‚Reue' und daß wir etwas bereuen sollen?"

„Wenn es hier um Reue gehen soll, dann ist das, was die Inschrift darunter versteht, nicht das gleiche, was dieser junge Mann glaubt. Und der einzige, der in seinem ganzen Leben nichts gemacht hat, was es zu bereuen gälte, ist wahrscheinlich dieses Kind hier." Er zeigt auf Zobill. „Alle anderen haben garantiert etwas auf dem Kerbholz." Alle starrten betreten auf ihre Fußspitzen. „Bereuen. Was? Hmmpf. Irgendjemand hier, der irgendetwas bereut?" Er blickte sich um. „Hmpf? Nun, wacker heraus damit!" weiterhin waren nur die Fußspitzen interessant.

„Ich bereue, daß ich in dieses Labyrinth gerannt bin."

grumpfte Thomas noch einmal, erzielte damit aber keine Wirkung mehr.

„Gut", rang Gobbelsom sich letztendlich selbst durch. „Und damit spreche ich für uns drei: Ganz bestimmt hätten wir hier einiges in bessere Bahnen lenken können, vieles vermeiden können, wenn wir rechtzeitig aufgewacht wären, und nicht verpennt hätten."

„Aber das war doch nicht unsere Schuld!" wandte Vingt vorsichtig ein, „der Mechanismus hat geklemmt!"

„Keine Ausreden!" Gobbelsom ließ das nicht gelten. „Auch für den Mechanismus waren wir, also das Heinzelvolk, verantwortlich! Wir haben da versagt! Also unser Fehler. Das hätte nicht passieren dürfen. Das tut mir leid. Und wir hätten Magenta von Anfang an mehr bei der Suche nach den Kindern helfen und sie nicht alleine im Labyrinth herumirren lassen sollen. Wir haben die Verantwortung für das Geschehen nicht in dem Maße übernommen, wie wir es hätten tun sollen. Aber wir waren zu sehr überzeugt von unserem Wissen und unserem Können, um das zu erkennen. Das war überheblich von uns. Und falsch. Es tut mir leid." Gobbelsoms Gesicht legte sich in Falten und nahm einen Ausdruck an, den man am ehesten als stolze Zerknirschung hätte bezeichnen können. Magenta bekam rote Ohren. Sie war nicht gewohnt, daß jemand sich bei ihr entschuldigte.

Aber Gobbelsom war noch nicht fertig: „Junger Mann!" rief er zu Thomas hinüber, „Wie steht es denn jetzt mit Dir? Ist Dir eingefallen, wodurch Du in diese Situation geraten bist oder möchtest Du noch ein bißchen über Dein Schicksal 'rumjammern?"

Thomas sprang wütend auf: „'Rumjammern?! Ich? Ich

bin doch nur hier, weil Magenta, diese Hexe ..." die Worte blieben ihm im Halse stecken. Gobbelsom grinste ihn fröhlich an, verschränkte die Hände hinterm Rücken und wippte auf den Fußspitzen. „Nur weiter mein Großer, ich bin ganz Ohr."

Thomas stotterte, was ihn noch mehr aufregte. „Ich bin ihr doch nur gefolgt. Ich mußte doch sehen, was sie tat, ich mußte doch beweisen, daß sie mit dem Untier im Bunde war. Ist." Er zeigte auf Sharfeyn. „Ich mußte doch die anderen überzeugen. Ich mußte doch dafür sorgen, daß sie ihre Strafe erhält. Ich ..."

Gobbelsom feixte und hielt seine Hände hoch, acht Finger abgespreizt. „Hast Du mitgezählt? Das war achtmal ‚Ich'. Fein. Achtmal hast *Du* etwas getan, hast *Du* gehandelt. Deine Füße haben Dich hierher getragen. Nicht ihre. Nur gut, daß Du jetzt das Kind trägst, da machst Du Dich endlich ein wenig nützlich. Denn alles, was Du bislang getan hast, war hinderlich und nur dazu gedacht, einem anderen zu schaden." Thomas konnte nicht sprechen. Er war empört. Seine hehren Motive, seine guten Absichten wurden hier aufs Absurdeste verdreht und gegen ihn verwendet!

Ja, er hatte Magenta eine 'reinwürgen wollen, er haßte sie, mit ihren ganzen Machenschaften und ihrer Überheblichkeit, er hatte sie den Leuten ausliefern wollen, um sie als Hexe zu bestrafen. Er hatte sie vorführen wollen. Er hatte sie verletzen wollen. Er hatte ihr wehtun wollen. Aber doch NIEMALS hätte er ihr wirklich Schaden zufügen wollen!! Er hätte sie am liebsten gleich noch einmal verprügelt.

Sharfeyn hatte sich bequem ausgestreckt, das Kinn in die angewinkelte Pfote gestützt und verfolgte die Szene interessiert. Das junge Herrchen wurde ihm gerade richtig sympathisch.

Thomas stand immer noch, die Fäuste geballt, Gobbelsom gegenüber, der ihn geduldig aber hämisch angrinste. Was würde es bringen, Magenta zu verprügeln. Würde das etwas ändern? Ja, er war in das Labyrinth gegangen, um sie zu bestrafen, doch nun war er von ihr gerettet worden, und er war auf sie angewiesen – das machte seine Wut nur größer – und sie stand da wie eine Heldin, eine Heilige sogar, und er war der Angeklagte! Er war nun in aller Augen der Böse. Der schlechte Mensch. Sie hatte ihn gerettet, das hätte er nicht getan, und sie hätte ihn ja auch nicht zu retten brauchen, hätte ihn seinem Schicksal und sich selbst überlassen können, so wie er es auf jeden Fall getan hätte, wäre es andersherum gewesen. Nach allem, was sie ihm angetan hatte, nach all den Demütigungen, er hätte sie nicht gerettet, wenn sie sich ihm gegenüber so verhalten hätte wie er sich zu ihr. Aber nein, Magenta war immer die Gute! Bis darauf, daß mit ihr etwas nicht stimmte und sie eine Hexe war, die durch Wände gehen konnte …

Dann sah er wieder Fräulein Drollich vor sich stehen: „Was hast Du gegen Hexen, Thomas Westermann!" und Gänsehaut lief ihm über den Rücken. Und da spürte er es: Das was ihm den Schweiß auf die Stirn trieb, war Angst. Er hatte Angst vor Hexen, Angst davor, daß sie Macht über ihn hatten, ihm ihren Willen aufzwingen konnten. So wie Magenta - es nie getan hatte. Sie hatte ihm tatsächlich nie etwas getan. Sie war bloß nicht so, wie er es gewollt hatte, war nicht so geworden, wie er es von ihr verlangt hatte. Er hatte sie *verändern* wollen. Sie war bloß sie.

Und er hatte sie sogar geschlagen.

Eine Weile tobten diese Gedanken und Gefühle ihn ihm herum und versuchten sich gegenseitig niederzuringen … dann sanken seine Schultern, seine geballten Fäuste öffneten sich und er stand da wie ein begossener Pudel.

„Oh Mann …" sagte Thomas, seine Stimme und seine Knie zitterten so sehr, daß er sich an der Wand runterrutschen lassen mußte, was Gobbelsom die Chance gab, sich Nase an Nase vor ihm aufzubauen und ihm in die Augen zu schauen: „Gut, das lassen wir gelten." Sharfeyns Mundwinkel sanken enttäuscht herab. Gelangweilt ließ er den Kopf von der Pranke auf den Boden gleiten.

„Und Ihr Herr Neidrymhör? Wie steht es mit Euch? Was habt Ihr dazugelernt?" wandte sich Gobbelsom nun an Sharfeyn, doch erhielt nur ein „Pfhhh!" zur Antwort, „ich habe meine Strafe abgebüßt."

„Ja, wohl wahr." Gobbelsom sprach jetzt sehr freundlich. „Aber wofür wurdet Ihr bestraft?"

„Wofür?" Noch einmal pfhhte Sharfeyn: „Für nichts."

Alle schauten sich in der Halle um und jeder sah jeden an. Magenta reagierte als erste und wollte grade zu den Zwergen sagen, daß auch sie bereue, überhaupt ins Labyrinth gegangen zu sein, obwohl ihr das selbst ziemlich hohl erschien, nach dem, was Thomas gesagt hatte, als Gobbelsom auch schon abwinkte: „Schnickschnack." Er schob sie beiseite und drehte sich zu Ralph herum, der ihn leise bat, nicht vor aller Ohren sprechen zu müssen. Nur allzu gut wußte Ralph, was er bereute, sein Leben war lang und nicht ohne Wirrnisse verlaufen. Gobbelsom sah in Ralphs Augen und nickte ernst. Ralph setzte sich in einer Ecke der Halle nieder und versank in Meditation.

Es waren kaum ein paar Minuten vergangen, als Sharfeyn sich von hinten an Ralph heranschlich und an ihm schnupperte. Zuerst nur ein ganz wenig, vorsichtig, dann streckte er die Zungenspitze heraus, um ein bißchen an ihm zu lecken, nur probeweise, ganz und gar harmlos, nur ein bißchen, noch ein bißchen weiter, ja da, unterhalb des Halses, da ist eine gute Stelle, vorsichtig, noch ein bißchen, ja - in dem Moment, in dem Sharfeyns Zungenspitze nur noch einige Millimeter davon entfernt war, Ralphs Nacken zu berühren, erklang in Sharfeyns Kopf eine dunkelgrüne Stimme: ‚Wage es bloß nicht!' Er erschrak so sehr, daß er sich fast die Zunge abgebissen hätte.

„Sonst wasch?!" nuschelte er verärgert.

„Du könntest es bereuen." sagte Ralphs normale Menschenstimme. „Aber so ein großer, starker Neidrymhör wie Du, bereut gewiß gar nichts."

„Pffh," machte Sharfeyn und rollte vorsichtig seine Zunge ein, "was sollte ich zu bereuen haben?"

Ralph drehte sich zu ihm um, streckte sanft die Arme nach Scharfeyns Kopf aus, umschlang ihn und zog ihn liebevoll auf seinen Schoß. „Nein, gewißlich, Ihr seid ein Held, Herr Neidrymhör!" Sharfeyn fühlte sich verspottet und wollte seinen Kopf zurückziehen, aber Ralph hatte mit einem weiteren grünen Wort seine Hand auf Sharfeyns Stirn gelegt und fragte freundlich: „Hat es denn sehr weh getan, als Magenta Dich gebissen hat?"

„Pfhhh, ungefähr so wie ein Mückenstich." antwortete Sharfeyn zu seiner eigenen Verblüffung. Noch einmal versuchte er, sich Ralphs Umarmung zu entwinden, doch es gelang ihm nicht, Ralphs Arme hatten sich in grüne Lianen aus ständig wachsender Liebe verwandelt und waren unzerreißbar.

„Aber Du wolltest es nicht, es war dir unangenehm. Wie mag es sich wohl für den kleinen Jack Bohne angefühlt haben, von Dir gefressen zu werden?"

„Es hat überhaupt nicht weh getan. Ich habe nichts gemerkt. Er war recht lecker."

Mit leichter Hand drehte Ralph Sharfeyns Kopf so, daß er ihm in die Augen schauen konnte und Sharfeyn wurde von einem Schmerz gepackt, als würde ihm das Fleisch von den Knochen gerissen. Er wand und warf sich hin und her, doch Ralph hatte seine Gedanken fest um Scharfeyns geschlungen und ließ nicht nach. So fühlt es sich also an, wenn man gefressen wird.

‚Das hast Du jemandem angetan.' Dunkelgrün wie die Lianen war die Stimme in Sharfeyns Kopf. Sharfeyn wollte sich wehren: „Nein," quiekte er schrill, „das tust du mir jetzt an, das hab ich niemandem getan." Ein weiteres Stück Fleisch löste sich von seinem Schenkelknochen.

Sharfeyn krümmte sich winselnd auf dem Boden. Er jaulte "Höraufhörauf. So fühlt es sich an, gefressen zu werden?"

„Ja." Mild nahm Ralph die Hand von Sharfeyns Stirn und die Schmerzen hörten auf.

„Aber ich hatte doch Hunger. Ich war 1000 Jahre eingesperrt!!"

„1000 Jahre?" Ralph sah mit hochgezogenen Augenbrauen zu den Zwergen hinüber. Die zuckten nur mit den Schultern und Ralph hörte ein gemurmeltes „… unbotmäßig …!"

Sharfeyn jammerte leise: „Ich hatte Hunger, doch bloß Hunger. Und ihr bestraft mich so. Ichkanndochnichtsdafür!"

„Tausend Jahre." murmelte Ralph noch einmal und streichelte Sharfeyns Schnauze.

Er wiegte den riesigen Schädel ein wenig wie ein kleines Kind ehe er weitersprach: „Und tut es Dir leid?"

„Ich hatte doch bloß Hunger." japste Sharfeyn.

„Ich verstehe." sagte Ralph leise.

Sharfeyn lag erschöpft lang hingestreckt. Plötzlich schlang sich ein weiteres grünes Wort um ihn und machte ihn von Kopf bis Fuß bewegungsunfähig.

Sharfeyns Lungen wurden zusammengedrückt, er wollte atmen und schnappte nach Luft. Aber es war keine Luft da, nur anderes, was seiner Lunge nicht gut tat. Aber so sehr er auch atmete, es kam nichts außer dem verstopfenden, flüssigen Zeug in seinen Lungen an. Verzweifelt fing er an zu strampeln und zu paddeln, er wollte nach oben und wußte nicht wieso, bunte feurige Räder drehten sich vor seinen Augen, er wußte, jeden Moment würde er das Bewußtsein verlieren, er wollte schreien und konnte es nicht, aus seinen Mundwinkeln stiegen nur Blasen auf, aber Magenta hörte ihn und faßte Ralph am Ärmel. „Hör auf." bat sie leise und Ralph nahm die Hand von Sharfeyns Stirn.

Sharfeyn lag so still, daß Magenta befürchtete, Ralph hätte ihn getötet. Doch dann machte er ein leises Geräusch, das jetzt eher wie das Miauen eines Kätzchen klang, und nicht mehr wie ein Quieken: „Sie ist *ertrunken*." maunzte er. „Sie ist *ertrunken*, weil ich sie nicht atmen lies. Ich habe sie unter Wasser gezogen, weil ich sie haben wollte. Ich habe sie getötet."

In der Halle war es so still, daß man einen Geist hätte atmen hören können.

„Ich habe sie umgebracht, aber das wollte ich nicht. Ich wollte sie haben, zu meiner Freude. Oh, ich Untier, ich Bestie! Was habe ich ihr angetan!"

Sharfeyn setzt sich auf, saß auf seinen Hinterbacken wie ein Mensch und sah einen nach dem anderen an. „Ihr seid so zerbrechlich." flüsterte er. Und dann fing er an, zu weinen. Kein Jammern, kein Quieken mehr, kein Heulen … nur leises, stilles Weinen. Große runde Tränen liefen an seiner langen Schnauze entlang und tropften von seiner Nase zu Boden.

Bei der dritten Träne erinnerte sich Magenta an die Schatzhöhle. Sie sprang zu Sharfeyn und warf die Arme um seinen Hals. Und wieder war es, als wäre sie mit einem ganzen Eimer Wasser überschüttet worden. Wie ein nasser Pudel klebte sie an Sharfeyns Hals, gleichzeitig versuchte sie, ihn zum löwenfüßigen Bassin zu lenken. Doch Sharfeyn bewegte sich nicht, fühlte sich aber durch Magentas Berührung so getröstet, daß er seinen Tränen freien Lauf ließ.

„Du kannst uns alle retten," flüsterte sie an die Stelle, an der sie sein linkes Ohr vermutete, „trag mich zum Becken." Sharfeyn gehorchte, erhob sich leicht wackelig und tat die paar Schritte zum Becken hinüber. Magenta streckte einen Arm aus und Sharfeyns Tränen rannen wie ein Regenguß vom Dach in die Regenrinne an ihr entlang, an ihrem Arm entlang und flossen, hundert- und tausendfach vermehrt, als kleiner Bach von ihrer Hand in das Bassin.

Die anderen staunten nicht schlecht.

Als Sharfeyns Tränenfluß versiegt war, reckte sich Gobbelsom über den Beckenrand und schaute hinein. „Ist noch irgendwem nach heulen zumute?"

Ralph kam dazu, schaute, prüfte den Wasserstand. "Hmm," überlegte er, „vielleicht kann man das Becken verkleinern. Also, damit das Wasser höher steigt, meine ich."

Gobbelsom schaute ihn verblüfft an. „Aber ja! Bringt mal ein paar Backsteine."

Sie legten die Backsteine aus dem Rucksack hinein und brachen auch noch ein paar aus der Mauer, aber seltsamerweise hatten diese keinerlei Auswirkung auf den Wasserstand. Sie holten sie wieder aus dem Becken, um sie zu untersuchen.

„Vielleicht wirken sie nicht, weil sie aus der Mauer sind, also mechanomagisch." mutmaßte Vingt aber Gobbelsom konnte sich das nicht vorstellen, denn normalerweise wirke ja mechomagisches noch sehr viel besser als rein mechanisches oder rein magisches, da es sich ja gegenseitig verstärke, aber hier … wirke grad gar nichts und das sei schon recht befremdlich, denn zu Ursachen ganz ohne Wirkung gäbe es im ‚Naturgesetz der Alchimisten' aus dem Jahre 8921 vor Anno, Paragraph 345, eine klare Vorschrift: Sie sind nicht erlaubt! Er kraulte sich den Bart, zur Beruhigung.

Bei Magenta wanderte seine Bemerkung zu Naturgesetz, Paragraph 345, ein wenig im Kopf herum und während sie überlegte, worin wohl die Strafe bestünde, wenn man gegen ein Naturgesetz verstieße, wog sie zwei der Backsteine in ihren Händen, ging mit ihnen zum Becken und legte einen hinein und siehe da, das Wasser stieg um zehn Zentimeter! Auch der zweite Stein hatte die gleiche Wirkung.

„Also an den Steinen liegt's nicht." murmelte sie.

„Nein!" rief Left aufgeregt und schob sich durch die Umstehenden, „Sondern daran, wer sie hineinlegt!" Alle wandten sich ihm zu. „Thomas! Leg Du mal die Steine ins Becken." Thomas tat, wie ihm geheißen und es passierte tatsächlich - nichts. Der Wasserspiegel stieg nicht und bewegte sich nicht einmal.

„Hurra!" rief Left und alle anderen brachen in Jubel aus, wobei Thomas nicht verstand warum und das Gefühl nicht loswurde, die Fröhlichkeit ginge auf seine Kosten - ohne daß er sie auch nur ansatzweise verstanden hätte.

Auch Magenta war baff. Begeistert brachten ihr die anderen jetzt alle Steine, die sie finden konnten und Magenta legte sie in das Bassin. Und das Wasser stieg. Bis zur halben Höhe. Dann hörte es auf. Und es gab auch keine Steine mehr.

Sowohl die Freude als auch die Begeisterung verebbten.

„Es hilft alles nichts, wir brauchen mehr Wasser." stellte Ralph trocken fest.

*

Sharfeyn warf ihm einen schrägen Blick zu, schnaubte verächtlich, drehte sich brüsk um und trottete an das andere Ende der Halle, wo er sich mit verschränkten Armen auf den Boden fallen ließ. Hatte Thomas nicht so viel Furcht vor ihm gehabt, hätte er dasselbe getan und sich zu ihm gesellt.

„Ja-nun!" versuchte Gobbelsom munter „Wer verspürt noch irgendeine Art Feuchtigkeit in sich aufsteigen?"

Als auch nach längerer Zeit niemand antwortete, keifte Thomas: „Ha! Jetzt sind wir also genau soweit wie vorhin. Das ist doch lachhaft!" Er hatte es noch nicht ganz ausgesprochen, als drei Dutzend sehr kleine Spinnen aus Magentas Rocktasche krabbelten und an ihr herunterliefen. Es kitzelte auf ihren nackten Waden und Magenta mußte kichern. Einige Spinnchen eilten auch zu Sharfeyn und den anderen, krabbelten an ihnen empor und in ihre Kleidung, kitzelten sie an den Füßen und an den Innenseiten der Arme, dort wo es ganz besonders kribbelt und tanzten über ihre Rippen. Thomas und Ralph quiekten ein paar mal erschrocken, ehe sie nicht mehr gegen den Lachreiz ankämpfen konnten und heftig loskicherten. Auch die Zwerge wurden nicht verschont und trugen ein dreistimmiges Giggeln zur allgemeinen Heiterkeit bei.

Es dauerte nicht lange, bis sich alle die Seiten hielten und sich nach Luft schnappend auf den Boden warfen, dort herumrollten und sich überhaupt nicht mehr halten konnten vor Lachen.

„Die Inschrift," japste Magenta als ihr die ersten Tränen über das Gesicht liefen „… nach der Reue kommt das Lachen …" und brach in ein schallendes ebensolches aus

„… und ich bin immer noch kein Drachen!" grölte

Sharfeyn, rollte sich auf den Bauch und trommelte mit den Flossenfäusten auf den Boden, daß es dröhnte.

„Du hast recht!" keuchte Gobbelsom zurück und wischte sich die Tränen aus dem Bart. „Los, alle zum Bassin!" Vingt und Left krabbelten kichernd und glucksend auf allen Vieren auf die Wanne zu, Magenta lachte aus vollem Halse und rannte durch die Halle, wobei sie auf halbem Weg Ralph in die Arme lief, der sie auffing und durch die Luft schwenkte, Thomas schleppte sich, die Hände auf den Bauch gepreßt, herbei und Sharfeyn galoppierte juchzend und quietschend heran.

Sich gegenseitig haltend und stützend bildeten sie einen engen Halbkreis um das Becken, die Freudentränen liefen an ihren Gesichtern herab und - von Magentas Armen vervielfacht wie zuvor die Tränen der Reue - in das Becken, das sich langsam aber zusehends füllte.

Als sie sich ganz und gar leer gelacht hatten, alle Lachtränen in das Becken geflossen waren und ihnen die Seiten wehtaten war das Becken zu drei vierteln voll.

„Scheibenkleister." stellte Vingt fachmännisch fest.

*

Erschöpft saßen sie neben dem Bassin auf dem Boden und schnappten immer noch nach Luft. Magenta zog sich auf die Füße und spähte ins Becken.

„Ich will noch mal die Steine untersuchen," murmelte sie, „helft ihr mir bitte mal?" Sie schwang ein Bein über den Beckenrand, kletterte in das Bassin und wollte sich nach den Steinen bücken als ihr jählings das Wasser entgegenquoll. Eigentlich hätte es ihr nur bis zu den Oberschenkeln reichen sollen, aber jetzt schoß es ihr entgegen, stieg höher als ihre Brust, füllte die Wanne, floß zielstrebig durch die ‚Überlaufrille', platschte über den Rand des Beckens und hörte überhaupt nicht mehr auf, immer noch weiterzusteigen. Vor Schreck wollte Magenta ganz schnell wieder rausklettern.

„Neinnein!" rief da Gobbelsom und schubste sie heftig zurück.

Denn da fing die Wanne an, zu zittern und zu vibrieren und mit ihr die ganze Halle. Das Zittern setzte sich fort in die Wände und den ganzen Berg, es folgte ein Klappern dann ein scharfes Klirren und etwas schnappte deutlich hörbar ein - aus tiefster Tiefe des Berges antwortete ein Grollen. Es wurde immer lauter und heftiger, es wurde stark wie ein Erdbeben und am Loch in der Mauer lösten sich die Steine, um ins Dunkel zu stürzen, der gigantische Hebelarm erbebte und begann - schwerfällig zuerst - sich zu bewegen, und unter Beben und Tosen fing das ganze Bassin an, zu wanken und zu schwanken, es löste sich vom Fußboden, dessen Fugen jetzt auseinanderbrachen. Da stürzte auch schon ein Teil des Bodens ein, alle schrien.

Ein neues Grollen und Brüllen ertönte und dort, wo sich zuvor noch massiver Fußboden befunden hatte, erhob sich ein Wogen. Plötzlich drang Wasser aus allen Ritzen. Der Hebel in der Wand hob sich mit gewaltigem Getöse und das steinerne Becken, in dem sich Magenta, vor Schreck erstarrt, festkrallte, begann langsam nach oben zu steigen und an dem Gleis in der Nische emporzufahren. Magenta schrie auf und streckte ihre Arme nach den Gefährten aus. Die ergriffen sie, aber nicht, um Magenta heraus-, sondern sich selbst hereinzuziehen. Einen Moment lang hing Thomas mit Zobill im Arm an einer Hand vom Rand des Bassins herab, doch die Zwerge, die schneller gewesen waren als die Menschen, packten zu und zogen ihn herein. Im letzten Moment gelang es allen, an Bord der seltsamen Gondel zu klettern bevor der ganze Boden der Halle endgültig unter ihnen wegbrach, das Becken einen gewaltigen Satz nach oben machte während sich nun von allen Seiten sturzflutartig Wasser in das, was von der Halle noch übrig war, ergoß. Bald gab es keinen Boden mehr, nur noch einen riesigen See, in dem Sharfeyn juchzend und jubelnd und fröhlich planschend schwamm.

In der Mitte dieses neuen Sees bildete sich ein großer Strudel, während die Passagiere der nach oben sausenden Wanne gerade noch sahen, wie Sharfeyn mit einem Freudenschrei und einem Kopfsprung in die Fluten tauchte und verschwand - ins Land-Jenseits-der-Berge.

„Jetzt wissen wir, wo die Tiefe Schleuse ist!" rief Vingt begeistert Left und Gobbelsom zu.

*

Der steinerne Trog sauste an der Schiene in der Wand nach oben, stieg hoch und höher, und wurde immer noch schneller, während sie durch die vage Düsternis, die sie von unten wahrgenommen hatten und die auch während sie sie durchquerten nicht heller wurde, rasten. In ihren Ohren knackte es und ihre Mägen wußten nicht mehr recht wo oben und unten war. Magenta hielt sich am Beckenrand fest und biß die Zähne zusammen. Thomas lag auf dem Boden zusammengekrümmt und hatte die Arme um den Kopf geschlungen und Ralph war einfach nur weiß und grün im Gesicht. Nur die Zwerge grinsten fröhlich und hielten ihre Mützen fest.

Bis ganz nach oben in die Bergspitze fuhren sie und wurden erst langsamer, als sich die Bergwände einander annäherten und eine Art Kamin bildeten, in dem bald nur noch die Gondel Platz fand, die nach wie vor, aber nun ruhiger werdend, an der Schiene in der Wand empor glitt.

Kapitel XXII

Erst nach einer ganzen Weile hielt die Wanne ganz sanft an und sie konnten aussteigen wie auf einen Bahnsteig. Sie standen in einer kleinen, gemütlichen, erdigen - nicht steinernen - Höhle, deren Boden mit Gras bewachsen war, an der Wand lehnte eine Leiter. Diese stiegen sie hoch und fanden darüber eine Art Dachluke, die sich nach oben öffnen ließ und aus der sie heraus kletterten und sich auf der höchsten Spitze des Berges wiederfanden.

Von dort oben konnten sie das ganze Tal überschauen. Sie sahen den See, dessen Oberfläche sich wild bewegte und dessen Umfang sich rasch vergrößerte. In sicherem Abstand vom Ufer hatten sich Menschen versammelt, von hier oben sah alles wie eine harmlose Spielzeugwelt aus. Und es war überraschend kühl. Die Sonne stand knapp über dem Horizont, unten im Tal war es beinahe noch dämmerig und der See reflektierte die Strahlen der aufgehenden Sonne. Magenta hatte keine Ahnung, wie lange, wie viele Tage, sie wohl im Berg gewesen waren. Sie schaute sich um, oft würden hier keine Menschen gewesen sein. Ab und zu kletterte mal einer den ganzen Berg hinauf, nur so, um zu sehen, ob er es schaffe und wie die Welt wohl von oben aussähe, so wie die Vögel sie wohl sehen müssten, aber bei weitem nicht oft genug, um einen Pfad auszutreten. Es gab hier keine Bäume. Zwischen den halbhohen Büschen, die hier wuchsen, war der Boden mit Steinen und Kieseln bedeckt. Manche rollten weg, wenn man darauf trat. Erschöpft, wie sie alle waren, bewegten sie sich vorsichtig auf dem abschüssigen Hang. Thomas trug nach wie vor Zobill, und Magenta war sehr froh darum. Schweigend suchte sich jeder seinen Weg, Magenta hier, Thomas dort, die Zwerge an der Seite und Ralph war hinter ihnen. Es gab nun nicht viel zu sagen und so sparten sie sich ihren Atem für der Abstieg.

Der Abstieg war lang, da sie tatsächlich aus dem höchsten Gipfel des *Wolkenhorns* aus dem Berg gekrabbelt waren. Es wurde Nachmittag, bis sie das Tal erreichten. Magenta drehte sich nach Ralph um, der ihr schon einige Zeit müde, alt und hinfällig vorkam und sah, wie er seinen kleinen Klappspiegel hervorzog, sich mit einem Finger über die Augenbraue strich und etwas murmelte. Es kam ihr merkwürdig eitel vor, für so einen alten Mann, aber sie drehte sich wieder um und ging weiter. Als sie sich ein paar Minuten später wieder nach ihm umsah, war Ralph fort.

Sie wandte sich an die Zwerge: „Wo ist denn Ralph?" Die Zwerge sahen sich verdutzt an und Gobbelsom fragte zurück: „Wer?" Magenta war so verwirrt, daß sie nicht noch einmal zu fragen wagte.

Zuletzt mussten sie ein Stück Steilwand abwärts bewältigen, bis sie am offenen Ufer des Sees standen, der jetzt wieder sehr viel größer war, als an dem Tag, als Magenta und die anderen Kinder das Fischmaultor entdeckt hatten, von dem nun nichts mehr zu sehen war.

*

Als die Dorfleute sie entdeckten, kamen sie ihnen entgegengeeilt. Erst zögernd, dann laufend, zuletzt riefen sie und winkten und ruderten mit den Armen.

Sie blieben stehen und erwarteten die Leute. Thomas trug den bewußtlosen Zobill und hielt sich im Hintergrund. Die Zwerge bauten sich links und rechts von Magenta auf und strahlten massenhaft Selbstgefälligkeit aus. Die Leute staunten nicht schlecht, als sie sie erreichten. Zwerge hatten sie noch nie gesehen, außer in Vorgärten, aber dort waren sie nicht lebendig.

Auch Frau Bohne hatte es sich nicht nehmen lassen, mit zum See zu kommen, obwohl Fräulein Drollich ihr sehr davon abgeraten hatte. Sie stützte sich weinend auf Fräulein Drollich.

Thomas trat vor und übergab Zobill an Magenta in dem Moment, in dem sein Vater freudestrahlend und schon mal vorsorglich vor Stolz platzend, auf ihn zueilte. „Magenta hat uns alle gerettet." rief ihm Thomas entgegen.

Magenta trug Zobill zu seiner Mutter und sagte: „Nein, in Wirklichkeit haben uns die Zwerge gerettet, ich habe gar nicht viel dazu beigetragen."

Die Zwerge schienen zwar vor Stolz zu platzen, aber Gobbelsom sagte: „Nein, Magenta, das Verdienst ist Deines und das Lob gebührt Dir. So leicht darfst Du es Dir jetzt auch nicht machen, nur weil Du jetzt heil wieder hier stehst." Er beugte sich über Zobill und spracht eins seiner kritzeligen Worte. Zobill erwachte aber nicht, sondern schmatzte nur ein bißchen zufrieden.

„Bringt ihn nach Hause," wandte sich Left an Herrn

Westermann, „dort wird er aufwachen und denken, er hätte nur geträumt."

Über der Menge erhob sich verblüfftes Gemurmel. Herr Westermann machte eine geräumige Geste und befahl alle zum Seeufer herunter, wo es nicht lange dauerte, bis mehrere Grills aufgebaut waren, auf denen frisch gefangene, neue Fische aus dem See und eine Schweinehälfte brutzelten und einen köstlichen Geruch verbreiteten. Auch ein Fäßchen Bier trug zur Laune bei. Und der Sänger des Dorfes hatte seine Laute und einen Stapel Notenblätter herbeigeholt und begann, eifrig über die Geschehnisse zu dichten, die ihm die Zwerge genauso eifrig in die Feder gaben.

*

Als die Zwerge sich verabschieden wollten, begleitete Magenta sie bis zum Fuße der Steilwand. Gobbelsom wippte wieder einmal auf den Zehenspitzen, als er Magenta das freundlichste Lächeln zukommen ließ, das sein Bart hergab.

„So," sagte er, „nun wird es aber langsam Zeit."

„Jaja, viel zu lang, viel zu lang." sekundierte ihm Vingt und tippte auf sein Handgelenk, was Magenta als Geste der Eile auffasste, ohne genau zu wissen warum.

„Nun müssen wir uns wieder um unsere Angelegenheiten kümmern. Wieder ins Land-jenseits-der-Berge etceterah, Du weißt schon."

„Werdet Ihr Sharfeyn sehen?" fragte Magenta.

„Oh, davon kannst Du ausgeh'n," meinte Left, „aber vor allem müssen wir die Schleuse wieder schließen."

„Schließen?" Magenta war enttäuscht. „Aber warum

schließen? Ist es nicht so viel besser?"

„Besser ist, daß ihr jetzt wieder Wasser und Fische habt. Aber ihr werdet bald wieder euren eigenen Regen haben und der Zugang zum Land-jenseits-der-Berge darf nicht für alle Zeit offenstehen. Was tätet ihr, zum Beispiel, wenn Sharfeyn wirklich wiederkäme? Denkst Du, deine Leute halten ihn nun für ihren Freund? Und nicht nur für Deinen? Und wer weiß schon wirklich, was im Schädel eines *Neidrymhör* vor sich geht." Er betrachtete seine Schuhspitzen. „Wir können nicht immer auf ihn aufpassen. Und wir können ihn auch nicht immer beschützen. Und das wollen wir auch gar nicht. Neinnein, die Schleuse muß geschlossen werden."

„Und Ihr?" Magenta wurde von Sekunde zu Sekunde trauriger.

„Oh, wir müssen natürlich zuerst einmal Bericht erstatten ..."

„Natürlich, natürlich!" stimmten ihm die anderen beiden zu.

„... in dreifacher Ausfertigung, schriftlich!"

„Schriftlich, natürlich schriftlich!"

„Und dann müssen wir natürlich ..."

„Natürlich, natürlich!"

„... das Heinzelwerk warten. UND -" Gobbelsom holte tief Luft und hob den Zeigefinger „wir müssen uns mit den Fortschritten der Mechanomagik ..."

„Magotechnologie." murmelte Vingt und musterte angestrengt die Felswand.

Gobbelsom runzelte die Stirn „... vertraut machen!"

„Nundenn." Alle drei schauten ein wenig verlegen und Left zog die Karte aus der Tasche.

„Wir machen uns auf den Weg. Gehabt Euch wohl." Sie winkten ihr zu und Magenta erwartete, daß sie sich umdrehen und sich auf den langen Rückweg den Berg hinauf machen würden und sie machte sich bereit, ihnen nachzuwinken und „Euch auch Alles Gute!" zu rufen, aber Left faltete die Karte, dreimal, umständlich, und in der Felswand erschien eine schmale, senkrechte, silbern glitzernde Linie, es gab ein leises sirrendes Geräusch, die Zwerge traten um die Kante und mit einem leisen „slrb" schloß sich die Falte wieder. Nichts war mehr zu sehen und Magenta verspürte nicht übel Lust, die Zwerge nachträglich kräftig in den Hintern zu treten.

*

Magenta fand Fräulein Drollich und Frau Bohne, die unsicher von einer zur anderen schaute, abseits vom Lärm der Menschenmenge. Fräulein Drollich nahm Frau Bohne am Arm und schlug den Weg zum Dorf mit ihr ein. Ohne zu zögern begleitete Magenta sie.

Kurz bevor sie Frau Bohnes Haus erreichten, wandte sich Fräulein Drollich an Magenta: „Du mußt nicht, wenn Du nicht willst." aber Magenta nickte nachdrücklich. Fräulein Drollich nahm den Rucksack von der Schulter und schob ihn Magenta zu. Magenta schaute sich suchend um. „Wo ist Ralph?" fragte sie.
„Wer?" Fräulein Drollich schaute verständnislos.

*

Dann saßen sie mit Frau Bohne in ihrer einfachen Küche auf ihren Holzstühlen. Magenta hatte ihr das kleine Paket aus dem Rucksack übergeben und sie hatten es vorsichtig ausgewickelt. Jetzt hielt Frau Bohne die klei-

ne, knöcherne Hand in ihren beiden Händen und streichelte sie vorsichtig, beinahe so, wie Magenta sie auch
selbst in der Höhle im Fels vor – wie sie empfand -
hundert Tagen gestreichelt hatte. Fräulein Drollich legte
Frau Bohne den Arm um die Schultern und hielt sie
fest.

*

Auf dem Rückweg von Frau Bohne kamen sie am
jetzt wieder ruhig und glitzernd daliegenden See vorbei.
Fräulein Drollich ließ den Blick über den See schweifen
und ließ sich dann auf einem großen, einzelnen Fels-
block nieder.

„Es ist auf dieser Welt gar nicht so einfach, die Person zu sein, die man wirklich ist." sagte Fräulein Drollich und nahm die perfekte Perücke ab. Darunter war
Sie nicht kahl, aber ihre Haare waren kurzgeschoren
und dunkel. Sie klopfte auf den Platz neben sich „Setz
Dich, Magenta." sagte sie und ihre Stimme klang tief
und samtsanft. „Die Menschen versuchen von Anfang
an, das aus Dir zu machen, was sie in Dir sehen, in Dir
sehen wollen. Das erste, das sie Dir nach Deiner Ge-
burt geben, ist ein Name. Einen Namen, der ihnen gefällt, egal ob du groß, klein, dick oder dünn bist und der
Name Dir paßt. Hauptsache, er paßt ihnen. Sie nennen
Dich Napoleon oder Trudelise oder Zappoflegg und
dann erwarten sie, daß Du in den Namen hineinwächst
und er das aus Dir macht, was sie sich wünschen. Wie
ein Kleid, das sie Dir anziehen, wenn es sonntags zu
Tante Eulia zum Teetrinken geht. Je länger die Leute
das Bild, das sie von Dir haben, auf Deine Leinwand
malen, um so mehr Kraft und Energie brauchst Du, um

dagegen anzuarbeiten, wenn es Deinem Wesen nicht entspricht. Gegen die im Laufe der Zeit immer dicker werdenden Farbschichten. Und um Deine eigenen, wirklichen Farben aufzutragen, zu zeigen und sichtbar zu halten. Und wenn man Pech hat - und das ist leider meistens - gewinnen die Leute. Nur wenn man sehr viel Energie hat, kann man das Bild ändern. Magische Energie, Energie, die die Leute überzeugt. Denn sie sind nur dann überzeugt, wenn sie Dein Bild wirklich sehen können, Dein Gemälde von Dir selbst erkennen können und wenn sie Deine Farben für echter halten als ihre. Und Energie, magisch oder nicht, hat ihren Preis, unter Umständen einen hohen Preis." Fräulein Drollich bückte sich und hob einen Stein auf. Sie reichte ihn Magenta, er war so groß wie Magentas Handfläche und recht flach. „Na los," sagte sie. Magenta stand auf und ging zum Seeufer. Sie zögerte.

„Na los!" sagte Fräulein Drollich noch einmal und wedelte auf ihre elegante Art ungeduldig mit der Hand und Magenta warf den Stein. Er flog ein paar fünf Meter, um dann mit einem deutlich vernehmbaren *„PLUNTSCH!"* ins Wasser zu fallen und seine wunderschönen Ringe über das Wasser auszubreiten. Erst klein, dann größer. Aus der Mitte kamen neue kleine nach. Je größer sie wurden, desto flacher wurden sie, bis sie sich in der allgemeinen Glätte des Wasserspiegels verloren.

Magenta setzte sich wieder zu Fräulein Drollich.
„Und nun?" sagte sie, „Jetzt bin ich wie alle anderen?"
„Ja." sagte Fräulein Drollich. „Und: Nein! Du wirst nie wie alle anderen sein. So wie Herr Kniebeug zum Beispiel." Sie kicherte. Magenta lief ein Schauer über den Rücken. Zum Glück waren nicht alle Leute so wie Herr

Kniebeug. Selbst Herr Kniebeug war auf seine Art einzigartig.

Fräulein Drollich lächelte. „Aber jetzt machen die Steine, die Du wirfst, Ringe. Und bewegen die Wasseroberfläche. Und vielleicht sogar das, was darunter ist. Das wissen die Fische."

„Sharfeyn sagte, ich täte das alles nur, um gemocht zu werden."

„Ich würde sagen, Du hast das alles auf Dich genommen, um Deinen Platz in der Gemeinschaft zu finden. Das ist fast das gleiche und doch etwas ganz anderes."

"Und Du hast Dein Leben aufs Spiel gesetzt," fuhr Fräulein Drollich fort, "ich glaube, wer das tut, hat sich das Recht auf ein bißchen Respekt verdient." Magenta war es ein bißchen peinlich, das war alles nicht der Grund gewesen, warum sie so gehandelt hatte, wie sie es getan hatte. Sie hatte einfach nur das Richtige tun wollen.

„Magische Energie, hmm?" nahm Magenta den Faden wieder auf und sah aufmerksam zu Fräulein Drollich hinüber. Plötzlich fing Fräulein Drollich an zu flackern, eine Sekunde lang liefen achtfarbige, gezackte Wellenlinien über sie, nahmen die Farbe des Hintergrundes an und Magenta konnte durch sie hindurchsehen. Und da war Ralph Drollich, ein etwas unscheinbarer, unauffälliger, mittelgroßen Mann mit dunklem, kurzgeschnittenen Haar und braunen Augen, die Magenta anschauten und in denen sich in diesem Moment der ganze See, wenn nicht die ganze Welt spiegelte. Der Augenblick ging vorbei und Fräulein Drollich war wieder da und lächelte spitzbübisch, was ihre Mundwinkel noch einmal ein wenig flackern und durchsichtig werden ließ.

„Aber wo", Magenta wurde aus lauter Gewohnheit schon wieder zaghaft „bekommt man diese Energie, diese Kraft her? Und woher die Farben? Wenn doch alles im Gleichgewicht bleiben muß."

„Natürlich haben auch diese Dinge ihren Preis. Und Du wirst dafür auch etwas geben müssen. Etwas hast Du ja schon hergegeben. Und für das, was Du bekommen wirst, wirst Du anderes geben müssen. Und dann gibt es Dinge, die fast gratis zu haben sind." Sie hob die Hand und machte eine weite Geste, die den See, den Berg und einen großen Teil der Landschaft mit einschloß. „Du mußt nur mit Deinen Augen atmen."

Magenta blickte auf den See und nahm einen tiefen Augenatemzug, bis sie das Gefühl hatte, von innen grüngoldenblau zu glitzern. Und der See verlangte von ihr nichts weiter dafür, als sich zu freuen.

„Komm jetzt." sagte Fräulein Drollich und stand auf. „Aus Magenta, dem Mädchen ohne Eigenschaften, machen wir jetzt Fräulein Zwiebelberg, die Hexe.

* * *

Anmerkung:
Ich bitte alle Menschen, die eine keltische Sprache be-
herrschen, um Verzeihung.
Die Sprache des Alten Landes, des 'Landes-Jenseits-
der-Berge' ist ein - wahrscheinlich ziemlich haarsträu-
bendes - Gemenge aus Irisch, Walisisch, Schottisch
und Bretonisch, zusammengebraut mit Hilfe von
https://translate.google.de aber ohne jegliche Kenntnis
irgendeiner Grammatik oder ähnlicher Feinheiten. Ich
liebe die keltischen Sprachen – ohne eine Ahnung von
ihnen zu haben. Mae'n ddrwg!
Falls jemand diesen Mißstand beheben möchte, ist er
oder sie mir herzlich willkommen!
Betty Berger, Februar 2017